I0736943

Du même auteur

La belle mortelle de Samson (Vampires Scanguards - Tome 1)
La provocatrice d'Amaury (Vampires Scanguards - Tome 2)
La partenaire de Gabriel (Vampires Scanguards - Tome 3)
L'enchantement d'Yvette (Vampires Scanguards - Tome 4)
La rédemption de Zane (Vampires Scanguards – Tome 5)
L'éternel amour de Quinn (Vampires Scanguards – Tome 6)
Les désirs d'Oliver (Vampires Scanguards – Tome 7)
Le choix de Thomas (Vampires Scanguards – Tome 8)
Discrète morsure (Vampires Scanguards – Tome 8 1/2)
L'identité de Cain (Vampires Scanguards – Tome 9)
Le retour de Luther (Vampires Scanguards – Tome 10)
La promesse de Blake (Vampires Scanguards – Tome 11)
Fatidiques retrouvailles (Vampires Scanguards – Tome 11 ½)
L'espoir de John (Vampires Scanguards – Tome 12)

Séduisant (Le Club des éternels célibataires – Tome 1)
Attirant (Le Club des éternels célibataires – Tome 2)
Envoûtant (Le Club des éternels célibataires – Tome 3)
Torride (Le Club des éternels célibataires – Tome 4)
Attrayant (Le Club des éternels célibataires – Tome 5)

LA PROMESSE DE BLAKE

(LES VAMPIRES SCANGUARDS – TOME 11)

TINA FOLSOM

TRADUIT DE L'AMÉRICAIN

POUR MARK

1

Elle n'aurait pas dû ignorer l'appel téléphonique.

Lilo regarda par la vitre du taxi, tandis que celui-ci se frayait un chemin à travers la dense circulation en cette heure de pointe. Son vol en provenance d'Omaha avait été retardé en raison d'importantes chutes de neige au Nebraska, et l'avion avait atterri à San Francisco bien après le coucher du soleil. Anxieuse, elle tapota des doigts le cuir lice de son sac à main et se remémora l'implorant message d'Hannah.

« Lilo, il faut que tu me rappelles. Je n'ai personne à qui parler de ça. J'ai besoin de ton aide. Tu sais toujours quoi faire. »

Un léger sourire se forma sur ses lèvres et, involontairement, elle secoua la tête. Sa meilleure amie depuis le lycée avait tellement confiance en elle. Comme si elle pouvait tout arranger. Mais qu'en serait-il si, cette fois, ce n'était pas le cas ? S'il était déjà trop tard ?

À dire vrai, elle ne savait même pas ce qu'elle avait à régler. Hannah était partie. Disparue de la surface de la terre.

L'appel de Madame Bergdorf, la veille au soir, l'avait confirmé.

« Hannah ne m'a pas appelée pour mon anniversaire. Lilo, tu sais qu'elle appelle toujours. Elle ne répond pas à son téléphone. Je suis inquiète pour elle.

Et Lilo l'était également. Car en dépit de tous ses défauts, Hannah avait toujours été une fille prévenante envers sa mère. Si elle ne l'avait pas appelée pour lui souhaiter son anniversaire, cela signifiait qu'elle n'avait pas eu accès à un téléphone. Hannah était-elle tombée malade, ne se rendant pas compte de l'importance de la date qu'elle avait manquée ? Il était improbable qu'une grippe ou un refroidissement l'eût fait délirer au point d'en oublier l'anniversaire de sa mère. Peut-être avait-elle eu un accident et, dès lors, incapable de communiquer. Mais même si elle avait été emmenée à l'hôpital, le personnel hospitalier aurait averti tant Lilo que Madame Bergdorf, car toutes deux étaient listées comme personnes à contacter en cas d'urgence. Non, quelque chose clochait. Lilo pouvait le sentir : quelque chose de terrible était arrivé à Hannah.

La culpabilité l'envahit. Ayant éprouvé des difficultés à terminer son dernier roman policier, elle avait été stressée par l'échéance fixée par son éditeur. Celui-ci ne l'ayant pas lâchée d'une semelle, elle avait courbé l'échine et s'était isolée du monde extérieur pour finir ce satané livre. Mais à quel prix ? Elle avait brisé sa promesse faite à Hannah, une promesse que toutes deux s'étaient fait en troisième année : d'être toujours là l'une pour l'autre. Mais plutôt que d'appeler son amie afin de savoir ce qui n'allait pas, elle avait terminé son bouquin, histoire de ne pas manquer l'échéance.

Lilo soupira. Quel genre d'amie agissait de la sorte ? Elle avait entendu le ton suppliant du message vocal laissé par Hannah lorsqu'elle l'avait appelée, juste quelques jours avant l'anniversaire de sa mère. Hannah avait semblé tendue, inquiète. Lilo regretta d'avoir laissé l'appel téléphonique terminer sur la boîte vocale plutôt que de décrocher et parler à son amie. Et si Ronny, ce bon à rien avec qui elle sortait, lui avait fait du mal ? Pour quelle autre raison Hannah aurait-elle dit qu'elle ne pouvait parler à personne d'autre qu'à elle ? Si seulement Lilo en savait plus sur la relation entre Hannah et Ronny ! Mais son amie était restée muette à ce sujet, ne dévoilant jamais grand-chose à propos de ce Ronny. Comme si, d'une certaine façon, elle avait honte de lui.

La seule chose que Lilo savait, c'était que Ronny était très possessif. Et c'était un trait de caractère qu'elle n'avait jamais aimé chez les hommes. C'était une raison pour laquelle ses relations n'avaient jamais duré longtemps. Elle avait besoin d'être indépendante, et il ne lui était pas facile de faire confiance. Peut-être que son mystérieux cerveau d'écrivain avait quelque chose à voir avec cela. Elle connaissait tout simplement la noirceur de la psyché humaine et, plus que quiconque, était davantage consciente de ce qui pouvait se cacher sous l'apparence.

Après l'appel de Mme Bergdorf, Lilo avait réservé le premier vol pour San Francisco, déterminée à trouver Hannah et à découvrir ce qui s'était passé. Elle ne rentrerait pas chez elle avant d'avoir accompli cette tâche. Elle espéra juste ne pas avoir de mauvaises nouvelles à annoncer à la mère de son amie lorsque ce serait fait.

— C'est ici, dit le chauffeur de taxi en s'arrêtant devant un bloc à appartements de trois étages. Numéro 426.

Lorsqu'Hannah avait emménagé dans ce quartier, elle avait tout d'abord chanté les louanges de ce dernier mais, maintenant qu'il faisait nuit et qu'il y avait peu de réverbères pour éclairer l'endroit, Lilo ne pouvait comprendre l'attrait de son amie pour cette rue en pente raide de

North Beach. Elle était bien heureuse que le chauffeur de taxi l'eût déposée juste en face du garage afin de ne pas avoir à traîner sa valise en haut de la colline.

Après avoir payé la course, Lilo gravit les marches menant à la porte d'entrée. Il y avait six sonnettes, une pour chaque appartement. *Bergdorf* était écrit sur l'une d'elles. Elle sonna. Comme elle s'y était attendue, personne ne répondit. Mais elle n'allait pas laisser un si petit obstacle l'arrêter. Elle n'était pas auteur de romans policiers pour rien. Et elle connaissait Hannah mieux que sa propre sœur. Ayant un jour été bloquée à l'extérieur de son nouvel appartement, Hannah avait dû payer une somme exorbitante pour un serrurier ; histoire qu'elle avait racontée dans les moindres détails. Elle s'était résolue à ne plus se retrouver sans clé, et Lilo et elle avaient alors trouvé la meilleure cachette pour un double de celle-ci.

Lilo scruta donc les abords de l'entrée. Un bougainvillier accroché à un treillis grimpait sur un côté du mur. Il n'était pas en fleurs. Bien que la température extérieure à San Francisco fût de dix degrés, soit assez douce pour ce début janvier, il ne faisait pas suffisamment chaud pour la floraison. Les feuilles cachaient la majeure partie du treillis en bois, mais Lilo savait ce qu'elle cherchait : une clé attachée au bout d'une ficelle marron se fondant parfaitement dans le décor. Elle tira dessus. La clé émergea de sa cachette, une profonde fissure dans la fondation probablement causée par un tremblement de terre.

Clé en main, Lilo entra dans le bâtiment et trouva l'appartement d'Hannah au premier étage. Elle écouta afin de percevoir d'éventuels bruits provenant de l'intérieur du pied-à-terre, mais tout était calme. Tandis qu'elle poussait la porte et entrait, elle fronça le nez. Il y avait une odeur de nourriture avariée.

Elle actionna le bouton de l'interrupteur et ferma la porte derrière elle.

L'endroit n'avait rien de spécial. C'était un appartement une chambre pourvu d'un grand salon, d'une cuisine séparée et d'une petite salle de bain. En dépit de sa taille, on y retrouvait la touche personnelle d'Hannah partout. Les décorations et meubles branchés du monde entier représentaient Hannah dans toute son excellence. C'était sa maison.

Lilo fit glisser son manteau sur ses épaules et le déposa sur une chaise avant de se diriger vers la porte ouverte depuis laquelle la forte odeur émanait. C'était la cuisine. La lumière sous le comptoir était allumée, et la cause de cette odeur fut d'une évidence immédiate : une conserve de nourriture pour chien à moitié entamée trônait sur le plan de travail. Lilo regarda autour d'elle. Il y avait une autre porte qui donnait sur un petit hall menant, d'un côté, à la salle de bain et la chambre et, de l'autre, au salon et à la porte d'entrée.

À terre, près du réfrigérateur, se trouvaient deux bols : l'un rempli d'eau, et l'autre, vide bien que sale. Un chien y avait mangé récemment. Frankenfurter, le terrier d'Hannah.

— Frankenkfurter ? cria-t-elle.

Mais elle ne reçut aucun signe de sa présence.

Lilo attrapa la conserve de nourriture avariée et la jeta à la poubelle, puis ouvrit la fenêtre de la cuisine afin de laisser entrer un peu d'air frais et retourna dans le salon.

Hannah avait-elle nourri le chien, l'avait-elle ensuite emmené faire une balade pour ne jamais revenir ? Ou était-elle partie en toute hâte en emmenant Frankenfurter pour échapper à Ronny ? Et si Ronny s'était pointé chez elle et qu'ils s'étaient disputés ? S'il lui avait fait du mal ou l'avait kidnappée ? Et s'il l'avait tuée et fait disparaître son corps...

Cette pensée la fit frissonner, tandis qu'elle regardait tout autour à la recherche de signes de lutte. Mais la pièce était rangée. Il y avait quelques magazines sur la table basse, une couverture sur le canapé, un jouet à mâcher pour le chien à côté d'un fauteuil. Rien qui ne sortît de l'ordinaire. Pas de tache de sang sur la moquette. Elle souleva un coin du vieux tapis. Aucune trace de tache par-dessous non plus. Elle soupira de soulagement.

Sur la table de la salle à manger, l'ordinateur d'Hannah était allumé. Elle toucha la souris afin de le sortir du mode « veille » dans lequel il était plongé, et un écran de connexion apparut en quelques secondes. Mais elle ne pouvait déverrouiller l'écran sans le mot de passe d'Hannah. Elle tenta différentes combinaisons : Frankenfurter, Bergdorf, J'aime Maman, et même son propre nom, mais aucun d'eux ne fonctionna. Son amie était visiblement trop avertie que pour utiliser un mot de passe pouvant aisément être deviné par quelqu'un qui ne la connaissait que superficiellement.

Si elle voulait découvrir ce qu'Hannah avait fait avant de disparaître, elle devait entrer dans son ordinateur. Elle voulait vérifier l'historique récent et sa boîte de réception afin de savoir si elle avait reçu des emails inquiétants. L'un ou l'autre pourrait fournir un indice de l'endroit où elle se trouvait. Mais tout d'abord, elle devait se rendre à la police pour signaler sa disparition. Et elle le ferait juste après avoir pris une douche rapide et s'être changée, car ses vêtements chauds lui donnaient l'impression d'être dans un sauna. Sa peau était collante, et elle se sentait fatiguée du voyage. Une douche la revigorerait et lui prodiguerait la force dont elle avait besoin pour chercher son amie.

2

En service au quartier général de Scanguards dans le district de la Mission, Blake rangea son téléphone portable dans la poche de son pantalon cargo, tandis que ses longues jambes avalaient la distance qui séparait son bureau de la salle de conférence située à l'autre bout du long couloir. En dépit du stress et des longues heures inhérentes à son boulot, il adorait celui-ci. Il aimait être le responsable de la sécurité des enfants hybrides de certains des plus puissants vampires de la côte ouest, même si cela signifiait de placer leurs propres besoins avant les siens. Lorsqu'il était humain, et bien plus jeune, il avait été l'égoïste ayant-droit d'un fonds fiduciaire. Maintenant, il compensait.

Il hocha la tête à l'intention d'Oliver, son frère dans les faits, lequel sortait de l'ascenseur.

— Tu te pointes seulement maintenant ? demanda Blake en souriant. Vous essayez d'avoir un autre bébé ?

Oliver secoua son indisciplinée chevelure noire. Ses cheveux n'étaient pas longs, mais épais et pointaient dans tous les sens.

— Un c'est assez, merci beaucoup. Et si tu pouvais jouer au tonton et t'occuper de Sebastian pendant quelques heures, cette semaine, afin qu'Ursula puisse ranger la maison pour la visite de ses parents, j'apprécierais.

— Hé, ton fils vit pratiquement chez moi !

Ou plutôt dans le réfrigérateur. Blake éprouvait des difficultés à le garder approvisionné vu la quantité de nourriture que le gamin de douze ans pouvait dévorer.

Oliver gloussa.

— Tu n'aurais pas dû acheter cette grande maison. Maintenant, tu ne te débarrasseras plus jamais des jeunes. Soyons réalistes, ils préféreraient tous rester avec toi plutôt qu'avec leurs parents.

Blake sourit.

— Seulement parce que je leur accorde une totale liberté.

Il désigna la salle de conférence.

— Zane et les autres sont bien trop stricts avec leur progéniture, ajouta-t-il. Trop de discipline, ce n'est pas bon. Ils ont besoin d'un exutoire.

Oliver sourit.

— Comme je l'ai dit, tu ne te débarrasseras plus jamais d'eux, maintenant.

Il se retourna et, d'un pas nonchalant, poursuivit son chemin.

Pendant un instant, Blake demeura juste là. Le contact entre Oliver et lui n'avait pas été facile lorsqu'ils s'étaient rencontrés pour la première fois, plus de vingt ans auparavant. Mais ils avaient été réunis à cause de leur lien de parenté : Quinn Ralston, l'arrière-grand-père de Blake au quatrième degré était le créateur d'Oliver. Les deux jeunes hommes avaient vécu ensemble sous le toit de Quinn et de Rose pendant quelques années. Non apparentée à Oliver par le sang, cette dernière avait donné naissance à l'arrière-grand-mère au troisième degré de Blake peu avant sa transformation et avait, dès lors, assuré la survie du clan Ralston.

Se souriant à lui-même, il ouvrit la porte de la salle de conférence et entra. Plusieurs membres de la direction étaient rassemblés autour d'une grande table de conférence. Un haut-parleur se trouvait en plein centre de celle-ci.

— Désolé pour mon retard, s'excusa-t-il, à personne en particulier, tout en s'asseyant à côté d'Amaury.

Le vampire au physique d'un défenseur de football, aux cheveux noirs à hauteur d'épaule et aux yeux bleus perçants lui adressa un regard latéral tout en désignant le téléphone.

— Donnelly nous dresse le rapport de police hebdomadaire. Tu n'as rien manqué, lui murmura-t-il.

— Ce qui m'inquiète, Samson, disait le détective Donnelly à travers le haut-parleur, c'est qu'il y a bien plus de vols et de cambriolages que d'habitude. Il se passe quelque chose.

Samson, le fondateur de Scanguards, un grand vampire aux cheveux noirs brillants, au visage ciselé et au corps musclé, avait les coudes posés sur la table et était penché vers le haut-parleur.

— Que veux-tu que je fasse, Mike ? Tu sais aussi bien que moi que Scanguards ne s'implique dans les affaires de la ville que lorsqu'il s'agit d'infractions commises par des vampires. C'est ce qui était convenu. Et d'après ce que tu nous dis, la plupart de ces délits sont perpétrés durant la journée.

L'implication était claire : les crimes ne pouvaient être l'œuvre de vampires. Afin d'opérer en toute sécurité, ceux-ci ne pouvaient agir que dans l'obscurité.

Zane grogna en guise d'accord. Blake lui lança un regard furtif. Comme à l'accoutumée, le vampire chauve semblait prêt à arracher la tête de quelqu'un. Les yeux de Zane se posèrent sur sa montre et, après avoir remis sa chaise en place, il hocha la tête à l'intention de Samson.

— Le vol est dans quelques heures. Je dois me préparer.

Samson acquiesça et échangea ensuite un regard avec son adjoint, Gabriel.

Ce dernier haussa les épaules avec indifférence, mais la cicatrice qui lui balafrait le profil gauche se contracta, signe évident qu'il était affecté par le sujet. Ce stigmate qui s'étendait de l'oreille au menton était un horrible rappel de la souffrance émotionnelle et physique qu'il avait endurée en tant qu'humain.

— Allez, les gars, la Ville vous paie généreusement pour vos services, ajouta à présent Donnelly. Juste pour cette fois, laissez un de vos gars enquêter là-dessus.

Gabriel soupira et rencontra immédiatement le regard de Samson.

— Que penses-tu de John ? Il peut peut-être vérifier ça et déterminer s'il y a quelque chose d'étrange en rapport avec ces vols ? Je pense que ça ne lui prendra pas plus d'un jour ou deux.

Quinn, lequel était, jusqu'alors, demeuré silencieux, se passa une main dans sa chevelure blonde. Bien que presque deux cents ans plus âgé que Blake, il semblait ne pas avoir plus de vingt-cinq ans.

— Je peux retirer John des patrouilles pour quelques nuits, mais il faudra qu'on le remplace.

— Prends Grayson, agréa Samson. Je suis certain qu'il n'attend que ça.

Gabriel gloussa.

—Tu vas le laisser y aller seul ?

—Tu connais mon fils aussi bien que moi. Il me harcèle depuis des mois pour que je lui donne sa propre patrouille. Peut-être est-ce une bonne opportunité de voir s'il est prêt.

—Il a vingt ans, il est temps qu'il y mette du sien ! intervint Quinn en riant.

Amaury secoua la tête.

— Attends quand les jumeaux apprendront cela. Ils voudront également leur propre patrouille. Tu vas créer de gros conflits.

Benjamin et Damian, les jumeaux d'Amaury, avaient vingt ans, juste un an de moins que Grayson et étaient de parfaits galopins.

— Tu crois que tes garçons ne feraient pas du bon travail ? demanda Gabriel.

— Ce n'est pas à propos de Benjamin ou Damian que je m'inquiète. C'est Nina qui n'est pas prête à les lâcher.

Blake dut sourire. La compagne de sang-mêlé d'Amaury était redoutable. Bien qu'elle fût humaine, Amaury se pliait à toutes ses volontés.

— Il faut que tu mettes le holà, Amaury.

Les yeux de Quinn brillèrent de malice.

— Trop tard pour ça. C'est ce qui arrive quand on laisse sa compagne porter le pantalon.

Amaury grogna et fusilla Quinn du regard.

— Tout comme tu n'as pas plus de contrôle sur ta femme que je n'en ai sur la mienne !

Samson leva les mains en un geste de conciliation.

— Hé, les gars, revenons-en à nos affaires.

Blake regarda son patron. Ouais, Samson était exactement dans la même situation que le reste des autres vampires liés par le sang : ils étaient tous dépendants de leurs femmes et ne voulaient pas qu'il en fût autrement.

— On a donc un accord ? demanda Donnelly à travers le haut-parleur.

— Ouais, c'est OK. Je vais dire à John de t'appeler pour s'arranger avec toi. Vous avez quarante-huit heures. Ensuite, je le retire.

— OK. Merci.

Il y eut un léger froissement de papier.

— Pouvons-nous parcourir les dossiers des vampires, maintenant ? continua Donnelly. J'ai quelques mises à jour.

— Vas-y, dit Samson.

Quelqu'un frappa doucement à la porte. Un craquement s'ensuivit lorsque celle-ci s'ouvrit légèrement. Finn, un jeune employer de Vüber, une des filiales de Scanguards, passa la tête à l'intérieur de la pièce. Plusieurs visages se tournèrent vers lui.

— Désolé, s'excusa rapidement Finn, mais c'est important. Blake, un mot.

Blake se leva.

— Excusez-moi une seconde.

Il sortit et referma doucement la porte derrière lui.

— Que se passe-t-il ?

Visiblement nerveux, Finn trépignait.

— Eh bien, je n'en suis pas sûr. Mais tu m'as dit que s'il y avait un problème avec Hannah Bergdorf, je devrais te le faire savoir en personne.

Les battements de cœur de Blake s'emballèrent immédiatement. Hannah, un des nombreux chauffeurs humains travaillant pour Vüber, une compagnie qui transportait des vampires à travers la ville durant la journée, se trouvait sous sa protection personnelle.

— Hannah ? Qu'est-ce qui se passe ?

— Je n'en suis pas sûr mais, récemment, elle n'a accepté aucune course. Et elle ne s'est pas portée malade ou autre.

Finn haussa les épaules.

— Depuis quand ne travaille-t-elle pas ?

— Peut-être deux ou trois jours.

Blake sentit la chaleur lui monter à la tête.

— Et tu ne me l'as pas dit plus tôt ?

— Au début, je ne l'ai pas remarqué, car les chauffeurs de chez Vüber n'ont pas d'heures fixes. Ils acceptent les courses quand elles se présentent. J'ai pensé qu'elle prenait quelques jours de congé puisqu'elle travaillait pendant les fêtes de Noël.

— Tu l'as appelée ?

— Elle ne décroche pas. On tombe direct sur sa boîte vocale.

— Quelqu'un a vérifié chez elle ?

Finn secoua la tête.

— Je n'ai personne dans l'immédiat. On a vraiment beaucoup de travail. Et peut-être qu'elle a juste oublié de mettre son appli en mode *Absent.* Je ne veux pas m'immiscer dans ses affaires si elle est juste en congé.

Inquiet et anxieux, Blake hocha la tête. Il ne voulait toutefois pas blâmer le messager.

— Je vais m'en occuper. En attendant, envoie les détails de sa dernière course sur mon téléphone.

— D'accord.

Finn se retourna et s'en alla précipitamment, visiblement soulagé d'avoir été autorisé à partir.

Blake ne perdit pas de temps non plus. Il se dirigea vers l'ascenseur et appuya sur le bouton. Tandis qu'il attendait, il tenta de se calmer. Peut-être qu'Hannah avait juste oublié de dire à l'équipe de Finn qu'elle ne travaillerait pas pendant quelques jours. Mais autant il voulait croire à ce scénario, autant il ne le pouvait.

Hannah était trop généreuse et charitable et, cela, à ses dépens. Elle avait probablement voulu aider quelqu'un et s'était, du coup, attirée des ennuis. Tout comme elle l'avait aidé, lui, en ce jour pluvieux de Mars, quatre ans auparavant. Le jour où il aurait dû mourir si Hannah n'avait pas commis cet acte courageux.

3

Lilo se sécha les cheveux à l'aide de sa serviette, puis saisit la brosse afin de dompter ses mèches humides. D'ordinaire, elle les aurait laissé sécher à l'air libre mais, désireuse de se rendre au poste de police le plus proche, elle ne voulait pas attraper froid. Elle se pencha donc vers l'armoire sous l'évier et en sortit le sèche-cheveux d'Hannah. Elle était sur le point de le brancher et de le mettre en marche lorsqu'elle entendit un bruit provenant de l'autre pièce.

Elle se figea, son cœur sautant un battement.

Hannah était-elle rentrée à la maison ? Instinctivement, elle écouta, espérant de tout cœur que c'était son amie. Si c'était bien elle, Hannah apercevrait la valise et saurait qu'elle avait de la visite. À en juger par les autocollants sur ses bagages, des autocollants qu'Hannah, elle-même, lui avait envoyés lors de ses nombreux voyages, elle saurait immédiatement de qui il s'agissait.

Lilo attendit deux minutes supplémentaires mais, qui que fût la personne dans l'autre pièce, elle ne l'appela pas par son nom. Ce ne pouvait être Hannah.

C'était un intrus, probablement un cambrioleur. C'était évident. Elle avait écrit suffisamment de romans policiers pour savoir comment ceci se passerait : il volerait toute chose visible ayant de la valeur, incluant son sac à main et son ordinateur, ce qui la mettrait dans l'embarras. Elle avait déjà assez de problèmes à gérer. Se faire voler ses objets de valeur n'était, ce soir, pas à l'ordre du jour.

Elle tendit la main vers l'étagère en verre au-dessus de l'évier en vue d'attraper son téléphone, mais se figea.

Merde, jura-t-elle en silence.

Son portable était toujours dans son sac à main, dans le salon. Impossible donc, pour elle, de prévenir la police. Elle n'avait pas le choix. Elle devrait prendre l'initiative et surprendre le gars. Par ses recherches, elle savait que la plupart des cambrioleurs prenaient leurs jambes à leur cou dès l'instant où ils réalisaient qu'ils n'étaient pas seuls. Elle aurait juste à faire suffisamment de bruit afin de réveiller les voisins si ce type ne s'enfuyait pas immédiatement.

Tout en serrant plus fermement le sèche-cheveux, elle se regarda. La tâche aurait été plus simple si elle n'avait pas enfilé le peignoir de bain rose d'Hannah. Tant pis. Elle devrait affronter l'intrus dans cette tenue. À défaut d'espace suffisant dans la salle de bains, elle avait laissé ses chaussures dans le salon, évitant ainsi le risque de les mouiller.

Fais juste semblant d'être Morgan West. Le chasseur de primes de sa populaire série policière ne tremblerait certainement pas dans ses bottes comme elle le faisait en ce moment. D'un autre côté, à sa décharge, elle ne portait pas de bottes. Elle était pieds nus. Super, elle était sur le point de devenir le personnage principal d'un film d'horreur : une blonde légèrement vêtue, pieds nus, s'enfuyant pour sauver sa peau. Cette situation pouvait-elle être plus pathétique ?

Arrête, se réprimanda-t-elle. Si seulement son imagination n'était pas si fertile ! En ce moment, elle était à même d'inventer toutes sortes de scénarios possibles. Et tous se terminaient mal. Parfois, être auteur de romans policiers était une malédiction : elle en connaissait trop au sujet des mauvais et dangereux éléments de la société. Éléments tel le cambrioleur qu'elle pouvait, à présent, nettement entendre fouiller dans le salon. Dans quelques minutes, il serait parti, emportant son sac à main et son ordinateur.

C'est maintenant ou jamais.

Prenant une respiration profonde, elle tourna la poignée de porte de la main gauche tout en serrant très fort le sèche-cheveux de la droite. Elle pourrait au moins l'utiliser comme arme pour frapper le type s'il venait à s'approcher d'elle.

Lilo ouvrit doucement la porte, juste assez pour pouvoir jeter un coup d'œil dans le petit couloir. Mais de cet angle, elle ne pouvait apercevoir quiconque. Précautionneusement, elle ouvrit plus grand la porte et fit un pas en avant. Sous ses pieds nus, le vieux plancher en bois craqua. Le bruit sembla résonner fort, bien que cela n'eût juste pu être que le résultat de son imagination débordante.

Un pas de plus, et elle se retrouva dans le couloir. La partie du salon qu'elle pouvait apercevoir était vide. Sa valise était toujours là où elle l'avait laissée, bien que quelqu'un en eût mis le contenu sens dessus dessous, juste à côté de celle-ci.

La preuve était faite. Ce n'était pas Hannah qui était entrée dans l'appartement. Lentement et silencieusement, elle pénétra d'un pas raide dans le salon, demeurant aussi près que possible du mur avant de se placer dans un coin depuis lequel elle pouvait voir la pièce tout entière. Elle était vide. La petite lampe de lecture qu'elle avait allumée plus tôt éclairait toujours la pièce. Mis à part cela, il faisait sombre, et cela avait probablement donné l'impression au cambrioleur que l'appartement était vide.

Un autre bruit se fit entendre. L'intrus était dans la cuisine. Était-ce par là qu'il était entré ? Par la fenêtre qu'elle avait ouverte pour se débarrasser de cette odeur infecte ?

Tandis qu'elle s'approchait de la porte entrouverte de la cuisine, elle hésita. Si elle venait à le surprendre dans ce petit endroit confiné, il pourrait paniquer et se précipiter sur elle. Non, ce n'était pas intelligent de vouloir le coincer de la sorte. Et s'il venait à riposter ?

Son regard se posa sur son sac à main dont le contenu avait été vidé sur le fauteuil. Si elle parvenait à attraper son portable, elle pourrait ensuite se faufiler par la porte d'entrée et appeler la police sans que le cambrioleur ne pût l'entendre. Et tout se passerait bien.

Elle déposa le sèche-cheveux sur le canapé, puis se pencha sur le fauteuil et fouilla dans ses affaires. Involontairement, son pied écrasa quelque chose de doux. Un couinement déchira le silence.

Merde ! Elle venait juste de marcher sur un des jouets de Frankenfurter.

Frénétiquement, elle tenta de trouver son portable, mais celui-ci n'était pas sur le fauteuil. L'intrus devait l'avoir pris.

Bon sang !

De lourds pas derrière elle la firent se retourner. Il était trop tard. Un homme étrange se ruait vers elle, la regardant furieusement comme si *elle* était l'intrus. Un halo de lumière fut réfléchi, faisant apparaître ses yeux rouges comme s'il était le diable incarné.

Putain ! Ce type n'était pas du genre à faire volte-face et s'enfuir.

Ne cherchant qu'à s'échapper, Lilo se précipita vers la porte d'entrée. Elle pourrait toujours acheter un nouvel ordinateur et se faire délivrer une nouvelle carte de crédit par la banque. Il valait mieux courir maintenant et gérer les conséquences plus tard.

Sa main se trouvait déjà sur la poignée de porte lorsqu'elle fut projetée en arrière par deux fortes mains lui agrippant les épaules. Le type la retourna et la balança dans la direction opposée. Elle atterrit le dos sur le vieux canapé, les jambes en l'air.

Elle se redressa rapidement, tentant de s'enfuir à nouveau, mais l'homme était déjà en train de se précipiter vers elle.

— À l'aide ! Aidez-moi ! hurla-t-elle à pleins poumons.

Tout cet air fut immédiatement expulsé de ses poumons, tandis que l'intrus la repoussait contre les coussins aussi facilement que si elle avait été un enfant en bas âge, et non une adulte.

Elle sut instantanément, qu'en dépit de ses cours de self-défense qu'elle avait suivis au collège, elle n'avait aucune chance contre un assaillant aussi fort.

Le cri à l'aide suivant fut étouffé sous une large paume de main. Personne ne l'entendrait hurler.

Merde ! Que ferait Morgan West, maintenant ? Comment se sortirait-il de cette fâcheuse situation ? Asséner un coup de pied dans les parties de l'agresseur ? Ouais, si elle parvenait à soulever le genou, ce qu'elle était dans l'impossibilité de faire vu le poids de son adversaire. Et pour commencer, Morgan ne se retrouverait pas dans cette situation.

— Où est-elle ? grogna l'homme.

Ne sachant pas de quoi il parlait, elle ignora la question et tenta plutôt de graver son visage dans sa mémoire. Quoi qu'il pût se passer à présent, elle ferait tout ce qu'elle pourrait afin d'être capable de le reconnaître plus tard, lors d'une séance d'identification.

Les yeux de l'homme étaient toujours rouges. Ce devait, probablement, être une illusion causée par la peur, car il était impossible que la lumière présente dans la pièce eût pu, sous cet angle, se refléter dans ses iris. De profondes rides lui traversaient le front, et sa bouche formait une fine ligne. Ses cheveux noirs étaient hirsutes, son visage rasé de près. Ses pommettes étaient proéminentes, mais il n'avait aucune marque pouvant le rendre facilement identifiable.

Le bruit d'une porte qui s'ouvre amena Lilo à détourner le regard du visage de son agresseur et à regarder par-delà ses épaules.

Un autre homme aussi grand que l'assaillant se dirigeait vers eux.

Oh putain ! Pouvait-elle être plus malchanceuse ? Le cambrioleur n'était pas venu seul. Il avait amené un complice. Maintenant, ils étaient deux.

4

Blake se précipita sur l'assaillant. Il avait entendu le cri d'une femme provenant de l'appartement d'Hannah au moment où il avait forcé la serrure de la porte.

L'homme était indubitablement un vampire. Tout comme il était évident que la femme victime de l'attaque n'était pas Hannah, mais bien une blonde en tenue légère dont les longues jambes dénudées dépassaient de sous son agresseur.

Blake attrapa l'homme par les épaules et l'écarta d'un coup sec de sa victime. Le vampire hostile tournoya en grognant méchamment, mais Blake ne perdit pas de temps et lui asséna un coup dans le visage, lequel, l'espace d'un instant, fut fouetté sur le côté avant de reprendre place brusquement. À présent bien plus énervé d'avoir été interrompu dans son plaisir, le connard riposta.

Parant les coups de poing du type, Blake n'eut pas la moindre possibilité de s'assurer que la femme était indemne. Il n'avait entendu que ses cris de frayeur et n'avait aperçu qu'un flash de couleur rose dans sa vision périphérique. Il devait garder la tête sur les épaules afin de maintenir son agresseur à distance. Étant plus lourd que Blake, l'étranger avait un avantage sur lui, quoique sa technique de combat fût moins raffinée. Blake avait donc le dessus à ce niveau. Malgré cela, le gars réussit à délivrer quelques coups de pieds et de poing mineurs.

Lorsque le poing de l'inconnu revint vers lui, Blake l'esquiva et alla projeter son adversaire contre la bibliothèque. Des livres et des bibelots s'écrasèrent au sol, mais le vampire n'abandonna pas. Il attrapa la lampe sur pied qui se trouvait à sa gauche et la lança vers Blake qui plongea sur le côté, la laissant ainsi heurter le mur sans danger.

Mais l'agresseur ne ralentit pas. Il s'écarta de la bibliothèque et tendit la main vers une chaise couverte d'une pile de magazines. Blake sut exactement ce qu'il envisageait de faire avec cette chaise en bois. Mais il n'eut pas l'intention de lui laisser cette opportunité.

— Bien essayé, mon pote ! grogna Blake en sautant.

Il arracha la chaise des mains de son opposant avant que ce dernier n'eût pu la claquer contre le mur et la transformer en pieu. Tandis qu'il se retournait afin de lui délivrer un coup sur la tête, Blake sentit le poing de son adversaire le percuter au niveau du ventre, le forçant, durant une fraction de seconde, à se replier sur lui-même.

Mais il avait connu pire que cela. Scanguards l'avait bien entraîné au combat corps à corps. Personne ne le battrait aussi facilement, pas même un vampire pesant une bonne dizaine de kilos de plus que lui.

Il continua à échanger des coups avec l'assaillant, évitant autant que possible les plus directs d'entre eux. Alors que son adversaire assénait quelques coups de poings bien situés, Blake parvenait à en délivrer de sérieux dans le visage de plus en plus agité du type. Il ne faudrait pas attendre longtemps avant que leurs canines respectives ne fussent mises à nu et ce, en dépit de la présence de l'humaine dans la pièce. Ne sachant pas si la femme savait ce qu'ils étaient, Blake voulait éviter cette complication.

Cela l'exhorta à s'attaquer encore plus violemment à cet ennemi, et il se mit alors à utiliser ses jambes afin de délivrer de puissants coups de pieds, mouvements qu'il avait appris de diverses disciplines d'arts martiaux. Mais l'assaillant ne voulait pas aller au tapis. Il continuait à venir, à asséner des coups de poings et de pieds plus férocement à chaque minute, comme si le combat le réapprovisionnait en énergie. Il était devenu impossible de l'arrêter par des moyens ordinaires. Seuls un pieu ou une balle en argent parviendraient à mettre ce con déterminé à terre. Mais, dans l'immédiat, ce n'était pas une option, parce que Blake le voulait vivant.

Le jeune garde du corps grinça alors des dents et puisa dans toutes ses réserves afin de rouer l'adversaire de coups à la force et à la vitesse du vampire. En retour, ce dernier devint encore plus sauvage. À présent, ses yeux étaient rouges.

Un cri aigu émanant de la femme présente dans la pièce détourna l'attention de Blake pendant une fraction de seconde. Avait-elle aperçu les yeux rouges de l'attaquant ?

Un poing entrant en contact avec sa tempe le fit tituber et reculer d'un pas. Blake balança le bras en arrière et visa le menton de l'ennemi mais, lorsqu'il fit à nouveau un pas en avant afin de mettre tout son poids dans le coup qu'il s'apprêtait à asséner à son adversaire, il se prit le pied dans quelque chose et glissa. Il se rattrapa et sauta en arrière, mais l'autre vampire était déjà en train de se diriger vers la porte ouverte.

En panique, Blake se libéra le pied du fil électrique de la lampe et se mit à courir derrière lui. La cuisine était petite et, de l'autre côté, une seconde porte menait dans le hall. L'assaillant se dirigeait vers elle, mais Blake le tira en arrière et le fit tournoyer.

Mais avant que Blake n'eût pu asséner un coup de poing, le vampire s'arc-bouta sur le comptoir de la cuisine et expédia ses jambes dans l'estomac du jeune homme, le faisant basculer sur son derrière. Cela procura suffisamment de temps à l'ennemi pour se hisser par-dessus l'évier de la cuisine et se ruer sur la fenêtre ouverte.

Déjà debout, Blake se précipitait vers la fenêtre lorsque quelque chose de dur vint le heurter latéralement. Momentanément désorienté, il tourna la tête vers l'embrasure de la porte où se tenait une femme légèrement vêtue, un sèche-cheveux dans la main.

— Merde ! jura-t-il en sautant sur le comptoir avant de se précipiter sur la fenêtre.

Mais lorsqu'il regarda à l'extérieur, le vampire était déjà à cinquante mètres du bâtiment et grimpait sur une moto.

Il s'en alla à toute vitesse. En dépit de sa vision nocturne de vampire, Blake ne put déchiffrer les numéros : ils étaient obscurcis par la boue.

— Putain ! jura-t-il en tapant la main sur le mur avant de redescendre et se retourner vers la femme.

— Bordel, mais pourquoi m'as-tu frappé avec ce sèche-cheveux ? Je le tenais !

Elle souleva le menton.

— Vous ne le teniez pas ! Il était en train de vous éclater. J'essayais de vous aider, bon sang !

— Ouais, tu étais d'une grande aide ! grogna-t-il. Tu aurais dû rester hors de ça.

— Oh ouais ? Et jouer à la demoiselle en détresse ? ronchonna-t-elle.

À présent furieux, il fit un pas vers elle.

— Tu *étais* la demoiselle en détresse !

Il prit une profonde inspiration et, pour la première fois, la regarda réellement. Ouais, et quelle belle demoiselle elle était ! Bon sang, il ne l'avait même pas remarqué. Mais, pour sûr, il s'en rendait compte, à présent.

C'était une vraie blonde dont les cheveux avaient la couleur du blé. Ils tombaient en cascade sur ses épaules et touchaient la peau exposée de son décolleté, là où le peignoir rose bâillait. Sous le tissu, ses seins se soulevaient par la force de sa lourde respiration, probablement suite à l'effort consenti en le frappant, et certainement suite à l'outrage de sa réprimande. Enfin. La vue ne le gênait pas. Pas du tout, en fait. Elle n'était pas mal à regarder. Non pas petite et fragile, mais bien grande et athlétique.

Ses yeux errèrent plus bas. Le peignoir ne descendait qu'à mi-cuisse, et les jambes qui forçaient à présent son admiration étaient fines et un peu pâles à cause du manque de soleil. Mais il put imaginer que, durant l'été, sa peau adoptait la couleur du bronze et accentuait le blond de sa chevelure. Involontairement, il bougea, la soudaine tension dans son pantalon le forçant à trouver une position plus confortable avant que la beauté face à lui ne remarquât qu'il arborait un début d'érection ; et qu'elle en était la cause.

Un souffle lui fit lever les yeux vers le visage de la jeune femme. Ses yeux bleu myosotis le scrutaient à présent avec une suspicion à peine voilée. Il aurait pu se perdre dans leur profondeur, n'eussent-ils pas été plissés à son intention.

— Qui êtes-vous et que faites-vous ici ?

Il inclina la tête sur le côté.

— Tu veux dire mis à part sauver ton joli petit cul de ce con ? répondit Blake en désignant la fenêtre.

Un peu de couleur s'afficha sur les joues de Lilo.

— Ouais, cela mis à part.

— Je pourrais te demander la même chose. Car, pour sûr, tu n'es pas Hannah. Et ici, c'est son appartement. Donc, que fais-tu ici ?

— Ça, c'est gonflé ! le piqua-t-elle.

— Tu entres par effraction et tu me demandes, *à moi*, ce que je fais ? ajouta-t-elle, se surprenant à le tutoyer à son tour.

Involontairement, il pointa le doigt en direction de l'entrée principale.

— Si je n'avais pas enfoncé cette porte, Dieu sait ce que ce type t'aurait fait. Tu appelais à l'aide, alors excuse-moi si je n'ai pas appuyé sur cette putain de sonnette !

Bon sang, comme cette femme pouvait l'agacer !

Elle prit une profonde inspiration mais, plutôt que de se défendre en proférant une autre insulte, elle parut se calmer.

— Je suis désolée, mais tant de choses se sont passées, et je suppose que je suis juste un peu secouée. Avec ce cambrioleur, je veux dire… et ce n'est pas comme si je n'avais pas déjà suffisamment de choses en tête.

Un cambrioleur ? C'était ce qu'elle pensait que ce vampire était ? Pour l'instant, il le lui laisserait croire, mais il était presque sûr que l'agresseur avait quelque chose à voir avec le fait qu'Hannah ne se fût pas présentée à son boulot. Si cet étranger avait été humain, il aurait certainement pu être un cambrioleur ordinaire. Mais un vampire, alors qu'Hannah travaillait avec des vampires ? C'en était trop pour être une coïncidence.

Lentement, il hocha la tête. Au moins, cette femme n'était plus agressive. Il pouvait gérer cela.

— Tu es une amie d'Hannah ?

— Lilo, sa meilleure amie. Nous sommes de la même région. Tu habites le building ?

— Non. Je suis un ami. Hannah et moi travaillons pour la même compagnie. Dans des départements différents.

Il lui offrit sa main.

— Je suis Blake.

Lilo hésita, puis changea le sèche-cheveux de main avant de lui serrer la sienne.

— Elle n'a jamais parlé de toi.

— Elle n'a jamais parlé de toi non plus.

Quoiqu'il n'eût aucune raison de croire que Lilo lui mentait.

— Est-ce que tu l'as vue ? demanda-t-il.

Lilo cligna des yeux avant de répondre.

— Non. L'appartement était vide quand je suis arrivée tout à l'heure, plus tôt dans la soirée.

Blake jeta un œil tout autour.

— Elle n'est pas venue au boulot. Elle ne s'est pas fait porter malade, ce qui ne lui ressemble pas. Nous sommes inquiets.

— Moi aussi. C'est la raison pour laquelle je suis venue. Je pense que quelque chose lui est arrivé.

Soudain, elle s'affaissa contre le chambranle, évacuant tout l'air présent dans ses poumons.

Instinctivement, Blake tendit la main vers elle, mais elle se tourna doucement et fit un pas dans le salon.

— Désolé, je ne voulais pas… commença-t-il.

Il se passa une main dans les cheveux.

— Je n'avais pas l'intention de te faire peur. Je suppose que ce cambrioleur l'a déjà fait. Tu vas bien ?

Elle força un léger sourire, mais secoua la tête.

— Non, je ne vais pas bien. Mon amie a disparu. Son chien également. Et elle ne répond pas à son téléphone. Sa mère est morte d'inquiétude.

Elle resserra le peignoir autour de son torse.

— Et il faut que je signale sa disparition, ajouta-t-elle.

— Je peux m'occuper de ça, proposa Blake, quoiqu'il n'eût pas l'intention de se rendre à la police. C'était une histoire de vampire. Il était primordial qu'il s'occupât en personne de la disparition d'Hannah ; il ne voulait pas impliquer la police.

Lilo secoua la tête avec véhémence.

— Non. *Je* dois aller à la police. Je le lui dois. C'est ma faute si elle a disparu.

Instinctivement, Blake se rapprocha.

— Quoi ? Pourquoi est-ce ta faute ?

Le joli visage de Lilo adopta une expression de douleur.

— Elle m'a laissé un message qui disait qu'elle avait besoin de parler. Quelque chose la tracassait, et je n'ai pas répondu. J'étais trop occupée.

— Et de ce fait, tu crois que c'est de ta faute ? C'est ridicule, répondit-il en secouant la tête.

Lilo frissonna soudain, et il réalisa que l'air froid provenant de la fenêtre de la cuisine la dérangeait. Il se retourna et la ferma, puis emmena Lilo vers le canapé du salon.

Elle leva les yeux, et son regard rencontra celui de Blake.

— J'aurais dû la rappeler quand elle avait besoin de moi. C'est ma faute.

5

— Assieds-toi, s'il te plaît. Tu es plus secouée que je ne le pensais.

La voix grave et mélodique de son sauveur la fit frissonner une fois de plus. Lilo réalisa qu'elle ne l'avait pas encore remercié. Elle l'avait plutôt invectivé et traité avec suspicion. Et pourtant, il était là, à lui prendre le sèche-cheveux de la main, à le déposer et à la guider doucement vers le canapé, comme si elle était fragile et sur le point de craquer, à n'importe quel moment. Et peut-être serait-ce le cas. Elle n'était pas un des personnages courageux de ses livres, lesquels étaient quotidiennement confrontés au crime et n'avaient peur de rien.

— Je vais—

— Que se passe-t-il, ici ? demanda une voix masculine depuis la porte d'entrée.

Lilo fouetta la tête dans cette direction. À la porte demeurée ouverte, se tenait un homme d'une cinquantaine d'années en pyjama et long peignoir vert foncé. Il jeta un œil dans l'appartement.

Déjà, Blake se dirigeait vers lui.

— Rien dont vous devez vous inquiéter. On s'occupe de tout.

Il atteignit la porte, bloquant ainsi la vue de Lilo, et poursuivit la conversation avec le soucieux voisin, à voix tellement basse qu'elle ne put entendre ce qu'il disait.

Un instant plus tard, Blake se retourna après avoir refermé la porte derrière lui. Ils se retrouvèrent à nouveau seuls.

Tandis qu'il venait vers elle avec assurance, elle saisit cette opportunité et l'examina de haut en bas. Il avait un peu plus d'un mètre quatre-vingt et était athlétique. Ses cheveux étaient noirs et ses yeux bleu azur. Le menton était carré et volontaire, et le nez était droit et long. Sous son polo, elle put voir se contracter les muscles de sa poitrine.

Il était beau ; même très beau. Peut-être dans la petite trentaine. Farouche, au sens romantique du terme. Et il ressemblait exactement à l'image qu'elle s'était faite de Morgan West, le chasseur de primes de sa série policière, s'il avait vécu dans la vie réelle.

Elle secoua la tête afin de tenter de revenir à la réalité. Cette fois, elle ne se trouvait pas dans un de ses livres. C'était la vraie vie. Un danger réel. Et cet homme l'avait sauvée d'une menace certaine.

— Je ne t'ai même pas remercié, commença-t-elle.

Il s'arrêta devant elle, s'assit sur le bord de la vieille table basse et sourit.

— Pas besoin. Je suis juste content que tu aies cessé de me frapper.

Elle grimaça.

— Je ne t'ai frappé qu'une seule fois. Et c'était un accident. J'en avais après l'autre gars. Je suis désolée.

— Oublie ça, poursuivit-il en se penchant un peu. Dis-moi ce qui s'est passé.

Lilo tira sur le peignoir de bain emprunté à Hannah.

— Je prenais une douche, en vitesse, après mon arrivée de l'aéroport, et je me préparais à me rendre à la police lorsque j'ai entendu quelque chose. J'ai pensé que ce devait être un cambrioleur. Alors, je me suis dit que je devais le chasser avant qu'il ne vole quelque chose.

— Le chasser ? Pourquoi n'as-tu pas appelé le 911 ?

— J'ai essayé.

Elle désigna le fauteuil sur lequel le contenu de son sac à main était toujours éparpillé. Elle ne put toujours pas apercevoir son téléphone parmi ses affaires.

— Mais je n'ai pas pu trouver mon portable, ajouta-t-elle. Je pense qu'il l'a pris avant de retourner dans la cuisine. Et ensuite, il m'a entendue, et c'était trop tard.

Elle frissonna.

— Je ne sais pas ce qu'il aurait fait, précisa-t-elle.

Blake pinça les lèvres et hocha la tête en fronçant les sourcils.

— C'est une bonne chose que je sois arrivé à temps. Bon, tu ferais bien de t'habiller et de faire ta valise. Maintenant, tu ne peux plus rester ici.

Il se leva.

Elle se redressa brusquement du canapé.

— Je ne peux pas partir. Je dois rester ici. Et si Hannah revenait ? Mon téléphone ayant disparu, elle n'a aucun moyen de me contacter.

— Ce n'est pas sûr, ici.

Le tranchant de sa voix n'autorisa aucun refus.

Et l'agaça immédiatement.

— À cause d'un cambrioleur ? Ça arrive tout le temps dans les grandes villes. Je ne suis pas une péquenaude de la campagne qui—

— Ça n'a rien à voir avec cela, l'interrompit-il en la regardant furieusement. Ce n'était pas un cambriolage commis par hasard. Ce type va revenir. Et je ne veux pas que tu sois ici quand il le fera.

Le cœur de Lilo commença à battre avec fracas et, au fond de son esprit, quelque chose tenta d'émerger.

— Pourquoi penses-tu cela ?

— Je travaille dans la sécurité. J'ai l'expérience de ce genre de choses. Fais-moi confiance. Ce type cherchait quelque chose de précis.

Il désigna le contenu du sac à main de Lilo.

— Pourquoi prendre ton téléphone, mais pas ton portefeuille ? Quel cambrioleur laisse de l'argent liquide et des cartes de crédit ? ajouta-t-il.

Lilo suivit son geste. Il avait raison ; son portefeuille ouvert était bien sur le fauteuil. Elle put voir que l'argent se trouvait toujours à l'intérieur. De plus, elle se souvint de ce que le voleur lui avait dit lorsqu'il la maintenait sur le canapé.

— Il m'a demandé où elle se trouvait, dit-elle tout haut.

— Où se trouvait quoi ?

Elle secoua la tête.

— Je ne sais pas de quoi il parlait. Il me maintenait fermement sur le canapé et m'a dit : *Où est-elle ?* C'est tout. Ensuite, tu es entré.

— Tu as quelque chose de valeur avec toi ?

— Non. Juste mon ordinateur, mon portable, que je ne retrouve pas, et mon portefeuille. Je n'ai aucun bijou sur moi. Rien qui n'ait de la valeur aux yeux de quelqu'un, mis à part moi. Je voyage léger.

Blake hocha la tête et jeta un œil tout autour de lui, son regard atterrissant sur l'ordinateur posé sur la table.

— C'est le tien ?

— Non. C'est celui d'Hannah. J'ai tenté d'y entrer pour vérifier ses emails, mais il est protégé par un mot de passe.

— C'est bien. Nous allons le prendre avec nous. Je vais vérifier si elle a laissé son téléphone portable ou autre chose qui puisse nous donner un indice quant à l'endroit où elle se trouve. En attendant, habille-toi et fais ta valise. Tu viens avec moi.

Sa voix la commandait, comme s'il était habitué à ce qu'on obéît à ses ordres sans poser de questions.

— Mais je dois aller à la police et signaler sa disparition.

Pendant un instant, il ne fit que la regarder, examinant son visage. Ensuite, il soupira.

— Bien. Nous nous arrêterons au poste de police en chemin.

Elle hésita, resserrant instinctivement son peignoir sur elle.

— Je ne te connais pas…

— Je comprends bien. Mais si j'avais réellement voulu te faire du mal, j'aurais pu le faire un million de fois.

Elle le regarda dans le bleu des yeux et y vit de la sincérité. Lentement, elle acquiesça d'un hochement de tête. Il avait raison.

— OK. Donne-moi quelques minutes pour rassembler mes affaires.

Ainsi que pour se calmer et se rétablir du choc de l'agression ; avant d'avoir été secourue par un homme capable de faire palpiter le cœur de n'importe quelle femme. Même le sien.

6

Pendant que Lilo s'habillait dans sa chambre, Blake avait sagement mis ce temps à profit en fouillant l'appartement à la recherche de tout indice permettant de localiser d'Hannah. Il avait également envoyé un texto.

À présent, il chargeait la valise de Lilo dans le coffre de son Aston Martin, un cadeau de ses arrière-grands-parents au quatrième degré, Rose et Quinn, après qu'il eût bousillé sa BMW, quatre ans plus tôt ; ce qui, de surcroît, était une opportunité pour eux de le taquiner. Car lorsqu'il avait une vingtaine d'années, il se prenait pour son homonyme britannique, Bond, et tentait de lever des filles en les saluant à la manière de 007. Comme il avait été pathétique à cette époque ! Maintenant, il valait bien plus que cela, plus qu'il n'eût jamais rêvé l'être. Un membre d'un groupe de vampires dont la mission était de protéger les innocents.

Blake plaça l'ordinateur et la tablette d'Hannah dans un sac à côté des bagages de Lilo. Il n'avait pas trouvé le portable de sa jeune collègue, ce qui pouvait s'avérer être une bonne nouvelle. Si elle l'avait avec elle et qu'il était allumé, il serait aisément traçable : l'appli Vüber avait un GPS intégré. Blake n'aurait même pas à contacter son équipe informatique afin de trianguler le téléphone.

Blake contourna la voiture et entra côté conducteur. Lilo était déjà assise sur le siège passager. Il déverrouilla son portable et ouvrit l'application Vüber. En tant que responsable au sein de Scanguards, il avait la version administrative de l'application sur son téléphone, ce qui lui permettait de localiser divers chauffeurs de chez Vüber et de les identifier par leurs noms, chose qu'un utilisateur ordinaire ne pouvait faire et cela, dans le but de protéger l'anonymat des chauffeurs.

— Qu'est-ce que tu fais ?

Il jeta un œil vers Lilo avant d'entrer le nom d'Hannah dans l'application.

— Le téléphone d'Hannah contient une puce permettant de la localiser afin que les gens désireux de louer ses services sachent si elle se trouve dans les parages ou pas.

— Elle m'a dit qu'elle travaillait comme chauffeur. Donc, c'est une société concurrente de Uber ?

— Pas vraiment. Vüber n'est disponible que durant la journée.

Lilo plissa le front.

— Pourquoi ? Ça ne semble pas être un bon modèle d'entreprise.

Involontairement, Blake sourit. Vüber n'existait pas essentiellement pour engendrer de l'argent. Elle avait été créée par commodité pour la population de San Francisco et de la région de la Baie.

— Nous avons fait procéder à une étude et avons découvert que la plupart des attaques sur les chauffeurs professionnels sont commises la nuit, mais que la majorité des courses sont requises durant la journée.

Ce n'était pas vraiment la vérité, mais c'était une explication raisonnable. Une de celles que Lilo accepterait, espérait-il.

— Je n'avais jamais pensé à cela. C'est en fait très.. ; euh, prévenant de la part de la compagnie.

Elle désigna le téléphone portable qu'il tenait en main.

— Est-ce qu'on la voit ?

Blake regarda de nouveau l'écran et vit que la roue avait cessé de tourner. *Pas trouvé,* affichait-il. Il leva les yeux et rencontra le regard empreint d'espoir de Lilo. Sans un mot, il secoua la tête.

Elle soupira, et il put ressentir toute la déception qui se dégageait d'elle.

— Cela aurait été trop facile, dit-elle.

Il se déconnecta et ouvrit son application Messenger. Il ajouta un contact avant de tendre le portable à Lilo.

— Encode ton numéro, dit-il en démarrant la voiture.

— Pour quoi faire ?

Il s'engagea dans la rue et s'imbriqua dans la faible circulation du soir.

— Si le cambrioleur détient toujours ton téléphone, je pourrais le localiser par triangulation.

Elle soupira.

— Je sais comment ça marche. Mais pourquoi ferais-*tu* cela ? La police s'en chargera.

— Le temps qu'on arrive au poste et qu'on mette quelqu'un sur l'affaire, il se pourrait que le gars ait déjà balancé ton téléphone. Ce serait trop tard.

Acceptant son explication, elle encoda quelque chose et lui tendit le téléphone. Il le prit tout en gardant un œil sur le trafic, puis composa le numéro de Thomas.

Le chef du service informatique de Scanguards répondit immédiatement.

— Quoi de neuf ?

— Je viens juste de t'envoyer le numéro d'un portable. Peux-tu essayer de le tracer immédiatement ?

— Je suppose que c'est urgent et que ça ne peut pas attendre, répliqua Thomas, un petit air narquois dans la voix.

— Tu as deviné juste. Appelle-moi quand tu as quelque chose.

— Bien sûr.

L'appel fut coupé. Blake déposa son téléphone dans le porte-gobelet et gratifia Lilo d'un regard latéral.

— Nous saurons très bientôt si ton portable est toujours allumé et si le voleur l'a toujours.

Elle acquiesça d'un hochement de tête.

— Tu fais souvent cela? Je veux dire…

Elle désigna le téléphone.

— … retrouver des téléphones perdus et traquer des cambrioleurs ?

— Je fais ce qui est nécessaire.

— Tu as dit que tu travaillais dans la sécurité. Quel genre ?

Du coin de l'œil, il remarqua qu'elle l'étudiait. Bon, d'accord ! Maintenant que le choc initial de l'agression s'était dissipé, elle se sentait obligée de poser des questions.

— Sécurité personnelle.

— Tu veux dire comme garde du corps ?

Il hocha la tête.

— Tu as dit que tu travaillais pour la même compagnie que celle d'Hannah. Elle n'a jamais dit travailler pour une société de gardes du corps.

Il put ressentir la suspicion émaner d'elle. Cela signifiait, au moins, qu'elle avait toute sa tête, bien qu'il n'appréciât pas devoir lui donner davantage d'explications. Moins elle en savait à propos de Scanguards, mieux c'était.

— Différents départements, tu te souviens ?

— Ouais, tu l'as dit. Ça ne m'en dit toutefois pas beaucoup plus.

— Il n'y a pas grand-chose à en dire.

— C'est marrant, je pensais bien que tu dirais ça.

Il lui lança un autre regard latéral. Son expression *ne me raconte pas de conneries* était facilement lisible. Il était temps de l'apaiser.

— Écoute, Lilo, la société pour laquelle je travaille est confrontée à des problèmes extrêmement sensibles. Nos clients exigent la confidentialité. C'est probablement la raison pour laquelle Hannah ne t'a jamais beaucoup parlé de son travail. Mais laisse-moi t'assurer que nous prenons soin de nos employés. Et quand quelqu'un manque à l'appel, comme Hannah, nous ne comptons pas uniquement sur la police pour retrouver cette personne. Nous utilisons tous les moyens en notre possession.

Il s'arrêta à un feu rouge et relâcha le volant, tendant la main vers celle de Lilo. Ce ne fut que lorsqu'il sentit la chaleur de sa peau contre la sienne et l'entendit inspirer profondément qu'il réalisa ce qu'il était en train de faire. Mais il était à présent trop tard pour faire marche arrière. Il lui serra la main, appréciant ce doux contact durant un bref instant.

— Nous retrouverons Hannah. Saine et sauve. Je te le promets.

Quoiqu'il n'eût aucun droit de le lui promettre. De ce qu'il en savait, Hannah pouvait tout aussi bien être déjà morte. Mais il ne pouvait partager ses inquiétudes avec Lilo, sans quoi elle s'effondrerait. Il avait besoin qu'elle demeurât forte.

— J'espère que tu as raison.

Pendant un instant, leurs regards se suspendirent. Il put apercevoir de l'inquiétude dans ses yeux. Il ferait tout pour remplacer cette expression par un sourire, car il voulait voir tant de choses sur son visage : le rire, la joie…

Il inspira.

… l'excitation. Il pencha doucement le torse dans l'espace vide séparant les deux sièges. Elle semblait si vulnérable… si tentante.

Le vampire qui était en lui était attiré par son sang, alors que l'homme l'était par sa beauté et la force qu'il avait perçue durant leur première dispute. Elle n'était pas une chiffe molle, pas une demoiselle en détresse. Loin de là. Elle était la femme la plus fascinante qu'il eût jamais rencontrée. Une femme avec des lèvres des plus tentantes…

Un klaxon provenant de derrière le fit sursauter et relâcher la main de Lilo.

Putain !

Qu'avait-il failli faire ? Il l'avait seulement rencontrée moins d'une heure plus tôt. Et il n'était pas le genre de gars à piaffer devant une femme juste parce qu'elle était sexy. Et, bon sang, que Lilo était sexy ! Mais c'était hors sujet. Il ne se retrouvait pas dans une aventure d'un soir. Cela n'avait pas été le cas depuis des années. Il aimait apprendre à connaître une femme, d'abord, avant que cela ne devînt physique. Bien qu'il eût été tout l'opposé lorsqu'il avait une vingtaine d'années. Il avait été du genre crac-boum-merci-madame. Mais cela avait changé avec l'âge et ses responsabilités croissantes en tant que Chef de la Sécurité des Hybrides. Maintenant, il aimait y aller doucement. Alors, pourquoi, bordel, s'était-il penché comme pour l'embrasser ?

Maîtrise-toi, mec !

Il se racla la gorge et tourna à droite à l'intersection, puis se gara sur un emplacement devant le bâtiment de la police. À cette heure de la nuit, il faisait assez calme.

— C'est le poste ? demanda Lilo, la voix légèrement rauque.

Blake désigna l'entrée au-dessus de laquelle les mots *Poste de police* étaient illuminés.

~ ~ ~

Tandis que Blake sortait de la voiture, Lilo, tremblante, tâtonna afin de trouver la boucle de sa ceinture de sécurité. Elle avait marmonné une question idiote dans le seul but d'échapper au silence qui s'était abattu sur eux après que cette voiture eût klaxonné.

La gêne lui brûlait encore les joues. Elle s'était cramponnée à la main de Blake, avait aimé la sensation de ce doux contact, alors que tout ce qu'il avait voulu, c'était la réconforter. Elle s'était plutôt penchée, comme si une force inexplicable l'avait attirée vers lui. Elle n'avait jamais cru en une telle chose, n'avait jamais cru que, elle, en particulier, pouvait être attirée par quelqu'un comme si elle avait été hypnotisée. Elle qui, pour avoir été de trop nombreuses fois déçue, ne faisait pas confiance aux hommes. Mais son corps ne semblait pas se souvenir de ces temps où sa confiance avait été ébranlée. Son corps aspirait plutôt à céder à cet étranger qui l'avait sauvée. Peut-être était-ce la raison de son inexplicable attirance : elle se sentait reconnaissante. Bien sûr, le fait que Blake fût la personnification même de son héro fictif, Morgan West, pouvait être une raison à son manque momentané de jugement. Elle devrait juste ignorer ce minuscule détail et tenter de ne plus le confondre avec son fringant chasseur de primes.

Lilo déboucla finalement sa ceinture de sécurité et prit une profonde inspiration. Elle pouvait le faire.

Avant que sa main n'eût atteint la poignée, la portière s'ouvrit. Elle sortit et hocha la tête vers Blake qui lui tenait la portière ouverte.

— Allons-y, dit-elle en serrant fortement son sac à main.

Elle évita de le regarder et gravit les escaliers menant à la double porte. Elle entendit la portière se refermer, puis un bip indiquant que Blake avait verrouillé la voiture. Alors qu'il se trouvait juste derrière elle, il la rattrapa avant qu'elle n'atteignît l'entrée et lui ouvrit la porte, tel un parfait gentleman. Morgan West lui-même ne faisait pas cela. Elle décida qu'elle devait se rappeler de donner de meilleures manières à son héros de fiction.

Il y avait du monde au poste. Quelques prostituées étaient assises sur un banc, pendant que plusieurs officiers remuaient des papiers derrière un haut comptoir. Dans un corridor, on emmenait un homme ivre, tandis qu'un homme bien habillé se disputait avec un officier de police dans un bureau. Depuis l'autre côté du hall, quelqu'un hurla à quelqu'un d'autre de se taire. Un officier de police féminin se tenait au comptoir, un cornet de téléphone coincé entre l'oreille et l'épaule, griffonnant sur un bloc-notes tout en feuilletant un tas de papiers.

— Hum-hum, dit-elle dans le téléphone tout en faisant signe à une des prostituées, lui désignant une porte sur la gauche.

La porte s'ouvrit une seconde plus tard, et un travesti en sortit d'un pas raide, affichant un large sourire. Il se tourna vers l'espace dépourvu de cloisons et envoya des bisous aux officiers occupés à travailler.

— Sors d'ici, Véronica, lui dit l'un d'eux. Ou je dresse moi-même le PV.

Tout en riant, le travesti avança d'un pas nonchalant vers la porte et partit.

— Je suis à vous tout de suite, Madame.

La tête de Lilo tourna brusquement vers la femme policier qui avait parlé derrière le comptoir et, en remerciement, hocha la tête à son intention.

Un officier de police en civil arriva à l'angle du couloir et s'approcha du comptoir.

— Ne t'inquiète pas, Mandy, je m'en charge.

Blake à ses côtés, Lilo fit un pas en avant et lui adressa un léger sourire.

— Je suis le détective Donnelly. Comment puis-je vous aider ?

Encouragée par le comportement amical de cet homme, Lilo soupira de soulagement.

— Je suis là pour vous signaler la disparition de mon amie. Et également l'entrée par effraction dans son appartement.

Il tendit la main pour attraper un stylo et un bloc-notes.

— Très bien. Votre nom, s'il vous plaît.

— Lieselotte Schroeder.

— J'ai besoin de voir votre pièce d'identité.

Elle fouilla son sac à la recherche de celle-ci pendant que le policier s'adressait à Blake.

— Et vous, Monsieur, êtes-vous avec la dame ?

— Oui.

— J'ai également besoin de voir votre pièce d'identité.

Lilo tendit son permis de conduire au détective Donnelly.

Il leva les yeux.

— Vous êtes loin de chez vous, Mademoiselle Schroeder.

— J'ai pris l'avion jusqu'ici, car je suis inquiète pour mon amie. Hannah Bergdorf. Elle a disparu.

— OK.

Il tendit la main pour prendre la pièce d'identité de Blake et la regarda.

— Merci, Monsieur Bond, ajouta-t-il.

Lilo tourna la tête vers Blake. Il s'appelait Bond ? Et il conduisait une Aston Martin ? Vraiment ? Elle osa un regard vers sa pièce d'identité. En effet, elle indiquait Blake Bond. Non seulement il ressemblait à Morgan West, mais il avait le même nom de famille qu'un agent secret fictif ? Si elle écrivait quelque chose du genre dans un de ses livres, personne ne la croirait.

Trop farfelu, lui dirait son éditeur.

Pas crédible, écriraient les critiques.

— Quand avez-vous vu Mademoiselle Bergdorf pour la dernière fois ? lui demanda à présent le détective.

— Il y a plus d'un an.

Il haussa les sourcils.

— Et vous signalez seulement sa disparition ?

— Elle n'a disparu que depuis trois jours. J'ai pris l'avion dès que j'ai pu afin de la rechercher. Mais ni elle ni son chien ne sont dans son appartement. De plus, un type est entré par effraction et m'a attaquée. Il a également volé mon téléphone. Et ensuite—

— Vous avez été agressée ? Et un chien a disparu ? Et votre téléphone a été volé ?

Elle acquiesça d'un hochement de tête.

— Alors, que je comprenne bien. Nous avons une personne disparue, un chien disparu, un cambrioleur, une agression et un téléphone volé. Y a-t-il eu des témoins à ces présumés délits ?

— Présumés ? demanda-t-elle, vexée.

Cet homme ne la croyait-il pas ? Mais avant qu'elle n'eût pu rétorquer autre chose, elle sentit la main réconfortante de Blake sur son avant-bras.

— J'ai été témoin de l'agression, dit calmement Blake. Je peux donner une description du cambrioleur qui a fait irruption dans l'appartement de Mademoiselle Bergdorf et attaqué Mademoiselle Schroeder.

Reconnaissante envers Blake, elle hocha la tête.

— Et je pense aussi savoir qui est derrière la disparition d'Hannah, ajouta-t-elle.

Tant l'officier Donnelly que Blake la dévisagèrent.

— Tu sais ? demanda Blake.

— Ronny, son loser de petit-ami. Je pense qu'elle voulait le quitter.

— Pourquoi ne m'as-tu pas parlé de lui plus tôt ?

Elle regarda Blake.

— Nous n'en avons pas vraiment eu le temps. Je veux dire, entre l'irruption, l'agression…

— Mademoiselle Schroeder, pouvez-vous me donner des détails sur ce Ronny ? Quel est son nom complet ? demanda l'officier de police.

— Je ne sais pas. Hannah ne m'a jamais beaucoup parlé de lui. Mais du peu qu'elle m'ait dit, je peux en déduire le genre de personne qu'il est.

Ce n'était pas le genre d'homme recommandable pour une douce et généreuse femme comme Hannah, une femme qui croyait que tout le monde méritait d'être aidé.

L'officier de police haussa un sourcil, mais Lilo continua sans se laisser décourager.

— Il ne semblait pas avoir un boulot régulier. Et il était très possessif et jaloux.

Une chose qu'elle abhorrait chez un homme. C'était un trait de caractère qui ne menait qu'aux ennuis.

— La jalousie n'est pas un délit, Mademoiselle Schroeder.

— Mais elle peut y mener. Je vous le dis, vous devez trouver Ronny. Si quelqu'un sait où est Hannah, c'est lui.

L'officier de police soupira.

— Bien, Mademoiselle Schroeder. Mais commençons par les détails concernant votre amie, Mademoiselle Bergdorf.

Durant les quelques minutes qui s'ensuivirent, Lilo répondit aux questions relatives à l'apparence et aux habitudes d'Hannah, et l'officier en prit note avec diligence.

— N'auriez-vous pas une photo de Mademoiselle Bergdorf, par hasard ?

— Pas sur moi. J'en ai quelques-unes dans mon portable. Mais il a disparu.

— Rien d'inquiétant, interrompit Blake. Hannah travaille pour la même compagnie que moi. Je peux demander aux ressources humaines de m'envoyer une photo de son dossier personnel.

Lilo gratifia Blake d'un sourire reconnaissant. C'était une chance qu'il se fût pointé, et à plus d'un titre. Non seulement il l'avait sauvée physiquement, mais il était également là pour la soutenir dans la recherche de son amie. Et dans l'immédiat, elle devait profiter de toute l'aide qu'elle pouvait obtenir.

— Bon, dit l'officier Donnelly. Maintenant, à propos de l'irruption et de l'agression. Avez-vous bien vu l'intrus ?

— Oui. Il était grand.

— Grand comment ?

Lilo désigna Blake.

— Plus ou moins aussi grand que lui.

— Un mètre quatre-vingt-neuf, dit Blake.

— Mais plus lourd.

Blake hocha la tête.

— Environ quatre-vingt-quinze kilos.

— Des signes distinctifs ? Tatouages ? Cicatrices ?

Lilo secoua la tête.

— Aucun. Il semblait plutôt commun. Cheveux marron.

— Yeux marron, continua Blake. Plutôt ordinaires.

Ordinaires ? Lilo agrippa l'avant-bras de Blake.

— Yeux marron ? Tu n'as pas vu ?

Le front de Blake se plissa.

— Vu quoi ?

— Ses yeux étaient rouges. Comme s'il avait une infection du genre—

— Vous voulez dire comme de la conjonctivite ? interrompit l'officier.

Elle le regarda droit dans les yeux.

— Non. Ce n'était pas la partie blanche de ses yeux qui était rouge ; c'était ses iris.

— Je n'ai jamais entendu parler d'une maladie comme celle-là, lança Blake, la faisant se retourner vers lui. Peut-être était-ce juste un reflet.

— C'est également ce que j'ai pensé, au début, mais il n'y avait pas suffisamment de lumière dans le salon pour qu'elle ait pu se refléter dans ses yeux.

L'officier s'éclaircit la gorge, amenant Lilo à reposer le regard sur lui.

— Donc, il faisait plutôt sombre, alors, Mademoiselle ? Je suis surpris que vous ayez été capable de décrire l'homme aussi bien que vous l'avez fait.

Il inscrivit une note sur son formulaire.

— Bien, poursuivit-il. Parlons de ce qui a disparu. Votre téléphone, exact ?

Elle voulut protester mais, au bout du compte, et si elle avait mal vu ? Elle ne pouvait le jurer. Peut-être avait-ce été un reflet, finalement, ou la peur qui lui avait fait voir des choses qui n'existaient pas. Après tout, l'inconnu était en train de l'agresser, et sa seule pensée avait été de se sauver.

Son esprit lui avait joué un tour.

7

Une demi-heure plus tard, Blake ramena Lilo à la voiture.

Donnelly avait bien fait son travail. Il avait pris note de la déposition et avait prétendu accorder la plus grande attention à cette affaire. Blake savait toutefois qu'il déchirerait le rapport en mille morceaux à la minute même où Lilo et lui auraient quitté le poste de police.

Les délits commis par des vampires étaient traités par Scanguards. Tel était le marché qu'ils avaient conclu avec la ville. Seuls quelques membres de la municipalité avaient connaissance de cet arrangement : le chef de la police et quelques officiers éparpillés dans divers commissariats. Ils avaient pour consigne d'avertir Scanguards lorsque le rapport d'un délit imputable à des vampires se retrouvait sur leur bureau.

Pendant que Lilo s'était habillée, Blake avait rapidement averti Donnelly par texto de leur arrivée et lui avait dit d'agir comme s'ils ne se connaissaient pas. Tout s'était déroulé comme prévu.

Lorsque Blake ouvrit la portière, Lilo se tourna vers lui.

— Peux-tu me recommander un hôtel pas trop cher, mais dans un secteur sûr ?

— Tu n'as pas besoin d'un hôtel. Tu restes avec moi. Je pense avoir été clair à ce sujet, tout à l'heure.

Il était certain de lui avoir dit qu'elle viendrait avec lui. Pour quelle autre raison lui aurait-il dit de faire sa valise ?

— Je peux tout simplement rester à l'hôtel. Je ne veux pas être un fardeau. Et tu ne me connais pas.

— Tu es une amie d'Hannah. Et c'est tout ce que j'ai besoin de savoir. De plus, si nous voulons la retrouver, nous devrons travailler ensemble.

Elle lui adressa un hochement de tête hésitant, puis se glissa doucement sur le siège passager. Blake s'installa au volant et démarra le moteur. Tandis que le véhicule sortait du parking et s'engageait dans la circulation, Lilo se mut sur son siège.

— Il faut que tu fasses demi-tour. Nous n'avons pas donné l'ordinateur et la tablette d'Hannah à la police, dit-elle soudain.

Elle repoussa une mèche de ses cheveux blonds derrière l'oreille.

— Je ne sais pas comment j'ai pu oublier ça, précisa-t-elle.

Blake la regarda un bref instant.

— La police va mettre plusieurs jours avant de confier son ordinateur à un expert en informatique pour accéder à ses mails. Nous n'avons pas ce temps-là.

— Mais que vas-tu faire alors ? Je t'ai dit que son mot de passe est protégé. Et j'en ai déjà essayé plusieurs, mais sans succès.

— Je vais m'adresser au département informatique de la compagnie. Ils pourront le cracker.

Il sortit son téléphone portable de sa poche, mais celui-ci sonna avant qu'il n'eût pu composer le numéro de Thomas.

— Quand on parle du loup.

Il prit l'appel, puis appuya sur le bouton du haut-parleur.

— Hé, Thomas. J'ai actionné le haut-parleur. Je suis dans la voiture avec Lilo, la propriétaire du portable que je t'ai demandé de tracer. Du nouveau ?

— Une antenne relais près de l'aéroport l'a détecté un peu plus tôt dans la soirée, répliqua Thomas. Mais rien depuis lors.

— Certainement quand je suis sortie de l'avion et que j'ai vérifié mes messages, dit Lilo.

Blake hocha la tête.

— Ça a du sens. Thomas, continue de le surveiller.

— J'ai envoyé un texto et ai également appelé le numéro, mais on tombe directement sur la boîte vocale. Désolé mais, pour l'instant, c'est une impasse.

Avant que Thomas n'eût mis fin à l'appel, Blake l'interrompit.

— Encore une chose : peux-tu passer chez moi et examiner un pc et une tablette ? Ils sont protégés par un mot de passe. Je dois savoir ce qu'ils contiennent.

— Maintenant ?

— Le plus tôt sera le mieux.

— Désolé, j'ai une réunion dans une minute.

On pouvait entendre des chuchotements, comme si Thomas avait la main posée sur le micro.

— OK, ajouta-t-il, Eddie vient juste de se porter volontaire. Il y sera sous peu.

— Merci, Thomas.

— De rien.

Un clic sur la ligne, et Thomas était parti.

— Ton collègue a une réunion à minuit ? Qui travaille durant ces heures ?

Captant une marque de suspicion dans la voix de Lilo, Blake rencontra son regard et lui sourit chaleureusement, espérant ainsi user de son charme afin de dissiper les doutes de la jeune femme.

— Dans la sécurité, on travaille vingt-quatre heures sur vingt-quatre, sept jours sur sept.

Lentement, elle hocha la tête.

— J'aurais dû le savoir.

Elle prit une inspiration avant de poursuivre.

— Ton collègue n'a même pas demandé de quoi il s'agissait. Tu ne lui as pas dit que nous essayons de trouver Hannah.

— Je n'ai pas à le faire. Il sait que lorsque je l'appelle à l'aide, c'est parce que c'est important. C'est comme ça que la compagnie fonctionne. Nous ne posons aucune question face aux requêtes de nos collègues. Ça fonctionne dans les deux sens.

— Cela requiert beaucoup de confiance, réfléchit-elle à haute voix.

— Dans notre travail, la confiance, c'est primordial. Parfois, nos vies en dépendent.

— Tu veux dire quand tu protèges quelqu'un en tant que garde du corps ?

— Certaines missions peuvent être dangereuses, mais nous sommes bien entraînés.

En tant que vampire, cela aidait également d'avoir quelques armes secrètes dans sa manche. Mieux que n'importe quel espion de fiction britannique.

Mais il était temps d'empêcher Lilo de poser davantage de questions.

— Donc, que fais-tu dans le Nebraska, Lilo ?

— Je suis écrivain.

Elle se tourna afin de regarder par la fenêtre.

— Dans quel quartier sommes-nous ? ajouta-t-elle.

Blake réprima un gloussement. Visiblement, il n'était pas le seul à ne pas vouloir répondre aux questions relatives à son travail.

— Nous traversons Pacific Heights.

— Oh ! J'en ai entendu parler. Joli.

— Qu'est-ce que tu écris ?

Elle haussa les épaules, comme si cela n'était pas important.

— Des romans policiers.

— Des histoires de meurtre, tu veux dire ?

— Pas forcément. Tous les livres ne parlent pas de meurtre. J'aborde toutes sortes de délits. Ou plutôt la résolution de ceux-ci.

Il en prit note mentalement. Si Lilo écrivait des fictions policières, elle devait être intelligente, et il devrait demeurer sur le qui-vive afin qu'elle ne pût découvrir ses secrets. Cela ne ferait que compliquer les choses.

— Et donc, qui est le protagoniste ? Une femme détective ?

— Un chasseur de primes.

Cette réponse l'amena à lui lancer regard furtif.

— Vraiment ?

— Pourquoi ?

— Eh bien, il y a une sérieuse concurrence dans ce genre-là. Peu sont du niveau de Maxim Holt. Il détient le monopole.

— Tu as lu la série sur le chasseur de primes Morgan West ?

Blake hocha la tête.

— Je viens juste de terminer *L'Anatomie d'un Chasseur de Primes*.

Et il l'aurait terminé plus tôt s'il n'avait pas dû surveiller treize hybrides incapables de se taire pendant au moins une minute.

— Donc, tu penses qu'*il* est le meilleur ?

Merde ! Il aurait dû garder la bouche fermée. Aucun auteur n'aimait entendre quelqu'un s'extasier sur les livres d'un concurrent.

— Peut-être que si je lisais un des tiens pour comparer…

— Non, non. Ça va. Honnêtement.

Elle bâilla.

Super ! Maintenant, il l'ennuyait à mourir ! Quelle façon de traiter une femme qui l'attirait. Ouais, exactement : il était attiré par Lilo. En dépit du fait que son esprit faisait des heures supplémentaires afin de trouver des idées quant à la manière de retrouver Hannah, son corps était occupé à d'autres choses. Des choses qu'il n'avait aucune raison d'imaginer.

— Nous y sommes presque, dit-il rapidement en tournant dans la rue suivante.

Il emprunta la quatrième allée sur sa droite et monta jusqu'au garage d'une maison édouardienne à deux étages située sur une très large parcelle de terrain. Tandis qu'il s'arrêtait, il baissa la fenêtre, puis passa la main par-dessus celle-ci en direction du lecteur électronique encastré dans le mur qui contournait la limite de la propriété. Cette partie de l'allée était couverte de manière à pouvoir ouvrir la fenêtre de la voiture en toute sécurité durant la journée, sans risque d'être exposé à la lumière directe du soleil. De plus, le scanner pouvait être rapproché de la vitre de la voiture grâce à une télécommande incorporée dans le volant. Un grand mur de béton étant construit côté conducteur, les rayons du soleil ne pouvaient pénétrer dans le véhicule depuis ce côté.

Blake plaça le pouce sur le scanner. Un instant plus tard, la porte du garage commença à se lever.

— Tu as un système d'entrée hautement sécurisé pour ta maison, du genre de celui du gouvernement ? demanda Lilo, d'un air incrédule.

Il rencontra son regard méfiant.

— C'est très pratique. Au moins, je ne risque pas de perdre mes clés.

— À moins que tu ne perdes ton pouce, répondit-elle de manière impassible.

— Si ça arrivait, j'aurais de plus gros problèmes que celui d'être incapable de rentrer chez moi.

Il réenclencha une vitesse et entra dans le garage, stationnant la voiture à côté de son SUV aux vitres teintées. Derrière eux, la porte du garage se rabaissa, les coupant du monde extérieur.

— Viens, on va t'installer.

Il sortit de la voiture et ouvrit le coffre. Lilo était déjà à ses côtés. Tandis qu'elle tendait la main afin d'attraper sa valise, il en fit de même. Leurs mains se touchèrent, et Blake sentit une sorte de décharge lui traverser le corps. Il pouvait l'expliquer comme étant de l'électricité statique, mais il ne ferait que se mentir. Ce n'était pas de l'électricité ; c'était de la chimie. La sorte de chimie qui pouvait instantanément l'enflammer s'il n'y faisait pas attention.

Tout en haletant, Lilo retira sa main, et Blake serra le poing.

— Veux-tu bien prendre l'ordinateur et la tablette d'Hannah ? demanda-t-il sans la regarder.

— Ouais, bien sûr.

La voix de la jeune femme trembla tout autant que ses mains lorsqu'elle attrapa le petit sac avant de s'éloigner de la voiture.

— Écoute, Lilo…

Elle s'arrêta de marcher, mais ne se retourna pas.

Peut-être avait-ce été une mauvaise idée de l'amener ici. Peut-être aurait-il dû l'emmener à l'hôtel.

— Tu ne dois pas avoir peur de moi.

Le silence l'accueillit. Puis un soupir. Elle se retourna légèrement et leva les yeux afin de le regarder.

— Tu m'as sauvée du cambrioleur. Tu m'as emmenée à la police comme je te l'ai demandé. Ce policier sait qui tu es.

Blake fut sous le choc. Avait-elle deviné, d'une façon ou d'une autre, que Donnelly et lui se connaissaient ?

— Je veux dire par là qu'il a pris note des détails de ton permis de conduire. Et il y avait des caméras au poste de police. Si quelque chose venait à m'arriver, ils viendraient te chercher.

Elle secoua la tête.

— Non, je n'ai pas peur de toi, ajouta-t-elle.

— Pourquoi trembles-tu, alors ?

— Je tremble parce que je ne me suis jamais retrouvée dans une telle situation. Je suis terrifiée.

Lentement, il se dirigea vers elle, déposa la valise à terre et la prit tendrement dans ses bras. Elle ne protesta pas et, pendant un long moment, il la tint tout simplement de cette manière, sentant la chaleur de son corps le caresser. La femme courageuse qui avait lutté contre l'assaillant et s'était disputée avec lui plus tôt dans la soirée se sentait à présent fragile et vulnérable. Cela fit resurgir son instinct de protection.

Il laissa courir une main dans les cheveux de Lilo.

— Tout va bien se passer.

— Merci, murmura-t-elle, blottie contre sa poitrine.

Les vibrations de sa voix firent frissonner tout son corps et réveillèrent un désir sur lequel il n'avait aucun contrôle.

Avec regret, il la libéra de son étreinte.

— Allons t'installer. Tu as besoin de repos.

8

Elle ne lui avait pas dit toute la vérité.

Oui, elle avait peur pour son amie, mais c'était parce qu'elle avait peur de sa réaction envers Blake qu'elle tremblait. Elle n'avait jamais ressenti une attraction physique intense envers un homme, et plus particulièrement envers quelqu'un dont elle ne connaissait rien. Il n'y avait absolument aucune raison d'être attirée par Blake, telle une mite par la lumière, et tout spécialement si l'on prenait en compte ses difficultés à faire confiance.

Tandis qu'elle le suivait dans les escaliers menant à la maison, elle ne put s'empêcher d'admirer ses longues jambes robustes et ses puissants muscles fessiers. Bon sang, il portait le pantalon comme personne. Il était l'incarnation de la force et du pouvoir. Cependant, il arborait une certaine douceur, un côté auquel elle ne s'était pas attendue. Son étreinte avait été réconfortante, douce et à peu près aussi platonique qu'elle pouvait l'être. Ce qui lui faisait bien comprendre une autre réalité : le premier homme qui l'intéressait, depuis sa dernière relation, deux ans auparavant, n'était pas intéressé par elle.

Lilo fit un pas dans le couloir au moment où Blake actionnait l'interrupteur, illuminant ainsi un grand hall d'entrée pourvu d'un escalier en acajou, un long couloir et une arcade menant au salon.

— Waow.

Ce mot lui échappa tout simplement.

Étonnée, elle laissa vagabonder ses yeux. Elle savait que San Francisco était connue pour son architecture, mais elle n'était, en réalité, jamais entrée dans un de ces magnifiques manoirs que l'on pouvait voir dans les films et à la télé. Les ornementations d'époque étaient belles et chargées. Elles conféraient une chaleur instantanée à la maison. On s'y sentait chez soi.

— Tu habites réellement ici ?

Tout en déposant la valise, il acquiesça et désigna le salon.

— Désolé, ça paraît toujours un peu dénudé. Mais il n'y a que deux mois que j'ai acheté cette maison, et j'attends encore qu'on me livre quelques meubles supplémentaires.

— C'est beau. Je suppose que ça paie bien d'être garde du corps.

Elle voulut se plaquer une main sur la bouche, mais il était trop tard. Il n'était pas poli de parler d'argent. Cependant, elle ne pouvait imaginer comment un homme de l'âge de Blake, qui devait être à l'aube de la trentaine, pouvait s'offrir un manoir comme celui-ci.

— Eh bien, ce n'est pas avec mon salaire que je me suis payé ceci, dit-il, regardant soudain ses chaussures, comme s'il était embarrassé. J'ai hérité d'un fonds en fidéicommis de ma famille.

Il prit une inspiration audible.

— Bien, et si je te montrais la chambre d'amis ? poursuivit-il.

— Pourrais-je peut-être avoir un verre d'eau avant ?

Elle avait une gorge semblable à du papier de verre.

— Bien sûr.

Il lui désignait l'extrémité du couloir, lorsqu'un bruit provenant de la porte d'entrée le fit se retourner.

Surpris par la soudaine réaction de Blake, le cœur de Lilo se mit à battre très fort, et elle tourna brusquement la tête dans la même direction. Un halètement s'échappa de sa gorge.

Un grand homme chauve se tenait dans l'embrasure de la porte, un air énervé sur le visage, et deux sacs dans les mains.

Instinctivement, Lilo attrapa l'avant-bras de Blake.

— Tu étais supposé prendre les garçons chez moi, grogna l'étranger en déposant les bagages.

— Désolé, un imprévu, répliqua Blake.

— Ouais, je vois ça !

L'homme la regarda furieusement avant de faire un pas sur le côté afin de laisser entrer deux jeunes adolescents. Une jeune femme les suivit.

D'un pas nonchalant, les garçons se dirigèrent immédiatement vers le salon.

— Nicholas, Adam, ne vous ai-je pas appris les bonnes manières ? les interpela la femme aux cheveux noirs qui ne pouvait raisonnablement pas être leur mère, à moins qu'elle ne les eût eus à l'âge de dix ans.

Le plus jeune garçon regarda par-dessus son épaule.

— Désolé !

Il regarda ensuite Blake.

— Hé, Blake, ajouta-t-il.

— Hé, Adam, répliqua Blake.

Le garçon paraissant plus âgé s'arrêta également, dirigeant le menton en direction de Blake.

— Hé, Blake, tu es d'accord qu'on joue à la Xbox ?

Blake sourit et adressa un clin d'œil à l'homme chauve.

— Seulement si ton père est d'accord. OK, Zane ?

Zane roula des yeux.

— Comme si tu te souciais de ce que mes fils sont autorisés à faire ou pas. Chaque fois qu'ils restent avec toi, ils reviennent à la maison comme s'ils étaient élevés par des loups.

— Tu exagères.

Blake se dirigea vers la femme et l'étreignit rapidement.

— Hé, Portia.

La femme regarda derrière lui.

— Tu ne veux pas nous présenter ton *amie* ?

Tous les yeux se posèrent soudainement sur Lilo, et elle se sentit comme exposée en vitrine.

Blake se retourna.

— Voici Lilo. Lilo, voici mon collègue Zane et sa femme Portia.

Il désigna ensuite le salon.

— Et leurs fils, Nicholas et Adam.

Zane hocha la tête et grogna un furtif hello, tandis que Portia lui sourit.

— Ravie de te rencontrer, Lilo, dit-elle.

Zane se tourna vers Blake.

— Si tu n'as pas le temps de garder les garçons, nous les emmènerons à La Nouvelle Orléans avec nous.

— J'ai dit que je m'occuperais d'eux. Alors, je le ferai.

— Je dis ça ainsi, ajouta Zane en semblant évaluer Lilo. Il haussa ensuite un côté de la bouche en un presque-sourire.

— Bien que n'importe qui d'autre que toi aurait une meilleure influence sur les garçons, ajouta-t-il.

Portia secoua la tête et posa une main sur le bras de son mari.

— Ne l'écoute pas, Blake. Il est juste énervé que Nicholas et Adam ne veuillent pas venir avec nous. Il déteste être séparé d'eux.

Zane lança un regard furieux à sa femme.

— Bon sang, Portia !

Plutôt que de reculer devant lui, elle lui caressa la joue. Face à elle, l'homme intimidant s'adoucit.

— Ils seront en sécurité avec Blake, murmura Portia.

Lilo n'avait jamais rien vu de tel. Immédiatement, elle comprit leur relation. Ils étaient de vrais partenaires, l'un perdu sans l'autre. C'était ce à quoi le vrai amour ressemblait. Il existait. Et il pouvait durer.

Zane hocha la tête avant de rompre ce contact intime avec sa femme. Ses yeux rencontrèrent ceux de Blake.

— Tu ferais bien de t'en assurer, dit-il à son collègue, ou je t'écraserai de mes propres mains.

— Sortez d'ici et éclatez-vous à la Nouvelle Orléans. Transmettez mes amitiés à Cain et Faye, dit Blake.

— Nicholas, Adam ! cria Zane.

Comme si les garçons savaient qu'il s'agissait d'un au-revoir, ils arrivèrent en courant et sautèrent dans les bras tendus de leur père.

— Soyez sages, les gars, ok ? Ou je reviens pour vous tirer par les oreilles jusqu'à La Nouvelle Orléans.

Malgré cette menace, la voix de Zane était douce.

— Oui papa, dirent en chœur Nicholas et Adam.

L'affectueux échange les fit paraître plus jeunes, et Lilo réalisa que, malgré leurs évidentes tentatives de vouloir montrer leur indépendance par rapport à leurs parents en ne les accompagnant pas, ils étaient toujours des enfants en quête de leur affection et de leur approbation.

Portia se pencha et embrassa ses fils.

— Il est temps de partir.

Elle regarda Blake.

— Merci, Blake, ajouta-t-elle. Et ravie de t'avoir rencontrée, Lilo. Ne laisse pas les garçons te rendre folle.

Involontairement, Lilo dut sourire. Elle aimait la jeune mère qui semblait avoir tant de pouvoir sur son mari et autant de confiance en Blake. Lorsque la porte se referma derrière eux et que les deux garçons regagnèrent le salon en courant, Lilo se retourna et se retrouva face à Blake.

— C'est gentil de ta part de surveiller deux jeunes garçons.

Blake haussa les épaules.

— Ils ne sont vraiment pas un problème.

Elle haussa un sourcil, lorsqu'elle entendit un des garçons hurler.

— Donne-moi cette télécommande ! C'est mon tour ! cria le plus jeune.

— Je suis l'homme de la maison quand papa n'est pas là, et tu le sais.

Blake gloussa et fit un clin d'œil à Lilo.

— Ok, peut-être juste un petit problème.

— Blake ? dit Nicholas depuis le salon.

— Oui ? répondit-il en se dirigeant vers l'arcade tout en regardant dans la pièce.

Lilo le suivit.

— Je vais rester dans la chambre d'amis, celle avec la tourelle. Adam peut dormir dans la chambre de devant, annonça Nicholas d'une voix déterminée.

— Ce n'est pas ce qui était convenu ! dit Adam, les dents serrées en donnant un coup de pied dans le tibia de son frère. Tu avais dit qu'on la mettrait en jeu. Et que celui qui gagne la première manche peut avoir cette chambre. Parfois, tu es un vrai crétin.

— Hé, les gars, désolé, mais vous allez devoir vous partager la chambre de devant, interrompit Blake.

Les deux garçons le dévisagèrent, bouche bée.

— Pourquoi ?

— Lilo va occuper la chambre avec la tourelle.

Nicholas bondit.

— Quoi ? Je ne veux pas partager la chambre avec Adam. J'ai besoin de ma propre chambre. Ta petite amie ne peut pas dormir dans ta chambre ? Ce n'est pas comme si tu avais besoin de faire semblant avec nous.

L'adolescent gonfla le torse.

— Je suis au courant de ces choses, ajouta-t-il.

Lilo sentit la chaleur lui monter subitement dans les joues. Ils imaginaient qu'elle était la petite amie de Blake ? Tout comme Zane l'avait également probablement pensé. Son regard l'avait laissé sous-entendre.

À ses côtés, Blake, les dents serrées, grogna tout bas.

— Vous partagez la chambre de devant. Pas de discussion.

Il se tourna ensuite pour regarder Lilo et s'adressa à elle plus calmement.

— Je suis désolé. Ce sont juste des gamins. Ils ne savent pas ce qu'ils disent.

9

Blake referma le réfrigérateur et se retourna vers Nicholas et Adam, tous deux en train de s'empiffrer de sandwichs. C'était le problème avec les jeunes hybrides : ils mangeaient constamment. Pas seulement de la nourriture humaine, mais également du sang, afin de conserver leur force de vampire. Qu'il fût deux heures du matin n'avait aucune importance.

— Et plus aucune remarque à propos de Lilo et moi. Est-ce clair ? dit Blake en épinglant Nicholas du regard.

Le garçon haussa les épaules et prit un air penaud.

— Comment pouvais-je savoir qu'elle n'était pas ta petite amie ?

— C'est exactement pour ça que tu ne dois pas faire de suppositions.

— Est-ce qu'elle est fâchée après nous ? interrompit Adam.

Blake lui sourit.

— Je ne pense pas.

Quelque peu embarrassée, peut-être, mais pas bouleversée. Tel était, du moins, ce qu'il en avait conclu lorsqu'il l'avait, sans piper mot, accompagnée à sa chambre, une demi-heure plus tôt.

— Maintenant, ajouta-t-il, mangez et, ensuite, vous devriez aller au lit.

Nicholas protesta immédiatement.

— Ce sont les vacances. Nous avons le droit de rester debout aussi longtemps que nous le voulons.

Blake inclina la tête sur le côté.

— Vraiment ! insista le jeune hybride de quinze ans. Même papa nous laisse vivre à l'horaire des vampires quand il n'y a pas école.

Adam lui donna un coup de pied sous la table.

— Shuuut ! Tu n'es pas censé dire « vampire » quand il y a un humain dans la maison.

Il leva les yeux, rencontra le regard de Blake et chercha son approbation.

— Pas vrai, Blake ? lui demanda-t-il.

— C'est juste, Adam. Ton frère devrait le savoir.

Nicholas haussa les épaules, la réprimande de Blake glissant sur la carapace de son indifférence telle de l'huile sur une poêle en Teflon.

— Donc, la nana ne sait pas ce que tu es, hein ?

— Nana ? demanda Blake en secouant la tête avec incrédulité.

En dépit de son jeune âge, le garçon de treize ans roula des yeux comme un adulte.

— Nikki regarde ces vieux films de gangsters, tu vois. Du genre Al Capone.

— Tu n'as pas à m'appeler Nikki ! Je suis trop vieux pour ça.

— Ça suffit, les gars. Si vous voulez rester debout, vous allez devoir vous comporter correctement. Et ça signifie ceci : personne n'appelle une femme « nana », le mot vampire ne sortira d'aucune de vos bouches, et il n'y aura pas de dispute. Suis-je bien clair ?

Sans un mot, Adam hocha la tête.

— Et Adam ne peut pas m'appeler Nikki, dit, quant à lui, Nicholas.

Blake soupira. On ne pouvait pas avoir le dernier mot avec un adolescent.

— Rappelez-moi pourquoi je me suis porté volontaire pour vous surveiller tous les deux pendant que vos parents rendent visite à Cain et Faye !

Le visage d'Adam se fendit en un large sourire.

— Parce que tu nous aimes et que c'est chouette d'être en notre compagnie ?

Blake balança la tête en arrière et se mit à rire.

— Je suppose que je ne peux pas te contredire. Maintenant, allez jouer avant que je ne change d'avis.

Il se leva pour débarrasser la table lorsqu'il entendit un bip provenant de l'écran de sécurité de la cuisine, ainsi que le bruit correspondant à l'ouverture de la porte d'entrée. Il jeta un œil au moniteur : Eddie était enfin là.

Il sortit dans le hall d'entrée afin de saluer son ami et collègue. Comme toujours, Eddie était vêtu de sa combinaison de motard : du cuir et encore du cuir. Avec ses cheveux blond-sable et ses profondes fossettes, il ressemblait au gamin d'à côté.

— Merci d'être venu, Eddie.

— Que puis-je faire ?

Blake le fit entrer dans son bureau.

— Pas eu le temps de déballer, hein ? demanda Eddie en désignant les boîtes empilées contre un mur.

Blake sourit.

— Peut-être que je vais demander à Nicholas et Adam de me donner un coup de main pendant qu'ils sont ici.

Eddie gloussa.

— Ouais, bonne chance.

D'un pas nonchalant, il se dirigea vers le bureau.

— C'est le PC portable que tu voulais que je cracke ?

— Oui, il appartient à Hannah Bergdorf. Vas-y.

— Je la connais ?

— Elle travaille pour Vüber et a disparu il y a trois jours.

Eddie acquiesça et se glissa sur une chaise derrière le bureau. Il sortit un petit objet électronique de sa poche et le connecta à l'ordinateur, puis amorça la machine.

— Est-ce que tu as vérifié sa dernière course pour Vüber, pour voir si un client ne pourrait pas être impliqué dans sa disparition ? demanda Eddie tout en patientant.

— Finn m'a envoyé les informations relatives à sa dernière course, mais j'ai le sentiment que c'est une impasse.

— Pourquoi ?

— Son dernier trajet était avec une employée de Scanguards : Roxanne. Je lui ai laissé un message afin qu'elle me rappelle, mais tu sais qu'elle est fiable. Je lui confierais ma vie.

Eddie hocha la tête et commença à tapoter sur le clavier.

— Pareil pour moi.

Se concentrant sur sa tâche, il devint ensuite silencieux.

Blake se dirigea vers la fenêtre et scruta l'obscurité. Dans cinq heures, le soleil se lèverait et le limiterait dans ses recherches pour retrouver Hannah. Bien qu'il n'eût pas besoin de beaucoup d'heures de sommeil, il ne pourrait explorer chaque piste durant la journée. Il devrait se reposer sur d'autres personnes, principalement des hybrides, que les rayons du soleil ne pourraient blesser.

La maison de Blake était, heureusement, pourvue de quelques équipements particuliers, lesquels avaient été conçus par Thomas, l'expert en informatique de Scanguards. Cela l'aidait à dissimuler sa nature de vampire à Lilo. Les fenêtres étaient traitées avec un revêtement spécial anti-UV qui lui permettait de se déplacer librement sans avoir à fermer de lourdes tentures durant la journée. Pour autant qu'il ne tombât pas dans un hypothétique piège tendu par Nicholas et Adam, son secret serait en sécurité.

— Salut !

Blake se retourna au son de cette calme voix féminine. Lilo se tenait dans l'embrasure de la porte de son bureau, hésitante. Il lui fit signe d'approcher et s'avança vers elle.

— Entre, Lilo. Je te présente mon collègue, Eddie, dit-il en désignant son ami.

Eddie leva la tête un instant et la hocha rapidement en retour.

— Hé.

Il s'immergea ensuite de nouveau dans son travail.

— Je pensais que, peut-être, tu étais allée te coucher.

Elle secoua ses boucles blondes.

— Je ne peux pas dormir. Trop de choses se sont passées.

— Je sais. Viens, je veux te parler.

Il désigna le Chesterfield trônant dans un coin du bureau.

Lilo s'assit, et il la suivit.

— Je veux en apprendre davantage sur ce Ronny. Nous devons le trouver.

— J'ai dit tout ce que je savais à la police.

— Raconte-moi encore. Peut-être que tu as oublié quelque chose. Chaque détail est important.

Blake s'assit au bord du canapé et se tourna sur le côté, les coudes sur les genoux, penché vers elle.

— Dis-moi tout ce qu'Hannah t'a raconté à son sujet.

Lilo soupira.

— Ça a commencé il y a peut-être six ou huit mois. Au début, elle ne m'en a pas parlé, peut-être parce qu'elle savait que je n'apprécierais pas Ronny.

— Pourquoi ?

— Hannah est trop bonne. Elle est le genre de personne qui ramasse les animaux égarés parce qu'elle a pitié d'eux et, ensuite, qui finit en femme à chats sans le sou.

Involontairement, Blake dut sourire.

— Elle ne voit toujours que le bien chez les gens.

— Malheureusement, convint Lilo. Mais ça ne se termine jamais bien. Je savais que Ronny était un loser dès l'instant où elle m'a parlé de lui.

— Un loser ? Dans quel sens ?

Elle souffla.

— Eh bien, primo, il était *entre deux* emplois.

Elle mit des guillemets autour des mots afin de souligner son dédain.

— Je ne pense pas qu'on peut être entre deux emplois quand on n'a jamais eu un vrai travail, ajouta-t-elle.

— Comment gagnait-il sa vie, alors ?

Lilo haussa les épaules.

— Qui sait. En vivant aux crochets de ses petites amies ?

— Tu penses qu'il s'est servi d'Hannah ?

— Probablement. Ou il a fait quelque chose d'illégal. Elle lui trouvait toujours des excuses quand je lui demandais pourquoi il n'avait pas trouvé de boulot.

— Quel genre d'excuses ?

— Qu'il ne pouvait pas bosser durant les heures voulues. Qu'il n'y avait pas tellement de boulots qui l'autoriseraient à travailler durant la nuit.

Elle lança les mains en l'air.

— Qui veut bosser la nuit ? Tout particulièrement si la petite amie travaille le jour. Ça n'a vraiment aucun sens.

— Hmm.

Blake feignit d'y réfléchir, alors qu'il avait déjà deviné la raison pour laquelle Ronny voulait travailler de nuit.

— Est-ce qu'Hannah a jamais mentionné comment elle avait rencontré Ronny ?

— Dans le cadre de son travail.

— Tu en es sûre ?

— Je crois qu'il était client et qu'ils ont eu l'occasion de parler, un jour.

C'était la faille que Blake cherchait. Il sortit frénétiquement son portable de sa poche.

— Si c'était un client, Vüber aura des renseignements à son sujet. Il aura dû ouvrir un compte, dit-il tout en composant le numéro.

L'espoir éclaira le visage de Lilo. Elle lui prit la main et la serra.

— Oh, j'espère que tu as raison.

On répondit à l'appel.

— Finn à l'appareil, quoi de neuf ?

— Finn, c'est Blake. Peux-tu, s'il te plaît, vérifier les fichiers clients de Vüber et trouver quiconque portant le prénom de Ron, Ronny, ou Ronald. Recoupe les noms que tu trouveras avec les prix des courses qu'Hannah Bergdorf a acceptés ces huit derniers mois. Peux-tu faire ça pour moi ?

— Pour quand en as-tu besoin ?

— Aussi vite que possible.

— Donne-moi environ une heure et demie.

— Merci. Appelle-moi dès que tu as quelque chose.

— Pas de problème.

Blake mit fin à l'appel.

— Nous devrions en savoir plus dans quelques heures.

Lilo secoua la tête, l'incrédulité lui colorant les traits.

— Je suis surprise par toutes ces choses que ta compagnie peut faire. Je veux dire que tu sembles avoir plus de moyens que la police. Et tu travailles beaucoup plus rapidement qu'eux.

Blake sourit.

— Ne le leur dis pas ou ils seront jaloux.

Elle hésita, l'analysant pendant un long moment.

— Ce que tu fais… c'est légal, n'est-ce pas ?

— Bien sûr que c'est légal. Les fichiers clients appartiennent à la compagnie. Nous décidons de ce que nous devons en faire, particulièrement quand il s'agit de protéger un de nos employés. Alors, ne t'inquiète pas pour ça.

— Hé, je suis entré, interrompit Eddie.

Blake bondit et se précipita près de lui.

— Voyons. Va dans ses emails.

Lilo alla se placer de l'autre côté d'Eddie et regarda également par-dessus son épaule, tandis qu'il faisait dérouler les messages de la boîte de réception d'Hannah, visionnant ainsi ses emails. Pendant quinze minutes, tous trois examinèrent ses messages, mais rien ne leur donna le moindre indice quant à la localisation de la jeune femme ou du sujet dont elle avait voulu parler si urgemment à Lilo.

— Rien, dit Blake, frustré.

Il laissa courir une main dans ses cheveux.

— Et son agenda ? poursuivit-il.

Eddie navigua dans l'agenda en ligne. Une seconde plus tard, il leva les yeux, surpris.

— Pas la moindre inscription.

— Hannah avait une peur paranoïaque que son ordinateur ne tombe en panne et donc de perdre toutes les informations concernant ses rendez-vous, répondit Lilo en rencontrant le regard d'Eddie. Elle les notait toujours sur papier. Elle tenait un journal.

Blake hocha la tête.

— Nous devons le trouver.

Il contourna son bureau.

— Eddie, poursuivit-il, peux-tu passer en revue tout ce qu'il y a d'autre dans l'ordinateur ? Et la tablette, également. Dossiers, historique, etc.., pendant que je vais à son appartement pour chercher son journal ?

— Certainement, mais fais vite.

Il regarda sa montre.

— Je dois être de retour au bureau dans deux heures, précisa-t-il.

— Pas de soucis. Je ne serai pas long. Et garde un œil sur les garçons pendant que je suis parti, tu veux ?

Blake était sur le point de sortir en trombe lorsqu'il entendit des pas derrière lui. Il regarda par-dessus son épaule. Lilo le suivait.

— Je pourrai le trouver plus vite que toi, car je connais les goûts d'Hannah. Je sais à quoi devrait ressembler son journal.

— Alors, décris-le-moi.

Elle croisa les bras sur sa poitrine, attirant le regard de Blake sur ses courbes alléchantes.

— Je viens avec toi.

— Bon sang, Lilo. Et si jamais ce cambrioleur revient pendant que nous y sommes ?

— Dans ce cas, il est encore plus important de ne pas y aller seul.

Blake marqua un temps d'arrêt.

— Es-tu en train d'insinuer que *tu me* protègerais ?

Derrière lui, il entendit Eddie glousser.

— Pas marrant, Eddie, grogna-t-il sans détourner le regard posé sur Lilo.

Ouais, ce n'était vraiment pas marrant que cette femme le provoquât avec tant d'aisance.

Ou qu'il l'y autorisât.

Et y prît probablement plaisir.

10

De retour dans la voiture, faisant route vers l'appartement d'Hannah, Lilo ressentit de la tension entre eux. Blake n'était visiblement pas habitué à ce qu'une femme ignorât ses ordres.

— Je ne suis pas ingrate, tu sais, commença-t-elle.

— Je n'ai pas dit que tu l'étais, répliqua-t-il sans détacher les yeux de la route.

Elle souffla d'un air désapprobateur.

— Tu n'as pas eu à le faire.

— J'essaie juste de te protéger. C'est déjà assez moche qu'Hannah ait disparu. Comment puis-je la retrouver, comment puis-je fonctionner normalement si je dois me tracasser pour toi également ?

Pendant un moment, elle fut sans voix. Blake éprouverait des difficultés à fonctionner s'il devait s'inquiéter pour *elle* ! Instinctivement, elle secoua la tête. C'était impossible, car cela aurait signifié qu'il se sentait concerné par elle, alors qu'il ne la connaissait même pas.

— Quoi ? aboya-t-il.

Elle le regarda de profil, et comprit enfin.

— Je suis désolée.

— Désolée de quoi ?

— Tu es tout aussi stressé par tout ça que moi, et je ne fais que te causer plus d'ennuis.

Elle regarda par la fenêtre et observa les lumières défiler.

— Tu es habitué à faire tout ça sans avoir quiconque qui interfère dans tes affaires. Tu n'as pas besoin de mon aide pour trouver Hannah.

Elle renifla.

— C'est juste que… je veux aider, poursuivit-elle. Je veux savoir que je fais quelque chose pour retrouver mon amie. Je le lui dois.

Sa voix se brisa. Bon sang ! Elle n'allait tout de même pas pleurer, pas maintenant, alors que toute la nuit durant, elle avait tenté d'être si courageuse !

La chaleur d'une main serrant la sienne lui fit tourner la tête vers Blake. Elle le trouva en train de l'observer, le regard gentil et compréhensif.

— Nous voulons tous deux la même chose : retrouver Hannah.

Il sourit.

— Et j'ai besoin de ton aide, ajouta-t-il. Si tu n'avais pas mentionné le fait que Ronny était un client de Vüber, nous n'aurions aucune piste.

Il lui relâcha la main, et elle réalisa à quel point ce contact innocent l'avait réconfortée.

— Je ne suis tout simplement pas habitué à ce qu'on n'obéisse pas à mes ordres. Qui que ce soit.

Il sourit.

— Pas seulement les femmes, ajouta-t-il.

— Les adolescents aussi ? le taquina-t-elle, les paroles de Blake l'ayant à nouveau mise à l'aise.

Il grimaça.

— Particulièrement les adolescents.

Une fois arrivés à l'appartement, il ne leur fallut pas longtemps pour trouver ce qu'ils cherchaient. Lilo saisit un agenda sur une étagère. Il avait une épaisse couverture rembourrée décorée de fleurs séchées.

— Le voilà.

— Voyons.

Blake tendit la main pour le prendre et, ensemble, ils remontèrent à la semaine de la disparition d'Hannah.

— Elle met beaucoup d'abréviations, dit-il.

Lilo hocha la tête.

— Elle fait ça depuis que nous sommes petites.

Elle désigna une inscription faite la veille de sa disparition.

— Ici, elle a emmené Frankenfurter chez le vétérinaire. Il y a un numéro de téléphone.

Blake l'encoda dans son portable.

— J'appellerai la clinique au matin, dès l'ouverture, pour savoir si Hannah a maintenu le rendez-vous.

— Peut-être que Frankenfurter a dû y passer la nuit. Cela expliquerait pourquoi on ne le trouve nulle part.

— Peut-être.

Mais le doute dans la voix de Blake était perceptible.

Excepté quelques pense-bêtes, histoire de ne pas oublier de payer les factures, il n'y avait pas beaucoup de notes pour la semaine en question. Les semaines précédentes signalaient un rendez-vous chez le dentiste, une note afin de virer le promeneur de chien, quelques dates pour aller voir un film, probablement avec Ronny, son rendez-vous chez le coiffeur ainsi qu'une visite pour se renseigner sur une salle de remise en forme.

— Rien ne sort de l'ordinaire, dit Blake, l'air déçu. Prenons-le avec nous, juste au cas où.

Lilo glissa le livre dans son sac à main juste au moment où le téléphone de Blake sonnait.

Il y répondit immédiatement.

— Qu'est-ce que tu as ?

Il écouta pendant quelques secondes.

— Envoie-moi son adresse par texto, dit-il ensuite. Et sa photo, aussi. Merci, Finn !

Il appuya sur la touche *raccrocher*.

— Il n'y a qu'un homme appelé Ronald parmi les clients d'Hannah, poursuivit-il.

Son portable tinta, signe de l'arrivée d'un texto. Blake désigna l'écran.

— Et maintenant, nous avons son adresse et savons à quoi il ressemble.

Lilo élargit la photo.

— Ce n'est pas l'homme qui s'est introduit dans l'appartement.

Elle haussa les épaules.

— Aucune importance, continua-t-elle. Il a peut-être envoyé un ami. Ou peut-être que les deux événements ne sont pas liés, après tout. Ne perdons pas de temps. Allons chez lui. Maintenant, exigea-t-elle, en se dirigeant déjà vers la porte.

Blake la rattrapa.

— Nous n'y allons pas sans renforts. Nous ne savons pas à qui nous avons à faire. Il se peut qu'il ne soit pas seul.

— Bonne idée. Appelons la police.

Elle sortit la carte de Donnelly de sa poche. Il la lui avait donnée en lui conseillant de l'appeler directement sur sa ligne directe s'il se passait quelque chose de nouveau.

— Non. Si la police se pointe, il s'enfuira. De plus, ils n'ont aucun motif valable pour agir. Nous vérifierons d'abord nous-mêmes.

Il composa un numéro sur son téléphone.

— Je vais demander de l'aide à quelqu'un de la compagnie, ajouta-t-il.

— Mais s'il est dangereux, la police est mieux équipée pour—

Blake souleva une main afin de l'arrêter.

— Hé, Wes. J'ai besoin de ton aide. Peux-tu me retrouver à l'Excelsior ?

Il marqua une pause.

— Oui, maintenant. Je t'envoie l'adresse par texto. Et, Wes, nous ne voulons réveiller personne pour ne pas les alerter de notre arrivée. Amène ton sac à malices, juste au cas où.

Il mit fin à l'appel.

— Quel sac à malices ? demanda Lilo, curieuse.

— L'équipement habituel de tout garde du corps. Plus quelques extras. Au cas où le gars nous causerait des ennuis.

— Tu veux dire des trucs pour l'attacher ? Ou es-tu en train de parler de quelque chose pour… juste lui faire dire où est Hannah ?

Il lui prit le coude et l'emmena hors de l'appartement.

— Nous ne sommes pas la CIA.

— J'ai cru le contraire, à voir toutes ces ressources dont tu disposes, rétorqua-t-elle.

Elle n'avait jamais eu affaire à un organisme d'application de la loi ni à une société de sécurité privée qui travaillait aussi bien et aussi efficacement que la compagnie qui employait Blake. Et pourtant, elle s'était minutieusement documentée sur ce domaine pour ses séries policières. Alors pourquoi, si Scanguards était si compétent dans son domaine, n'en avait-elle jamais entendu parler ?

~ ~ ~

Wesley, le sorcier résident de Scanguards, les attendait déjà lorsque Blake remonta dans son Aston Martin. Wes avait stationné sa BMX noire un pâté de maison plus loin que la maison de Ronny. On pouvait difficilement manquer la plaque d'immatriculation WLS— Wesley, Le Sorcier.

Lorsqu'il arriva, Blake gara sa voiture derrière celle de Wes et coupa le moteur.

— Je te dirais bien de rester dans la voiture, mais je suppose que tu ne vas pas m'écouter.

Il regarda Lilo, laquelle avait déjà la main sur la poignée.

Elle se figea et rencontra son regard. De la lumière se réfléchissait dans ses yeux et, pendant un instant, il fut hypnotisé par le bleu myosotis de ses iris. Alors qu'ils auraient dû traduire l'innocence, chez

Lilo, ils accentuaient son côté mystérieux. Ses actions, sa volonté de traverser la moitié du pays pour rechercher Hannah, sa détermination à mettre sa vie en péril si cela pouvait la rapprocher de son amie, tout cela en avait beaucoup dit sur elle. Blake admirait cet état d'esprit. Et encore plus chez une humaine qui ne savait même pas ce qu'elle était sur le point d'affronter.

Mais il le savait : quelle que fût la raison de la disparition d'Hannah, les preuves démontraient qu'un vampire se cachait derrière celle-ci. Le fait que Ronny fût un client de Vüber confirmait qu'il en était un, car seuls ces derniers étaient autorisés à utiliser les services de cette compagnie. Donc, si Hannah sortait avec un vampire et qu'elle avait disparu depuis trois jours, pourquoi son tendre petit ami ne s'était-il pas adressé à Scanguards ? Que cette compagnie gérait tous les crimes liés aux vampires était un secret de Polichinelle au sein de cette communauté. Ronny se serait vu garantir toute discrétion et n'aurait pas eu à dissimuler qui ou ce qu'il était.

— Merci…

La voix de Lilo l'extirpa de ses rêveries. Leurs regards se suspendirent.

— … pour tout ce que tu fais pour Hannah. Sans toi, je ne sais pas ce que je ferais.

Il se sentit se rapprocher, attiré par sa douce voix et son tendre regard.

— Elle a beaucoup de chance d'avoir un collègue comme toi, continua Lilo. Quelqu'un qui veille sur elle.

Elle leva une main comme pour le toucher.

On frappa à la vitre. Lilo retira sa main, et Blake tourna la tête.

Wesley se tenait du côté conducteur, la tête inclinée sur le côté, roulant des yeux.

Rapidement, Blake ouvrit la portière et sortit.

— Si tu voulais un public pour ta séance de roulage de pelles, tu aurais dû me le dire à l'avance. J'aurais amené du popcorn.

— Ce n'était pas une—

Lilo apparaissant à ses côtés, il laissa la phrase inachevée.

— Lilo, voici Wesley. Il travaille aussi pour Scanguards.

Ils se serrèrent la main.

— Salut, Wesley. Désolée de te faire venir ici, s'excusa Lilo.

Wes pointa Blake du pouce.

— J'y suis habitué, avec lui.

Il détourna le regard.

— Alors, de quoi s'agit-il ?

— Une de nos employées de Vüber a disparu. Il se peut que tu la connaisses : Hannah Bergdorf.

— Une jolie rouquine ? demanda Wes.

Blake acquiesça.

— C'est elle. On ne l'a plus vue ni entendue depuis trois jours. Lilo, ici présente, est sa meilleure amie et a pris l'avion depuis le Nebraska pour la retrouver. Nous avons déjà fouillé son appartement et avons de bonnes raisons de penser que son petit ami a quelque chose à voir avec ça. Il était un des clients de Vüber.

Il avait ajouté cette dernière phrase afin de s'assurer que Wes comprît que le petit ami de Hannah était un vampire.

— Ah, je vois.

Blake désigna l'extrémité du pâté de maisons.

— Ronny habite ici. Nous pensions lui rendre visite pour savoir pourquoi il n'a contacté personne au sujet de la disparition de sa petite amie.

— Eh bien, qu'attendons-nous ? dit Wesley en souriant.

Il n'aimait rien de plus que de causer une petite frayeur à un homme qui ne traitait pas correctement sa femme.

Blake réprima un gloussement. À cet égard, ils étaient les mêmes, bien qu'ils eussent tout d'abord commencé comme rivaux au moment où ils avaient rejoint Scanguards. Ils n'avaient pas toujours été d'accord. Peu de temps avant leur rencontre, Wesley avait découvert qu'il était un sorcier. Durant les années qui avaient suivi, il avait travaillé assidûment afin de recouvrer les pouvoirs que sa mère lui avait dérobés à son enfance. Maintenant, il était un des sorciers les plus accomplis du pays. Et il était du côté de Scanguards, bien que les sorciers eussent traditionnellement été les ennemis des vampires.

— Par ici.

Blake ouvrit la marche, tandis que Wesley et Lilo suivaient de près. La maison de Ronny n'avait rien de spécial, une maison de style ranch des années cinquante avec une petite allée à l'avant, un minuscule carré d'herbes non entretenu sur le côté, et une barrière en bois délabrée suspendue à une seule charnière.

Silencieusement, Blake gravit les marches vers la porte d'entrée et écouta. Il restait environ trois heures avant le lever du soleil. Aucun vampire ne serait endormi à cette heure de la nuit, mais la maison était silencieuse et baignait dans l'obscurité.

Il regarda par-dessus son épaule et fit signe à Wes. Il n'eut qu'à pointer la porte d'entrée du doigt pour que son collègue sût ce qu'il avait à faire.

Blake se mit sur le côté afin de laisser son ami faire usage de sa magie. Car il s'agissait réellement de magie : une simple formule magique qui déverrouillait n'importe quelle porte. Tandis que Wes marmonnait les vers aussi silencieusement que possible, Blake se retourna vers Lilo, sa carrure éclipsant Wes du champ de vision de la jeune femme.

Qu'est-ce qu'il fait ? chuchota Lilo, du bout des lèvres.

Blake secoua la tête et posa un doigt sur sa bouche afin de lui indiquer de demeurer silencieuse. Pour une fois, elle obtempéra, bien qu'elle tentât de voir ce que Wes faisait derrière lui. Le sorcier avait, cependant, déjà fini. Il y eut un léger clic, et la porte s'ouvrit.

Blake leva une main afin de signaler à Lilo de rester où elle était tout en hochant la tête à l'intention de Wesley. Il se faufila dans la maison. Il laissa vagabonder ses sens. Il y avait une odeur de vampire, mais elle remontait à au moins un jour. Il fit néanmoins preuve de prudence en s'engageant plus en avant dans la maison. Il y avait deux chambres à coucher, un salon, une cuisine et une salle de bain. Chaque pièce était vide.

Il regagna le couloir.

— Vous pouvez entrer, il n'est pas là.

Dès que Wes et Lilo furent à l'intérieur et eurent fermé la porte derrière eux, Blake actionna l'interrupteur. La lumière ne lui était pas nécessaire afin de pouvoir se déplacer, mais ni Wes ni Lilo ne possédaient la vision nocturne supérieure d'un vampire.

— Il est parti ? demanda Lilo, la voix teintée de déception.

— J'en ai bien peur. Mais ça ne veut pas dire qu'il ne reviendra pas.

Blake retourna dans le salon.

— C'est le désordre mais, apparemment, il n'a pas déménagé.

— Peut-être est-il parti précipitamment, suggéra Lilo.

— Je ne pense pas, dit Wes en désignant la table. Il a laissé son ordi. Et ça semble être un Mac relativement neuf. Même s'il était pressé, il l'aurait emmené avec lui.

— Wes a raison.

Blake échangea un regard avec son ami.

— Faisons mettre la maison sous surveillance au cas où il reviendrait et emportons l'ordinateur, ajouta-t-il.

Lilo le dévisagea.

— Tu vas voler l'ordinateur ? Ne te faut-il pas un mandat ou quelque chose ?

Blake lui adressa un clin d'œil.

— Nous ne sommes heureusement pas la police. De plus, nous le rendrons quand nous n'en aurons plus besoin.

— Je vais le ramener au bureau et le faire vérifier par le service informatique, proposa Wes.

— Eddie peut le faire.

Il sortit son portable de sa poche et composa le numéro. On répondit immédiatement à l'appel.

— J'étais sur le point de t'appeler pour te dire que je pars, dit Eddie avant que Blake n'eût pu dire quoi que ce soit.

— J'ai un autre ordinateur à te faire vérifier.

— Désolé, je ne peux pas rester. Amène-le au bureau et je le ferai faire par un de mes gars, car je dois rentrer au QG. Thomas vient juste d'appeler.

— Bien. J'enverrai Wes apporter l'ordi. As-tu trouvé autre chose dans le laptop ou la tablette d'Hannah ?

— Pas grand-chose. Je t'enverrai une liste de ses recherches sur le net via ta boîte mail afin que tu puisses la parcourir et juger de ce qui pourrait être important. Mais il n'y avait rien de particulier dans ses emails ou dans les fichiers de son ordinateur.

— Merci.

— Oh, et que tu veux que je fasse de Nicholas et Adam ?

— Ils se débrouilleront bien tous seuls pendant un petit moment. Je devrais être de retour dans une heure. Dis-leur de ne pas ouvrir la porte pendant qu'ils sont seuls et de se réfugier dans la chambre de survie s'ils entendent ou voient quelque chose de suspect.

Les gamins connaissaient la chanson. Il n'était pas trop inquiet.

— Ça me semble bien. Suis sur le départ.

— Merci Eddie.

Il remit le téléphone dans sa poche.

— Voyons s'il y a autre chose qui pourrait nous dire s'il a emmené Hannah et où ils auraient pu aller, poursuivit-il. Lilo, tu veux bien commencer par la chambre ?

Elle acquiesça et disparut.

Blake suivit Wes dans la cuisine.

— Wes, autre chose, dit-il tout bas, afin que Lilo ne les entendît pas.

— Ouais ?

— J'ai besoin que tu recherches Hannah avec ton cristal.

Cette discipline était une aptitude propre aux sorciers. Une faculté qui les aidait à retrouver les personnes disparues.

— Aurais-tu quelque chose qui porte son ADN ?

— Pas sur moi. Va dans son appartement et vois ce que tu peux trouver.

— J'irai juste après avoir terminé ici.

— Merci.

11

La fouille de la maison de Ronny n'avait rien rapporté d'autre, mais avait confirmé ce que Lilo avait toujours suspecté : le gars était un raté. Il ne possédait rien de valeur excepté un ordinateur et, à en juger par l'état de sa maison, c'était un porc. Que voyait Hannah en lui ?

Lilo se souvint de la photo que Blake lui avait montrée, et elle dut admettre que Ronny était beau garçon. Était-ce cela qui le faisait vivre ? Sa beauté ? Si on y ajoutait du charme et un certain savoir-faire au lit, Lilo ne savait que trop bien comment une femme pouvait perdre tout bon sens et rester avec un homme comme celui-là plus longtemps qu'elle ne l'aurait dû. À peine quelques années plus tôt, elle-même en avait fait les frais. Mais elle avait appris de cette expérience. Maintenant, elle choisissait ses petits amis avec soin. En fait, avec tant de précaution qu'elle n'avait fréquenté personne durant ces deux dernières années.

Peut-être était-ce la raison pour laquelle Morgan West, son protagoniste, était devenu si vivant et si réel à ses yeux. Il était la personnification même de ce qu'un homme devait être : fort, ferme, fiable. Le genre de gars qui prenait les choses en main. Un homme sur qui elle pouvait compter. Tout comme Blake.

Plus elle le voyait en action, plus elle était en admiration devant lui. Ses collègues semblaient le respecter et ne le questionnaient sur aucune de ses exigences. Il paraissait toujours savoir ce qu'il fallait faire ensuite ; il n'y avait aucune hésitation dans ses actes.

Tandis qu'elle le suivait à présent dans les escaliers qui menaient du garage à la maison, elle ne put s'empêcher de se surprendre à admirer son physique musclé. Était-ce réellement possible que cet homme eût tout ce qu'elle avait toujours voulu ? Pas juste un super caractère, mais également un super corps ? Sans parler de sa gentillesse qui émergeait lorsqu'il s'occupait de Nicholas et d'Adam.

Elle soupira et pénétra dans le hall. Depuis le salon, la télé fonctionnait à plein volume, et Blake se dirigea vers elle. Lilo le suivit et l'observa en train de prendre la télécommande afin de l'éteindre. Le silence s'abattit dans la pièce.

Adam et Nicholas étaient endormis sur le divan.

Blake regarda par-dessus son épaule et rencontra son regard.

— Je suppose qu'il est temps pour ces deux-là d'aller au lit.

Il secoua doucement Nicholas jusqu'à ce que le garçon ouvrît les yeux.

— Hmm ? Quoi ?

— Temps d'aller au lit.

Tandis que Nicholas se levait plutôt au ralenti, Blake souleva Adam, toujours endormi, et le prit dans ses bras.

— Besoin d'aide ? demanda Lilo.

Blake sourit et secoua la tête.

— Et si tu te reposais ?

Il transporta ensuite Adam à l'étage, pendant que Nicholas le suivait.

Il ne fallut attendre que quelques minutes avant que Blake ne redescendît. Lilo se tenait toujours sous l'arcade séparant le hall du salon. Elle l'avait regardé descendre les escaliers. En dépit du fait qu'elle fût demeurée debout toute la nuit, elle n'était pas prête à dormir. Tant de choses s'étaient passées en si peu de temps que son esprit n'était pas encore prêt à se reposer.

— Ils sont bien installés ?

Blake s'arrêta devant elle en hochant la tête.

— Tu devrais aller dormir aussi. Je suis désolé de t'avoir gardée debout si longtemps. Dans deux heures, il fera jour.

— Aucune importance. Je pourrai dormir quand nous aurons trouvé Hannah.

— Ce n'est pas nécessaire de rester éveillée. Je m'occuperai de tout ce qu'il y a à faire. Nous vérifierons si Ronny possède une voiture et, dans l'affirmative, nous la trouverons. J'attends toujours qu'on m'avertisse si on a retrouvé celle d'Hannah. En ce moment même, Eddie doit m'avoir envoyé par mail les recherches qu'elle a faites sur le web. Je vais les parcourir et—

Lilo leva une main vers sa joue et le toucha, se surprenant elle-même de ce geste impulsif.

— Tu en fais tellement. J'espère juste que cela nous mènera à Hannah.

Elle était sur le point de retirer sa main, lorsqu'il la captura et la maintint contre sa joue. Surprise, elle inspira une bouffée d'air. Les paupières de Blake se soulevèrent, et le bleu de ses yeux s'intensifia soudainement, tandis qu'il l'épinglait du regard. Hypnotisée, Lilo fut incapable de bouger ou de détourner les yeux. Son cœur lui martelait la poitrine, et son pouls accéléra.

— Lilo…

— Je devrais…

Elle déglutit nerveusement.

— …aller dormir.

Elle ne tenta toutefois pas de bouger. Elle se rapprocha plutôt doucement, réconfortée par la proximité de Blake. Cette nuit, elle avait vécu beaucoup de choses. Peut-être méritait-elle juste quelques moments de tranquillité, de paix, le genre de réconfort que seuls les bras d'un homme pouvaient prodiguer. Était-ce si mal de vouloir cela ?

— Oui, tu devrais… convint Blake, sans toutefois lui relâcher la main.

Il tourna le visage et déposa un baiser dans la paume de sa main.

— Blake…

Elle réprima un gémissement lorsque les lèvres de Blake lui effleurèrent le bout des doigts.

— Il vaut probablement mieux que je monte…

— Mieux ?

Il secoua la tête.

— Plus intelligent pour toi, pour nous deux, oui, mais pas mieux.

Elle sut exactement ce qu'il sous-entendait. Et ce qu'elle voulait. Se laisser aller. Accepter le réconfort qu'il lui offrait, même si elle le connaissait à peine. Aujourd'hui, il l'avait aidée, il avait fait tout ce qu'il pouvait pour retrouver Hannah. Il n'était plus réellement un étranger. Il était quelqu'un sur qui elle pouvait compter. Plus que sur aucun de ses anciens amants ou petits amis. Cela ne faisait-il pas de lui un ami ? Et les amis pouvaient se réconforter l'un l'autre, se serrer l'un contre l'autre pendant un moment. Ce ne serait que cela. Juste une courte étreinte à la fin d'une longue nuit.

Si ce fut elle qui se rapprocha de Blake ou lui qui se pencha vers elle, elle n'en fut pas sûre mais, soudain, son visage ne fut plus qu'à quelques centimètres de celui du jeune homme. Les bras de ce dernier lui enlacèrent la taille, amenant les hanches juste au niveau des siennes et connectant leur corps.

La première chose qu'elle sentit fut la chaleur qui émanait de lui, de chaque partie de son corps : de sa main posée sur le bas de son dos, de son bassin effleurant le sien, et de son souffle lui balayant le visage. Ensuite, il l'attira plus près, et les battements de son cœur semblèrent se répercuter dans le corps de Lilo, faisant écho aux rapides battements du sien.

— Je devrais te laisser partir, murmura-t-il, sa bouche se rapprochant.

— Non.

Elle glissa une main sur sa nuque et le sentit frissonner.

— S'il te plaît, non.

~ ~ ~

Cette tendre supplication s'enfonça profondément en lui, s'installant dans son bas-ventre, alimentant le feu qui y faisait rage. Il s'était promis de ne pas agir de ce fait-là mais, lorsqu'elle lui avait caressé la joue, il avait jeté toutes ses bonnes résolutions par la fenêtre.

— Comme si je le pouvais.

Il murmura ces mots tout contre ses lèvres rouges, des lèvres qui l'avaient tenté durant toute la nuit. Des lèvres qui s'entrouvraient à présent en guise d'invitation.

Bon sang, il n'avait, à présent, plus aucune chance de résister. Elle détenait toutes les cartes. Et elle était pratiquement en train de le prier de l'embrasser. Dans ce jeu, il n'était pas le prédateur ; il ne la forçait pas à faire quelque chose qu'elle ne voulût pas. Il ne la séduisait même pas. *Lilo* le séduisait. Et tandis qu'il la serrait dans ses bras de vampire, des bras dont elle ne pourrait s'extirper à moins qu'il ne l'y autorisât, c'était elle qui *le* maintenait captif.

— Comme si je pouvais t'échapper, maintenant, se corrigea-t-il en lui effleurant les lèvres.

Ce contact fut électrisant. Les lèvres de Lilo étaient chaudes et douces, s'abandonnant à lui. Non désireux de l'effrayer au cas où il aurait mal interprété la situation, Blake fut d'abord hésitant.

— C'est ce que tu veux ? murmura-t-il.

Elle ronronna, et ce son vibra sur la peau de Blake, le faisant frissonner. Les doigts de Lilo sur sa nuque l'attirèrent plus près. Il n'y avait à présent plus aucun doute : elle voulait de lui autant qu'il voulait d'elle. Toute hésitation envolée, il lui captura pleinement la bouche, enfonçant la langue entre ses lèvres entrouvertes afin de caresser la sienne.

Un rayon de chaleur incandescent le percuta dans tout son corps, le sang se précipitant jusqu'à son bas ventre. Putain, c'était pire qu'il ne l'avait prévu. Pire, car à la vitesse où il s'excitait, il la mettrait complètement à plat en environ soixante secondes et irait et viendrait en elle en plein milieu du couloir, là où les garçons pourraient les surprendre à tout moment.

Cette pensée ne l'empêcha même pas de plonger plus profondément en elle, de l'explorer, de la goûter. Et, bon sang, qu'elle avait bon goût ! Et c'était encore mieux au toucher. Il inclina la tête afin d'avoir un meilleur accès, et elle l'y aida en faisant de même. Elle se mit à présent à enrouler la langue autour de la sienne, exigeant qu'il l'embrassât plus fort.

Pendant un instant, il arracha les lèvres des siennes.

— Bon sang, Lilo !

Mais en dépit du fait que son baiser titillait le vampire qui était en lui et le poussait à émerger, il ne put arrêter. Lui écrasant la bouche avec la sienne, il la poussa contre le mur et l'y maintint. La passion et le désir déferlèrent en lui, à la recherche d'un exutoire. La respiration lourde, il réclama sa bouche plus violemment qu'il ne l'avait prévu. Prévu ? À vrai dire, il n'avait pas du tout prévu ceci. C'était juste arrivé. Un regard dans ces yeux bleu myosotis, et il était perdu.

Il était à présent trop tard pour y remédier.

Il poussa le bassin contre le sien, sentant son érection venir se frotter le long de son ventre, lequel le berçait de sa chaleur et de sa douceur, le tentant de libérer la bête qui était en lui.

Lilo répondit à son baiser avec une passion à laquelle il ne s'était pas attendu, particulièrement de la part d'une femme qui le connaissait à peine. Elle était le feu à l'état pur et son ardent désir était incontrôlé. Elle était véritablement dévergondée. Il sentit ses battements de cœur retentir dans sa propre poitrine, ses doux seins s'écraser contre lui. De doux gémissements s'échappaient de sa gorge à chaque fois qu'il lui laissait l'occasion de respirer. Mais le sursis ne durait jamais longtemps. Une seule seconde, et elle cherchait à nouveau ses lèvres, en exigeant davantage, une connexion plus profonde, comme si elle ne pouvait se rassasier de son baiser, de lui. Tout comme il ne pouvait se rassasier d'elle.

Pressé de plonger dans la chaleur de l'intimité de Lilo et d'y trouver la libération, son sexe lui faisait mal, à présent. Il laissa les mains errer sur son corps, explorant ses courbes pulpeuses, la caressant, la séduisant. Oui, il savait ce qu'il faisait. Il profitait de sa vulnérabilité afin d'obtenir ce qu'il voulait : goûter à cette belle et courageuse femme. Il devait plutôt avoir honte de s'adonner à ses besoins les plus bas et devait arrêter immédiatement cette folie. Il l'avait emmenée chez lui afin de la protéger, et pas pour la mettre en pièces tel un animal affamé. Mais son sexe n'en avait rien à faire, ne savait pas ce qu'était l'honneur. Il ne voulait que la ressentir. Être avec elle.

Et elle ne faisait rien pour l'arrêter. Il n'y avait aucune résistance. Il n'avait pas la moindre opportunité de mettre fin à ceci, de faire cette chose honorable qui était de la laisser aller au lit, seule. La seule chose à laquelle il pouvait penser consistait à trouver un moyen de l'emmener à l'étage, dans sa chambre, là où ils pourraient poursuivre cette folie avec un peu d'intimité. L'endroit où il pourrait lui ôter ses vêtements et se délecter d'elle pendant qu'il l'amènerait à l'extase.

Mais il savait que ce ne serait pas suffisant. Trouver la libération en elle ne suffirait pas. Non, il savait, avec une certitude encore inconnue jusqu'alors, qu'il ne serait pleinement satisfait que lorsqu'il aurait goûté le sang de Lilo. Il serait alors rassasié. Heureux.

Mais cela signifiait de s'exposer. De lui montrer qui il était. Ce qu'il était. Comment réagirait-elle ? Continuerait-elle à frotter son corps si sexy contre lui en l'autorisant à la toucher ? Voudrait-elle toujours le toucher ? De la même manière qu'elle le touchait en ce moment ? Ses doigts chauds glissant sous sa chemise, ses ongles lui griffant le dos, pendant qu'il plongeait sous son top et caressait la douce peau de son ventre ? Il remonta un peu plus, lentement, doucement, attendant qu'elle le stoppât. Mais aucune protestation n'émana de ses lèvres, des lèvres trop occupées à le dévorer.

Encore quelques centimètres, et ses mains seraient sur ses seins, ses paumes palpant ces globes si parfaits, ses doigts titillant ces mamelons…

— Blake, trésor, es-tu à la m— ?

Blake se retourna, la respiration lourde, regardant fixement la personne en train de franchir la porte d'entrée.

— Rose ?

Il laissa courir une main tremblante dans ses cheveux. Putain ! Fallait-il vraiment que ce soit son arrière-grand-mère au quatrième degré qui entrât pendant qu'il était pratiquement en train de baiser Lilo dans le hall ? Juste sacrément parfait !

— Je pensais que tu étais à Carmel… ajouta-t-il.

Rose jeta un regard par-delà lui.

— Oh…

Du coin de l'œil, il vit Lilo se rhabiller nerveusement.

— Je suis désolée, dit-elle.

Sa voix se brisa. Elle regarda Rose, puis Blake.

— Je dois partir.

Elle passa à côté de lui et se précipita vers les escaliers qu'elle gravit en courant jusqu'au deuxième étage.

— Lilo !

Mais elle ne s'arrêta pas.

— Je suppose que je suis arrivée au mauvais moment, dit Rose.

— Tu peux le dire.

12

Comment avait-elle pu être aussi stupide ?

Lilo ferma la porte de la chambre d'amis derrière elle et posa sa valise sur le lit. Elle fila dans la salle de bain attenante et attrapa les quelques objets qu'elle avait retirés de ses bagages un peu plus tôt et les remit dans sa valise.

Blake avait une petite amie ! Les paroles ébahies qu'il avait prononcées l'avaient confirmé. *Je pensais que tu étais à Carmel.* Il ne s'était, visiblement, pas attendu à ce qu'elle rentrât aussi tôt à la maison. Alors, il avait pensé qu'il pouvait avoir une aventure pendant que sa copine était en voyage. Bon sang ! Il était aussi mauvais que n'importe quel autre homme. Seul Morgan West était différent, car elle l'avait créé autrement : au moins il ne s'engageait jamais envers une femme et signalait à ses différentes partenaires de lit qu'il n'était pas exclusif. Il ne mentait pas.

À vrai dire, Blake n'avait pas menti. Il avait simplement *oublié* de lui dire qu'il avait une copine. Une très belle, en plus. Elle ne semblait pas avoir plus de vingt-cinq ans et était aussi divine qu'un mannequin.

Blonde, petite, traits délicats. Et un accent britannique. De toute évidence, Blake aimait les blondes. Peut-être que quelques jours sans sa copine l'avaient excité. Peut-être avait-il ressenti le besoin d'avoir sa dose avec une autre blonde, et qu'elle en avait été la victime consentante.

Comment avait-elle pu se laisser aller de la sorte ? Elle avait été sur le point de le déshabiller, balançant toute forme de prudence au gré du vent. Quelques minutes de plus, et elle aurait couché avec un parfait étranger, un homme dont elle ne connaissait rien. Un homme qui trompait sa petite amie.

Lilo se raidit lorsqu'on frappa à la porte.

— Lilo, s'il te plaît. Il faut qu'on parle.

Elle souffla d'un air désapprobateur. Elle n'avait rien à lui dire.

— Ne t'inquiète pas. Je pars. Dis à ta copine—

La porte s'ouvrit, et elle se retourna. Blake se tenait là, de toute évidence surpris, les yeux dirigés vers la valise posée sur le lit.

— Tu ne peux pas partir.

Il entra dans la pièce et ferma la porte derrière lui.

Lilo fit instinctivement un pas en arrière, ses jambes venant heurter le lit.

— S'il te plaît, dis-lui que je suis désolée. Si j'avais su…

— Tu penses que Rose est ma petite amie ?

— Elle se pointe ici, à cinq heures du matin, et t'appelle trésor.

Blake eut l'audace de glousser.

— Rose est anglaise. Elle appelle tout le monde trésor. Ou chéri et chérie.

— Ne t'excuse pas, s'il te plaît. C'est suffisamment embarrassant. Je n'aurais pas dû t'embrasser…

Il secoua la tête, un sourire sur les lèvres.

— Nous n'avons rien fait de mal. Je le voulais autant que toi. Et encore plus. Je le veux toujours.

Elle frissonna suite à ces dernières paroles.

— Arrête ! Ta copine est en bas, ajouta-elle en montrant la porte. Comment oses-tu me dire ces choses-là ?

— Rose n'est pas ma copine. C'est ma cousine.

Lilo fronça les sourcils.

— Cousine ?

Elle ne le croyait pas une seconde. Quelle cousine passait à cinq heures du matin sans même sonner à la porte ? Elle secoua la tête.

— Ta cousine te rend visite à cette heure de la nuit ?

— Elle m'aide à décorer la maison. Elle a trouvé d'anciens tabourets à Carmel qu'elle voulait ramener ici.

— À cinq heures du matin ?

Il haussa les épaules.

— Elle est très excitée quand elle fait une découverte pareille, et elle n'a pas pu attendre pour me les montrer.

Il se rapprocha d'un pas.

— Il se peut que tu ne me croies pas, mais tu croiras Rose. À moins que tu ne penses vraiment que ma petite amie te mentirait et prétendrait être ma cousine ?

Aucune petite amie ne ferait cela, évidemment.

— Non, mais—

Il posa un doigt sur ses lèvres, des lèvres qui semblaient toujours gonflées par son baiser passionné.

— Descends avec moi. Nous allons clarifier tout ceci. Je suis désolé de t'avoir fait du rentre dedans si intensément. Mais j'ai voulu t'embrasser dès l'instant où je t'ai vue dans l'appartement d'Hannah. Or, je ne suis pas du genre impulsif. Et juste pour que tu le saches : je ne t'aurais jamais embrassée si j'avais une relation avec une autre femme. Je ne papillonne pas. Plus. La vie est trop précieuse pour la gaspiller en futilités.

Elle remarqua la façon dont ses yeux se focalisaient sur ses lèvres et le vit avaler sa salive.

— Je préfèrerais passer mon temps différemment, ajouta-t-il.

Il sourit.

— Ce que j'ai ressenti quand je t'ai embrassée… c'est quelque chose qui n'arrive qu'une fois sur un million.

Elle inspira une bouffée d'air.

Il lui prit la main et entremêla leurs doigts.

— Maintenant, viens, et laisse-moi te présenter à Rose. La curiosité doit être en train de la tuer, en ce moment.

Lilo n'eut pas d'autre choix que de l'accompagner. Sans lui relâcher la main, il la guida dans les escaliers, vers le hall d'entrée où les attendait Rose.

La jeune femme lui sourit et lui tendit la main afin de la saluer.

— Je suis Rose, et s'il te plaît, laisse-moi m'excuser. Si j'avais su que Blake n'était pas seul, je n'aurais jamais fait irruption de la sorte.

Lilo lui serra la main.

— Je suis désolée de t'avoir fait mauvaise impression…

— Oh, trésor, s'il te plait, ne t'excuse pas. J'ai connu ce gars toute sa vie, et il peut être un peu dur à supporter. Blâmons-le tout simplement, non ?

— Merci beaucoup, Rose, lança Blake.

Lilo buta sur une parole de Rose.

— Tu veux dire que tu l'as connu toute *ta* vie ? Et pas *la sienne* ? Tu es nettement plus jeune que Blake.

— Oui, bien sûr, chérie.

Elle fit un geste dédaigneux.

— Bon, je vais vous laisser tranquilles dans un instant, mais j'ai deux tabourets dans ma voiture, et j'ai besoin qu'on me donne un coup de main.

— Je m'en occupe. Donne-moi tes clés, proposa immédiatement Blake, comme heureux de s'échapper pendant un moment.

Rose lui lança les clés et, l'instant d'après, il sortit d'un pas raide dans l'obscurité. Rose se tourna vers Lilo.

— Eh bien, cela nous donne un peu de temps pour apprendre à nous connaître.

Lilo hocha la tête, mais ne tint plus en place.

— Je suis désolée, mais je dois le demander. Il a dit que tu étais sa cousine. Or, vous ne vous ressemblez pas du tout, et ton accent est britannique.

Rose lui prit la main.

— Blake et moi sommes de la même famille. Je sais à quoi ressemblait mon entrée, mais j'ai juste été surprise. Je ne l'ai pas vu avec une femme depuis longtemps. Il ne fait pas dans *l'occasionnel*.

Lilo déglutit.

— L'occasionnel ?

— Tu sais, les rapports sexuels occasionnels. Il est trop occupé pour de telles choses. Et il ne m'a jamais parlé de toi avant.

Une question découlait implicitement des paroles de Rose.

— Nous ne nous sommes rencontrés que ce soir.

Elle voulut immédiatement retirer ces mots.

— Je suis désolée, poursuivit-elle. Tu dois penser que je suis une fille facile.

Normalement, je ne fais pas ce genre de choses…

Elle voulut s'enfoncer en terre, voulut ramper dans un trou et s'y cacher.

— Ce n'est pas ce dont ça a l'air…, ajouta-t-elle.

— Oh, chérie.

Rose eut soudain l'air d'une tante âgée sur le point de prodiguer des conseils. Lilo souleva les paupières et rencontra le regard de Rose. Dans les yeux de celle-ci, l'inquiétude y était profondément gravée.

— Donc, tu ne le connais pas encore bien.

Rose se pencha et baissa la voix.

— Blake est un homme bon. Fais lui confiance, quoi qu'il arrive. S'il se soucie de toi, il te protègera même si ça doit lui coûter la vie.

Surprise par ces paroles étranges, Lilo voulut lui demander ce qu'elle voulait dire par là, mais Blake arriva à ce moment, transportant deux tabourets. Il les déposa.

— Tout va bien ici ? demanda-t-il, le regard oscillant entre Lilo et Rose.

— Bien sûr, trésor, répliqua cette dernière.

Elle se dirigea ensuite vers la porte, saisissant, au passage, ses clés de voiture que Blake lui tendait. Elle regarda par-dessus son épaule.

— Je ferais mieux de rentrer. Quinn m'attend.

Elle sourit.

— Très contente de t'avoir rencontrée, Lilo. J'espère que ce ne sera pas la dernière fois.

— Ravie de t'avoir rencontrée aussi, Rose, tenta-t-elle de répondre avant que la belle blonde ne sortît en coup de vent de la maison.

Lentement, Blake s'approcha.

— Sommes-nous d'accord ?

— Je ferais mieux d'aller dormir. C'était une longue nuit.

Elle évita son regard. Avant qu'elle n'eût pu le dépasser, il l'arrêta et posa les doigts sous son menton afin de l'inciter à le regarder.

— Je ne ferai rien que tu ne veuilles pas. Tu as ma parole… Même si cela a été chaud tout à l'heure.

Il l'embrassa tendrement sur la joue.

— Bonne nuit, Lilo. Repose-toi un peu. Demain, nous aurons peut-être quelques pistes concernant la disparition d'Hannah.

Se sentant de nouveau à l'aise, elle lui sourit. Rose avait raison. Blake était un homme bon. Mais même des hommes bons se transformaient en dangereux prédateurs lorsqu'on les provoquait. Et elle l'avait provoqué, l'avait tenté. Quoiqu'elle ne le regrettât pas. Non, pas une seule seconde. Mais elle savait également qu'elle devait y aller plus lentement. L'incident avec Rose lui avait montré qu'elle ne connaissait presque rien de l'homme qui avait fait galoper son pouls aussi rapidement qu'un train à grande vitesse et fait frémir son sang tel un œuf en train de cuire sur le capot chaud d'une voiture. Et autant elle voulait poursuivre là où ils en étaient restés, autant elle savait qu'il valait mieux résister à cette irrépressible envie et tenter d'apprendre à mieux connaître Blake avant de faire quelque chose qu'elle ne pourrait effacer.

13

Wesley laissa tomber le pendule en cristal sur la carte de la Californie du Nord et soupira de frustration. Il était allé à l'appartement d'Hannah, mais n'avait pas trouvé grand-chose. La jeune femme s'avérait plutôt soigneuse et ordonnée. Il avait espéré trouver suffisamment d'ADN sur les poils de sa brosse à dents. Quant à la brosse à cheveux, seules quelques mèches y étaient incrustées. Il avait donc emmené ces deux objets personnels afin de tenter d'invoquer Lilo, mais sans résultat.

— Putain ! grogna-t-il.

Pratiquer l'art divinatoire était une des aptitudes les plus basiques en magie, et Wesley était plus accompli que la plupart des autres sorciers. Il savait parfaitement que cela ne fonctionnait pas sur les vampires, mais Hannah était humaine. Il aurait donc dû la retrouver, à l'heure actuelle. Deux raisons à cet échec pouvaient en être la cause : la première étant la quantité insuffisante d'ADN présent sur la brosse à dents et sur la brosse à cheveux ; la seconde étant qu'Hannah fût morte. Et il n'était pas prêt d'accepter cette dernière hypothèse. Car Blake n'y consentirait pas.

Il s'accrocha donc à la première éventualité. Après tout, la brosse à dents semblait plutôt neuve et propre, et il n'avait trouvé qu'une demi-douzaine de cheveux sur la brosse. Probablement insuffisant pour la détecter, et plus particulièrement si elle était loin.

La sonnerie de son téléphone l'interrompit.

— Oui ?

— Wes, c'est Matt. J'ai tes résultats.

— Je descends.

De toute manière, il avait besoin de se vider la tête. Peut-être trouverait-il quelque chose plus tard.

Se dirigeant vers le labo informatique, Wesley parcourut le hall d'un des étages souterrains du quartier général de Scanguards situé dans la Mission. Thomas et Eddie étaient partis peu après que Wesley eût ramené le pc portable du suspect au bureau. Matt, un de leurs employés humains de confiance, s'était donc vu confier la tâche de le pirater et d'examiner les informations qu'il contenait.

Tout était calme, tandis que Wes marchait dans le couloir. Durant la journée, les humains et les hybrides occupaient principalement les bureaux. Peu de vampires étaient présents, la plupart d'entre eux étant rentrés dormir chez eux. Il était midi. Dès que le soleil de cette journée d'hiver se serait couché, les quartiers généraux bourdonneraient à nouveau telle une ruche. Mais durant la journée, ici, c'était son domaine : il était l'employé le plus gradé de Scanguards sur le site. Et il aimait qu'il en fût ainsi.

Sans frapper, Wes entra dans le labo informatique.

Seules quelques personnes étaient assises face aux nombreux postes de travail informatisés parsemés dans la grande pièce. Et parmi elles, une à laquelle il ne s'était pas attendu.

— Isabelle ? Que fais-tu ici ?

La fille hybride de Samson âgée de vingt-deux ans leva les yeux et sourit.

— Salut, Wes. Clark m'apprend à programmer et tout, dit-elle en levant le pouce en direction de l'homme assis à côté d'elle.

Wes haussa un sourcil.

— Je ne pensais pas que tu t'intéressais à l'informatique.

Elle haussa les épaules, balançant une mèche de ses longs cheveux noirs derrière l'épaule. Elle était aussi belle que sa mère et aussi intelligente que son père.

— Non. Mais j'ai pensé que, si je voulais un jour diriger la compagnie, je devrais apprendre le mieux possible comment tout fonctionne.

Wesley ne put s'empêcher de glousser.

— Tu ne serais, par hasard, à nouveau pas en compétition avec ton frère ?

— Lequel ? rétorqua-t-elle.

— Les deux, en fait, dit Wes.

Quoique Grayson, d'un an le cadet d'Isabelle, fût le plus ambitieux de ses frères. Patrick, lequel venait juste d'avoir dix-neuf ans, était un peu plus insouciant et ne pensait pas encore à la façon de se positionner pour reprendre la compagnie de son père, dût-ce Samson jamais décider de prendre sa retraite. Ce qui, tant ce dernier aimait son travail, n'arriverait probablement jamais.

— Tout ce que Grayson veut faire, c'est aller patrouiller.

Elle souffla d'un air désapprobateur.

— Si c'est ainsi qu'il prévoit de prouver à papa qu'il est un adulte, alors, laisse-le. Il faut plus que des muscles pour diriger Scanguards.

Elle tapota le bout du doigt sur sa tempe.

— Il faut ce qu'il y a là-dedans.

Wes secoua la tête.

— Tu devrais sortir et te divertir comme les autres jeunes femmes de ton âge plutôt que de t'asseoir ici pour travailler. Quand j'avais ton âge, je m'amusais.

Isabelle se mit à rire.

— Oh, j'ai entendu parler de toutes ces choses amusantes que tu as faites quand tu étais plus jeune. Haven est un sacré conteur.

— Mon frère aime détourner la vérité.

Elle cligna de l'œil de manière espiègle.

— Ton frère se tient juste derrière toi.

— Isa ! Vraiment ? Tu crois que je vais tomber dans un piège aussi vieux ?

Une lourde main atterrit sur son épaule, l'amenant à se retourner. Son cœur s'arrêta presque.

— Merde, Hav ! Bordel ! Pourquoi faut-il toujours que tu me surprennes sournoisement comme ça ? Tu n'es même pas censé être ici.

Son vampire de frère afficha un large sourire.

— Tu sais, tu ne devrais jamais parler en mal de moi derrière mon dos.

— Je ne le faisais pas mais, si tu veux, je peux le faire devant toi.

Wes n'avait pas peur de son frère aîné. Ne l'avait pas été depuis qu'Haven les avait sauvés, leur sœur et lui, d'une mort certaine. Depuis lors, il idolâtrait son frère. Il ne le lui dirait toutefois jamais. Un trop plein d'admiration était mauvais pour le caractère d'un homme.

— Ça, c'est mon frère, dit Haven.

Wes souleva le menton.

— Ne devrais-tu pas être en train de dormir dans les bras de ta belle épouse ?

— Ce serait le cas si John ne m'avait pas appelé pour que je vienne jeter un œil sur ce type qu'ils ont amené.

— Quel type ?

— Un suspect d'un des récents cambriolages. Donnelly nous l'a transféré.

— Donc, c'est un vampire.

Haven secoua la tête.

— Un humain.

— Alors, pourquoi Donnelly nous l'envoie-t-il ? Est-ce qu'il veut que nous traitions également les crimes perpétrés par des humains ?

Il regarda Isabelle.

— Tu devrais peut-être ajouter renégociation de contrats avec la Ville dans ton curriculum vitae, pendant que tu y es.

— Quelque chose cloche chez ce gars. Donnelly nous a demandé d'y jeter un œil. Et je dois dire qu'il est bizarre. John ne parvient pas à trouver ce qui ne va pas. Il lui fait passer quelques tests, mais il n'aura pas les résultats avant quelques heures.

— Quel genre de tests ?

— Des tests sanguins. On aurait peut-être besoin de ton aide.

— Pour ?

— Il semble être sous l'influence de quelque chose. Ce pourrait être un sort, de la drogue ou le contrôle de l'esprit. Tu es le plus compétent pour le découvrir.

Wes sourit.

— Tu as de la chance d'avoir un sorcier pour frère, pas vrai ?

Haven se tourna vers la porte.

— Je suis heureux d'avoir un frère. Tu viens ?

— J'arrive dans deux minutes.

Il se dirigea vers un des ordinateurs derrière lequel un autre humain était assis.

— Hé, Matt, qu'as-tu pour moi ?

Matt leva les yeux vers lui à travers ses lunettes John Lennon.

— Pas grand-chose, j'en ai bien peur.

Il attrapa quelques feuilles de papier.

— J'ai imprimé ce que je pensais être important, mais je peux également t'envoyer le fichier électronique qui est un peu plus complet.

Wes désigna les pages.

— Fais-moi un rapide résumé. Je regarderai aux détails plus tard.

— J'ai trouvé les choses courantes : du shopping, des trucs sur YouTube, des jeux en ligne. Mais je sèche là-dessus.

Il pointa un mot sur la feuille.

— Je ne sais pas le prononcer, désolé, poursuivit-il. Ça semble être une herbe.

Wes regarda de plus près.

— Höllenkraut ?

Putain !

— Où as-tu trouvé ça ? demanda-t-il.

— Dans ce qui semble être un livre de cuisine en ligne qu'il avait sauvegardé. Ce qui est étrange—

— Étant donné que ce type est un vampire et ne mange ni ne boit, dit Wes, coupant la parole à Matt.

Il le gratifia d'une tape sur l'épaule.

— Bien joué, poursuivit Wes. Envoie tout le fichier et tous les liens à mon adresse mail. J'y regarderai.

— Ce sera fait.

Wes s'était déjà détourné et se dirigeait vers la porte lorsque Matt l'interpela.

— C'est quoi ce truc ? Ce Höllenkraut ?

Wes regarda par-dessus son épaule.

— Si j'ai raison, et j'espère que non, alors c'est une des plantes les plus dangereuses au monde.

Et si Ronny l'avait utilisée sur Hannah d'une façon ou d'une autre, il se pourrait qu'il fût déjà trop tard pour tenter de la sauver.

Un instant plus tard, il faisait route vers la salle d'interrogatoire. À l'intérieur de celle-ci, Haven et John se tenaient devant un humain affaissé sur une chaise en plastique.

John leva les yeux et lui adressa un hochement de tête.

— Voyons si tu as plus de chance avec lui que moi, dit-il avec son accent de Louisiane.

Bien qu'il eût emménagé à San Francisco et rejoint Scanguards quatre ans auparavant, il n'avait rien perdu de sa voix traînante du Sud.

Wes rejoignit ses collègues et examina attentivement le suspect.

— Qu'est-ce qu'on sait à son sujet ?

— Il s'appelle Michael Thorland. Il a été pris plusieurs fois pour possession de drogue, mais toutes les charges ont été abandonnées. Aucun casier judiciaire jusqu'à ce qu'il se fasse prendre en train de cambrioler un magasin d'alcool, il y a deux jours. Ils l'ont tout d'abord jeté en cellule pour qu'il se dégrise afin de pouvoir l'interroger, mais puisque ça n'a pas été le cas, Donnelly a pensé que quelque chose clochait et nous l'a transféré.

John posa une main sous le menton du type et lui souleva la tête.

— Il est comme ça depuis qu'il est arrivé, ajouta-t-il.

Wes y regarda de plus près. Le suspect le dévisageait avec un regard vide.

— Catatonie ?

— Ça y ressemble, pas vrai ? dit John. Et il ne réagit pas non plus au contrôle de l'esprit.

Wes haussa un sourcil.

— Je pensais que tous les humains y réagissaient. Et même sous l'effet des stupéfiants, dit-il en désignant le suspect.

— C'est ce que je pensais aussi.

— Peut-être es-tu juste fatigué, suggéra Wes.

John lui montra immédiatement ses canines.

— Je ne suis pas fatigué, putain !

— Je disais ça comme ça…

— Je vais essayer, les interrompit Haven.

Mais quelques instants plus tard, il dut également s'y résoudre.

— John a raison. Il ne répond pas au contrôle de l'esprit. Très étrange.

— Quelque chose cloche. Sérieusement, murmura Wesley.

Le contrôle de l'esprit fonctionnait sur tous les humains. Et cet homme était réellement un humain.

— Il se pourrait qu'il soit sous l'effet d'un sort, dit Haven, après réflexion. C'est une possibilité, pas vrai, Wes ?

— On va le savoir. Que quelqu'un aille me chercher mon sac noir dans mon bureau.

Il contenait le matériel élémentaire de sorcellerie. Tandis qu'il gardait une collection plus complète d'instruments, livres et herbes chez lui, il disposait toujours des éléments essentiels au bureau.

— Et ensuite, libérez la pièce. Ce ne sera sûr pour aucun de vous ici.

Car même les vampires n'étaient pas protégés contre les sortilèges.

14

Blake sortit de la douche et s'habilla rapidement. C'était le milieu de l'après-midi, et il n'avait dormi que quelques heures car, vingt minutes plus tôt, il avait reçu un appel de Scanguards lui signalant qu'ils avaient retrouvé la voiture d'Hannah et qu'ils la transportaient jusqu'au quartier général pour examen. Il voulait y jeter un œil, dans l'espoir qu'Hannah y eût laissé un indice quant à l'endroit où elle se trouvait.

Il ouvrait la porte pour sortir de sa chambre lorsqu'il entendit des bruits provenant de celle que Nicholas et Adam occupaient. Les garçons étaient agités. Il savait qu'il ne pouvait les laisser se débrouiller tout seuls, tout particulièrement parce qu'il ne savait pas pendant combien de temps il serait parti.

Il sortit son portable de sa poche et composa le numéro de Wesley. Il fallut attendre trois sonneries avant que le résident de Scanguards ne répondît enfin.

— Ouais ?

— Hé, Wes, qu'est-ce que la tentative de localisation avec le pendule de cristal a donné ?

— Rien.

— Tu n'as rien trouvé portant l'ADN d'Hannah ?

— Si, mais ça n'a pas fonctionné. Le cristal n'a pas pu localiser son emplacement. Je ne peux pas la trouver.

— Qu'est-ce que ça signifie ? Je pensais que tu pouvais retrouver n'importe quel humain.

— Je le pensais aussi.

Il soupira.

— Écoute, poursuivit Wes, je dois retourner à mes occupations.

— Encore une chose, lui répondit Blake, l'empêchant ainsi de mettre fin à l'appel. J'ai besoin de ton aide.

— Je suis très occupé, là.

— C'est important. Ils ont retrouvé la voiture d'Hannah. Il faut que j'aille l'inspecter. Peux-tu surveiller Nicholas et Adam et également garder un œil sur Lilo ?

— Tu ne peux pas trouver quelqu'un d'autre ? Je suis en train d'examiner des fichiers.

— Ça ne peut pas attendre ?

— Non !

Blake soupira.

— Alors, pourquoi ne viens-tu pas avec ces fichiers ? Tu peux travailler dans mon bureau. Allez, sois chic.

— Pourquoi est-ce que ton travail a toujours priorité sur le mien ?

Il entendit l'énervement dans la voix de Wesley et sut qu'il devait y aller doucement.

— Il ne l'a pas. Mais c'est à propos d'Hannah.

Une courte pause précéda la réponse de Wesley.

— Blake, je ne veux pas que tu paniques, mais… nous avons trouvé quelque chose dans l'ordinateur de Ronny.

— Qu'est-ce que c'est ?

Soudain, son cœur se mit à battre aussi bruyamment qu'une locomotive.

— Il est possible que Ronny ait fait des expériences en utilisant des potions.

— Des potions ? Tu veux dire comme celles que tu emploies ?

— Pas vraiment. Plus du genre drogues.

— Pour faire quoi ?

— Je ne le sais pas encore. Il y a autre chose : aujourd'hui, Donnelly nous a transféré un humain que nous avons placé en détention. Il semblait être sous l'effet d'un sortilège ou autre. Mais quand je l'ai examiné, je n'ai pu déceler aucune trace de sorcellerie. Il ne nous reste donc plus que quelque chose de matériel.

— De matériel ?

— Ouais, comme une drogue. Quelque chose de psychotrope. Et il se trouve justement, qu'aujourd'hui, je suis tombé sur une herbe qui me fout la trouille.

— Une herbe qui te fout la trouille ? Tu exagères.

— J'ai trouvé le nom de l'herbe dans l'ordinateur de Ronny. C'est pour ça que j'épluche ses fichiers. Je dois découvrir ce qu'il manigançait. S'il utilisait ce truc, cet Höllenkraut, sur les humains…

— Merde ! Qu'est-ce que ça fait ?

— Je n'en suis pas vraiment sûr, car il y avait également d'autres ingrédients qui ont des effets étranges sur les humains. Je ne sais pas vraiment comment il les combine et quelle est la finalité de tout ça. Mais je n'aime pas ça.

Blake laissa expulser un souffle.

— Moi non plus. Des pistes au sujet de la voiture de Ronny ?

— Donnelly et son équipe gardent les oreilles et les yeux ouverts mais, jusqu'ici, rien. Tu as parlé au vétérinaire ?

— Le cabinet n'était pas encore ouvert quand je suis allé me coucher. J'ai laissé un message à Ryder afin qu'il s'arrête à la clinique durant les heures de bureau pour savoir si Hannah a maintenu le rendez-vous qu'elle avait pris pour son chien.

Ryder était le fils hybride de Gabriel et Maya, ce qui signifiait qu'il pouvait être exposé à la lumière du soleil sans avoir la peau brûlée par ses rayons. Ethan, son frère, Vanessa, sa sœur, et lui-même, étaient différents des autres hybrides que Blake avait sous sa surveillance. Leurs parents étaient des vampires très spéciaux : avant leur transformation, ils étaient des satyres. Leur ADN spécial était si dominant que, même en tant que vampires, ils avaient conservé certaines propriétés propres aux satyres et les avaient transmises à leurs enfants. Et alors que la capacité de leurs parents à tolérer la lumière du soleil s'était éteinte lors de leur transformation, Ryder et sa fratrie, en tant qu'hybrides nés vampires-satyres, tout comme ceux nés vampires-humains, pouvaient être exposés à la lumière du soleil sans être réduits en cendres.

— J'attends de ses nouvelles, ajouta Blake.

— Bien.

Il y eut une courte pause.

— Tu fais tout ce que tu peux, ajouta Wes.

— Ça ne semble pas être suffisant.

Car Blake n'avait toujours aucune piste à propos de l'endroit où Hannah se trouvait. Et à chaque heure qui passait, les chances de la retrouver saine et sauve s'amenuisaient.

Un soupir à l'autre bout de la ligne se fit entendre.

— Je serai là dans une demi-heure. Mais tu ferais mieux de dire à ces gamins que j'ai besoin de travailler et que je ne suis pas là pour m'occuper d'eux.

— Ça marche. Tu ne remarqueras même pas qu'ils sont là.

— Ouais, c'est ça.

Blake mit fin à la communication et se dirigea vers la chambre d'amis. Il frappa brièvement, ouvrit la porte, puis entra en la refermant derrière lui.

Nicholas se redressa en position assise dans son lit et se frotta les yeux. Adam se retourna sous la couette et marmonna quelque chose.

— Hé. Désolé, les gars, mais je dois aller au bureau. Wes sera là d'ici peu ; il restera avec vous jusqu'à ce que je revienne.

D'un coup, Adam s'assit dans le lit.

— Wes vient ? Cool !

Blake leva une main.

— Maintenant, que vous le sachiez, Wes amène son boulot avec lui. Alors, je ne veux pas que vous le dérangiez, à moins d'une urgence.

Adam fit la grimace.

— À quoi ça sert qu'il vienne alors ?

— Pour nous surveiller, idiot, répliqua son frère. Comme si nous étions des petits enfants qui ont besoin d'une baby-sitter.

Il souffla.

— Wes n'est pas votre baby-sitter, il est votre garde du corps, le corrigea Blake. Vous devriez y être habitués maintenant. Vous avez des gardes du corps depuis que vous êtes nés.

Nicholas roula des yeux.

— Ouais, et ça devient fatigant.

— Tu ne diras pas ça quand un garde du corps te sauvera la vie.

— Nous ne sommes pas en danger, protesta Nicholas. Je ne sais pas pourquoi tout le monde en fait constamment toute une histoire.

Blake soupira. Il avait tenu des conversations similaires avec certains autres hybrides qui, à un moment ou à un autre, s'étaient rebellés contre leurs parents surprotecteurs. Il s'avança de quelques pas et s'assis au bord du lit de Nicholas.

— Le danger est toujours présent, même si vous ne le voyez pas. Ton frère et toi êtes hybrides ; vous êtes précieux, et pas que pour vos parents, mais pour la communauté de vampires toute entière. Vous pouvez faire des choses que les vampires ordinaires ne peuvent faire. Vous êtes plus forts et moins vulnérables. Mais dans le monde des vampires, beaucoup considèrent votre simple existence comme une abomination. Vos parents ont raison de vous protéger.

Pendant quelques secondes, le silence régna dans la chambre. Ensuite, Nicholas soupira.

— Bien. Alors, nous ignorerons Wes.

Il balança les jambes hors du lit.

— Mais ce n''est pas juste, ajouta-t-il. Si je suis réellement plus fort que toi et moins vulnérable, alors pourquoi ai-je besoin de protection ?

En quelques mouvements habiles, Blake souleva Nicholas et le cloua au sol avant que le gamin n'eût même eu l'occasion de cligner des yeux.

— Voilà pourquoi. Il se peut que tu sois plus fort, mais je suis plus intelligent et plus habile. Dès que tu seras capable de me battre, je me résignerai volontiers à te protéger. Mais jusqu'alors, mon cher garçon, tu devras me tolérer comme garde du corps. Ou quelqu'un d'autre de Scanguards.

Depuis l'autre lit, Adam gloussa.

Nicholas souleva la tête et regarda furieusement son frère.

— Pas marrant, Adam !

15

Lilo hésita avant de descendre les escaliers. Elle avait, étonnement, bien dormi — et longtemps— malgré toutes les choses qui s'étaient passées la nuit précédente, les bonnes comme les mauvaises. Au bout du compte, elle avait été si fatiguée qu'elle était tombée endormie dès l'instant où sa tête avait touché l'oreiller. Maintenant, alors qu'elle descendait lentement les escaliers, elle appréhendait de revoir Blake. La petite étincelle qui s'était allumée entre eux la veille serait-elle toujours présente aujourd'hui ? Ou n'avait-ce été qu'une réaction au stress auquel ils avaient tous deux été soumis ?

Lorsqu'elle arriva dans le hall, elle entendit un bruit depuis le bureau de Blake et se dirigea dans cette direction. La porte était ouverte.

— Salut, Blake, je—

Elle s'arrêta. L'homme levant les yeux depuis l'arrière du bureau n'était pas Blake. C'était Wesley, son collègue qu'elle avait rencontré la nuit précédente. Il était habillé de façon décontractée, un polo gris clair apportant un plus à ses cheveux noirs et sa peau bronzée. Une barbe noire de plusieurs jours autour du menton, comme s'il ne s'était pas rasé depuis un moment. Et cela lui allait bien.

— Hé, Lilo, la salua-t-il. Désolé, Blake n'est pas là. Il devait aller au bureau. Ils ont retrouvé la voiture d'Hannah.

Immédiatement, le cœur de Lilo se mit à battre plus rapidement, et ses jambes la transportèrent à l'intérieur de la pièce jusqu'à ce qu'elle se retrouvât devant le bureau.

— Et Hannah ?

Elle craignait d'entendre la réponse, mais elle savait qu'il le fallait.

Wesley secoua la tête.

— Désolé, encore aucune trace d'elle. Blake a demandé à une équipe scientifique de passer la voiture au peigne fin, histoire de voir s'il n'y a aucune preuve de—

Il hésita, puis fit un mouvement dédaigneux de la main.

— De toute façon, ils essaient de découvrir où la voiture est allée afin de pouvoir éventuellement retracer ses déplacements.

Lilo hocha la tête.

— Je comprends.

Elle soupira. Il eut été irréel d'espérer retrouver Hannah si rapidement.

Wesley pointa la main de la jeune femme du doigt.

— Qu'est-ce que tu as, là ?

Elle lui montra le livre qu'elle tenait en main.

— L'agenda d'Hannah. J'ai pensé le parcourir à nouveau afin de voir si je peux trouver quelque chose qui pourrait nous mener à elle.

Elle en doutait mais, la nuit dernière, elle avait été trop fatiguée pour le relire et, aujourd'hui, elle avait un regard neuf. Peut-être trouverait-elle quelque chose.

— Bonne idée.

Elle lui adressa un léger sourire.

— Quelque chose dans l'ordinateur de Ronny ?

Wesley désigna le laptop devant lui.

— Le département informatique m'a envoyé tout ce qu'ils y avaient trouvé. Je suis en train de l'analyser en ce moment.

Curieuse, elle contourna le bureau afin de regarder l'écran, mais Wesley se leva et lui bloqua l'accès.

— Tu dois avoir faim. Les garçons sont dans la cuisine en train de manger. Pourquoi ne les rejoindrais-tu pas ?

Il lui adressa un clin d'œil.

— Et s'ils deviennent turbulents, crie, et je les remettrai sur le droit chemin. Ils savent que je suis le chef, ici, quand Blake n'est pas là.

Elle acquiesça avec hésitation, se sentant un peu décontenancée par l'évidente tentative de Wesley de l'empêcher de voir ce qu'ils avaient trouvé dans l'ordinateur de Ronny. Elle le pointa du doigt.

— Tu me le dirais si tu trouvais quelque chose de mauvais, pas vrai ?

— Promis.

Il lui adressa un gentil sourire chaleureux.

— Maintenant, poursuivit-il, va manger quelque chose avant qu'Adam et Nicholas ne vident le frigo. Je te ferai savoir quand j'aurai quelque chose de concret.

Elle acquiesça d'un hochement de tête, se retourna et suivit la suggestion de Wesley.

Elle poussa la porte de la cuisine, se sentant un peu gênée de déambuler dans la maison pendant l'absence de son hôte. Mais maintenant que Wesley en avait parlé, elle sentait la faim la tenailler.

Elle avait pris son dernier repas avant d'embarquer dans l'avion, à Omaha.

Nicholas et Adam étaient assis à la table de la cuisine.

— Bonjour, dit Nicholas avant de se retourner immédiatement vers son assiette et de fourrer une fourchette exagérément chargée d'œufs brouillés dans la bouche.

Adam, assis en face de lui, hocha timidement la tête et marmonna un léger « Salut ».

— Salut, répliqua-t-elle, se forçant à avoir l'air joyeux. Elle désigna le réfrigérateur.

— J'allais juste me préparer quelque chose à manger.

Adam pointa son assiette du doigt.

— Nous avons déjà fini les œufs brouillés que Wesley a préparés. Mais il y a encore des œufs dans le frigo.

Il voulut s'y rendre, mais elle leva une main afin de l'en prévenir.

— Non, non, s'il te plaît, mange. Je vais trouver quelque chose.

Lilo déposa l'agenda d'Hannah sur le comptoir et ouvrit le réfrigérateur. Pour un frigo de célibataire, il était correctement approvisionné. Il n'y avait pas que des cochonneries. Des aliments de base tels du lait, des œufs et du jus d'orange l'accueillirent. Tout comme des yaourts et des fromages, de la charcuterie et des légumes.

Elle sortit tout ce dont elle avait besoin pour une omelette saine et se mit au travail.

— Lilo, est-ce que tu veux jouer aux jeux vidéo avec nous, tout à l'heure ? demanda soudain Adam.

Elle le regarda.

— Oh, j'aimerais bien, mais je ne suis pas très bonne. J'ai peur de vous faire perdre votre temps.

— Ça n'a pas d'importance.

Nicholas secoua la tête en désignant son jeune frère.

— Ne cède pas. Il cherche juste quelqu'un à battre, parce qu'il n'a aucune chance contre moi.

— C'est pas vrai ! cria Adam.

Lilo jeta le mélange d'œufs dans la poêle chaude avant de se tourner à nouveau vers les deux adolescents.

— Je suis sûre que vous êtes bons tous les deux. Mais je n'ai jamais eu l'occasion de jouer à des jeux vidéo.

— Qu'est-ce que tu faisais, alors, avant ?

— Lire.

— Ça a l'air ennuyeux, commenta Nicholas.

— Pas vraiment, dit Lilo en retournant l'omelette dans la poêle afin de roussir l'autre face. Certains livres peuvent vraiment vous embarquer dans une sacrée aventure.

Désintéressé, Nicholas haussa les épaules.

— OK.

Les yeux d'Adam s'écarquillèrent un peu, démontrant ainsi qu'il n'était pas tout à fait aussi désintéressé des livres que son frère ainé.

— Quel genre de livres ?

— J'aime les romans policiers et les thrillers.

Adam sourit.

— Tu veux dire avec plein de sang.

Lilo éclata de rire. Il était évident qu'un adolescent ne serait pas indifférent à cela.

— Pas nécessairement. Mais avec beaucoup de suspense.

— Oh, ouais, bien.

Visiblement, elle avait à présent également perdu l'intérêt d'Adam.

Mais elle aimait le challenge. Et peut-être qu'il y avait un moyen de regagner l'attention du garçon.

Elle jeta l'omelette sur une assiette et se dirigea vers la table afin de rejoindre les deux frères.

— Vous savez, j'écris des livres pour vivre, dit-elle avec désinvolture, après la première bouchée.

Les têtes des deux gamins se relevèrent brusquement.

— Tu es auteur ? demanda Nicholas, soudain tout ouïe. Genre, tu écris de vrais livres ?

— Qu'est-ce que tu écris ? voulut savoir Adam, les yeux à présent bien plus écarquillés que précédemment.

Elle se sourit à elle-même. Un à zéro pour Maxim Holt ! Bien sûr, elle ne pouvait dévoiler son pseudonyme aux garçons. C'était un secret bien gardé, tout particulièrement parce qu'elle écrivait sous un pseudonyme masculin. Une nécessité, afin d'être prise au sérieux dans la catégorie des thrillers, cette dernière étant dominée par les hommes. S'il était jamais révélé que l'écrivain se cachant derrière la série du chasseur de primes Morgan West était une femme, des millions de lecteurs masculins se sentiraient floués.

— J'écris des thrillers et des histoires policières. Tu vois, dit-elle en adressant un clin d'œil à Adam, avec peu de sang, mais beaucoup de suspense.

— Ouah, c'est cool, dit Nicholas. On peut avoir un de tes livres, alors ? Je veux dire, juste pour voir à quoi ils ressemblent.

— Je n'en ai pas avec moi en ce moment.

— Tu peux probablement les commander en ligne quelque part, pas vrai ? lui demanda Adam, le regard plein d'espoir.

— Certainement.

Que venait-elle de faire ? Tout ce qu'elle avait voulu, c'était montrer aux garçons que lire ne devait pas être ennuyeux et, maintenant, ils étaient impatients de découvrir ses livres. Elle allait devoir les faire patienter.

— Je vérifierai ça plus tard, précisa-t-elle.

Adam désigna un recoin où se trouvait un laptop.

— Tu peux utiliser cet ordinateur. Il n'y a aucun mot de passe.

Lilo fourra une autre fourchette remplie d'omelette dans sa bouche, s'accordant ainsi un moment avant de répondre mais, finalement, elle n'eut pas à le faire, car la porte s'ouvrit soudainement. Une jeune femme asiatique entra avec un garçon.

Elle s'arrêta, l'air surpris.

— Oh, salut !

— Hé, Sebastian ! cria Adam en sautant de sa chaise. Tu veux jouer aux jeux vidéo ?

Lilo se leva à son tour et se dirigea vers la femme en lui tendant la main tout en l'examinant du regard. Ses longs cheveux noirs étaient raides et brillaient à chacun de ses mouvements. Ses yeux en forme d'amande étaient noirs et mystérieux. Elle semblait exotique, gracieuse et magnifique.

— Salut, je suis Lilo. Je suis juste de passage.

— C'est l'amie de Blake, s'exclama Nicholas. Elle a passé la nuit ici.

À ces mots, Lilo eut envie de se cacher sous terre. Être une quelconque aventure d'une nuit que Blake avait ramenée n'était pas l'impression qu'elle voulait donner.

La femme sourit et lui prit la main avant de la lui serrer brièvement.

— Je suis Ursula, la belle-sœur de Blake.

Des yeux, elle suivit son fils qui se dirigeait à présent vers le réfrigérateur.

— Sebastian, tu viens juste de manger, lui dit-elle.

Il regarda par-dessus son épaule.

— Ouais, mais je grandis.

Il ouvrit brusquement la porte du frigo.

Ursula roula des yeux.

— Je ne peux pas contredire ça, pas vrai ?

Elle sourit à Lilo.

— Donc, tu rends visite à Blake, poursuivit la jeune femme. Il n'avait pas dit qu'il attendait quelqu'un.

— Oh, euh, ça s'est fait à la dernière minute. Je, euh…

Ursula lui fit un geste dédaigneux de la main.

— Ne t'inquiète pas. Cela ne me regarde pas. Je voulais juste déposer Sebastian. Il aime bien la compagnie de ces voyous-là.

— Ursula, tu ne devrais pas nous appeler voyous, dit Adam, d'un ton stricte. Nous sommes très bien élevés.

— Avec un père comme Zane, qui ne le serait pas ?

Elle adressa un clin d'œil aux garçons, puis se retourna vers Lilo.

— Ne me dis pas que tu as été enrôlée pour les surveiller.

— Non. Wesley est ici pendant que Blake est au bureau.

Ursula fronça subitement les sourcils.

— À cette heure du jour ?

Lilo lui lança un regard surpris. C'était l'après-midi. Pourquoi trouvait-elle étrange que Blake fût au bureau ?

— C'est-à-dire, précisa hâtivement Ursula, que je pensais qu'il était de garde la nuit.

— Oh, oui, il l'est, mais nous recherchons mon amie. Hannah. Elle a disparu. C'est pour ça que je suis ici. J'ai pris le vol depuis Omaha, hier, et Blake m'aide à la retrouver.

— Ah, je vois. Je n'avais pas réalisé que tu étais une cliente. Bien, ton cas est entre les meilleures mains.

Elle regarda sa montre.

— Je ferais mieux d'y aller, ajouta-t-elle. J'ai quelques courses à faire. Je serai de retour dans quelques heures pour récupérer Sebastian.

Celui-ci laissa échapper un cri de déception tout en adressant un regard suppliant à sa mère.

— Je pensais que je pourrais passer la nuit ici. *Eux* peuvent, dit-il en désignant Nicholas et Adam.

— Oui, parce que, d'une certaine manière, ils se sont débrouillés pour convaincre leurs parents de partir à La Nouvelle Orléans sans eux.

Nicholas pouffa de rire.

— C'était une idée de génie de suggérer à Maman que ce pourrait être une seconde lune de miel pour papa et elle.

Ursula leva les yeux au ciel.

— Quel manipulateur !

Elle regarda ensuite de nouveau son fils.

— Et si je venais te rechercher à minuit ?

Elle ouvrit la porte et la franchit.

Surprise, Lilo la suivit.

— Quel âge a Sebastian ?

— Douze ans, pourquoi ?

— À cet âge, j'avais de la chance de pouvoir rester debout jusque vingt-et-une heures.

Ursula haussa les épaules.

— Ce sont les vacances scolaires. Je suis bien plus stricte quand il doit aller à l'école. Mais c'est un garçon qui a beaucoup d'énergie, et il a besoin de côtoyer ses amis. Il est fils unique, tu sais.

Sur le pas de la porte d'entrée, Ursula s'arrêta.

— J'espère que tu retrouveras ton amie, poursuivit-elle.

— C'est très gentil de ta part de le dire.

Un instant plus tard, la porte se referma derrière la belle-sœur de Blake. Pendant un moment, Lilo se tint juste là, perdue dans ses pensées. Elle venait juste de rencontrer Blake, mais elle connaissait déjà pratiquement toute sa famille : Rose, sa cousine, Ursula, sa belle-sœur, et Sebastian, son neveu. Sans parler de ses amis collègues et leurs enfants. Son ancien petit-ami avait mis plusieurs mois avant de la présenter, à contrecœur, à son frère. Et avant qu'il n'eût été prêt à la présenter à sa mère, Lilo et lui étaient sur le point de rompre.

Surprise par la direction que prenaient ses pensées, elle se secoua la tête. Un baiser ne faisait pas de lui un petit-ami. Il valait mieux qu'elle fût réaliste à ce propos et qu'elle se concentrât sur ce qui était important : retrouver Hannah.

Un grand bruit interrompit ses pensées. Il provenait de la cuisine, là où, à en juger par les cris aigus, les claquements de portes et de tiroirs et les trois garçons qui parlaient en même temps, quelque chose dérapait.

16

Lilo poussa la porte de la cuisine et fit un pas dans cette pagaille. Nicholas criait sur les deux plus jeunes garçons, tandis que ceux-ci se battaient pour un carton de jus d'orange de deux litres.

— Il y en a assez pour vous deux ! dit Nicholas, les dents serrées. Pauvres idiots !

Instantanément, les deux garçons le regardèrent furieusement.

— C'est toi l'idiot ! laissa échapper Adam.

Nicholas grogna soudain tel un animal.

— Ne me parle pas comme ça !

Il se rua sur son frère.

— Arrêtez ! hurla Lilo en se précipitant vers eux.

Toutes les têtes se tournèrent vers elle, et plusieurs choses arrivèrent en même temps. Nicholas vint s'écraser contre Adam qui relâcha le carton de jus d'orange avant d'enfoncer le coude dans l'estomac de Sebastian. Ce dernier haleta et relâcha également le carton de jus, sa main venant instinctivement se poser sur son estomac afin de se protéger.

Le carton se renversa, et le liquide orange coula sur le comptoir, imbibant tout ce qui s'y trouvait.

— Oh, merde, jura Adam, d'une petite voix, les yeux rivés sur le comptoir.

Lilo se précipitait déjà afin d'essayer de sauver ce qui pouvait l'être. Mais trop tard : l'agenda d'Hannah se retrouva dans une mare de jus d'orange, sa couverture capitonnée absorbant le liquide, les fleurs séchées décoratives se dissolvant en une masse gluante.

— Oh, non ! cria-t-elle.

— Désolé, dit Sebastian, en s'écartant afin de la laisser passer.

Il désigna ensuite Adam et Nicholas du doigt.

— Mais ce sont ces deux-là qui ont commencé !

— Tout va bien, tout va bien, dit-elle au garçon.

Maintenant que le fameux liquide était renversé, cela n'aiderait pas de le réprimander. Elle attrapa plutôt un papier absorbant, souleva l'agenda et l'en enveloppa afin d'éponger le plus de liquide possible, espérant que les pages ne fussent pas abîmées.

Lilo fit un pas de côté vers l'îlot de la cuisine, là où c'était sec, et prit un nouvel essuie-tout, tentant toujours de sauver le livre. Derrière elle, Nicholas s'efforça de nettoyer.

— Ça a également coulé à terre, dit-il. Adam, passe-moi un autre essuie-tout.

Son frère n'exprima aucune protestation. Lilo ne prêtait toutefois plus guère attention aux garçons tant elle était concentrée sur le fait de sauver les pages de l'agenda d'Hannah et ce qui y était inscrit. Soigneusement, elle tamponna les côtés du livre avec l'essuie-tout en espérant que le jus d'orange ne l'eût pas trop endommagé. Lorsque tout le liquide sembla avoir été épongé, Lilo déposa l'essuie-tout et ouvrit le livre à la page du milieu.

Un peu de liquide avait coulé environ trois centimètres à l'intérieur du livre mais n'avait causé aucun dégât à l'écriture. Elle effeuilla le bouquin et soupira de soulagement avant de le refermer. Ce fut à ce moment qu'elle vit que la couverture capitonnée arrière commençait à se décoller. Elle retourna le livre et remarqua soudain une bosse. Délicatement, elle décolla la couverture endommagée et laissa échapper un halètement.

Là, collée à la dure couverture du livre, cachée sous le lourd capitonnage, se trouvait une fine clé USB.

Sur le revêtement brillant de celle-ci, la lettre *H* était inscrite au marqueur rose.

— Hannah, murmura-t-elle.

Seule Hannah pouvait l'avoir placée à cet endroit.

Nicholas se retrouva soudain aux côtés de Lilo. Il scruta curieusement l'agenda. Elle rencontra son regard, mais ne dit mot.

Après une minute de silence, il regarda par-dessus son épaule.

— Hé Adam, Sebastian. Et si on allait jouer aux jeux vidéo ?

Il les emmena ensuite au salon.

Lorsque la porte se referma derrière eux, Lilo prit une profonde inspiration. Peut-être venait-elle de trouver ce qui avait préoccupé Hannah. Pour que son amie cachât une clé USB dans son agenda, il fallait que quelque chose de sérieux se passât.

Elle saisit la clé. Comme elle était un peu humide, Lilo la sécha. Se rappelant qu'Adam lui avait dit qu'elle pouvait utiliser le laptop présent dans la cuisine, elle se dirigea vers le coin où il se trouvait et s'installa devant l'ordinateur. Elle secoua la souris, et l'écran s'alluma.

Tandis qu'elle insérait la clé dans le port USB, toutes sortes d'idées lui parcoururent l'esprit : quel genre de données allait-elle y trouver ? Hannah était-elle tombée, par hasard, sur de la corruption gouvernementale ou avait-elle été témoin d'un crime ? Était-elle entrée en possession de documents importants qui l'avaient accidentellement mise en danger ? Était-elle impliquée dans une quelconque organisation comme la Mafia, russe ou autre ?

Finalement, une fenêtre s'ouvrit, affichant le contenu de la clé USB : un seul fichier. Une vidéo. Elle fit un double clic, puis mit l'image en plein écran.

Elle reconnut immédiatement le décor. C'était l'appartement d'Hannah. L'angle depuis lequel l'enregistrement était fait suggérait que la caméra était placée sur la bibliothèque. Presque comme si c'était une caméra de surveillance pour bébé ou pour chien. Hannah n'avait-elle pas mentionné quelques mois plus tôt qu'elle voulait garder un œil sur Francfort durant la journée, pendant qu'elle travaillait ? Avait-elle acheté une caméra dissimulée juste à cet effet ?

Enfin, cela n'avait plus d'importance. Ce qui en avait, c'était ce que la caméra divulguait. Il n'y avait pas de son. Néanmoins, il était évident que les deux hommes présents dans le salon d'Hannah se disputaient. Ronny était l'un d'entre eux. Elle le reconnut d'après la photo que Blake lui avait montrée. L'autre tournait le dos à la caméra, l'empêchant dès lors de voir son visage.

Pourquoi Hannah avait-elle caché cette clé USB, alors que tout ce qu'elle dévoilait, c'était son petit ami en train de se disputer avec un autre homme ? Sans son, elle ne pouvait même pas discerner le motif de leur querelle. Peut-être qu'une personne pouvant lire sur les lèvres pourrait déchiffrer certaines des choses prononcées par Ronny, mais les répliques de l'autre homme demeureraient toutefois inconnues.

Soupirant de frustration, elle se reconcentra sur la vidéo, juste au moment où Ronny se dirigeait vers la porte. L'autre homme l'agrippa par l'épaule, se tourna vers la caméra et le tira brusquement en arrière. Lilo put à présent voir le visage des deux hommes. Et elle reconnut l'autre protagoniste : c'était l'homme qui l'avait attaquée dans l'appartement d'Hannah. Ronny et lui se connaissaient !

Elle devait le dire à Blake. Dans son esprit, cela confirmait pratiquement que Ronny et cet étranger avaient quelque chose à voir avec la disparition d'Hannah.

Elle était sur le point de se lever d'un bond lorsqu'une chose à l'écran attira de nouveau son attention. Les deux hommes se regardaient furieusement, leurs yeux ressemblant à des rayons rouges.

— C'est quoi ce—

Elle étouffa le dernier mot. Ce qui se déroulait devant ses yeux n'était pas possible. Non, elle devait être en train d'halluciner. Elle cligna des yeux, tentant de retrouver une vision nette. Ce qu'elle voyait était impossible et allait contre toutes les lois de la nature.

Ronny et l'agresseur étaient en train de se transformer en créatures qui ne pouvaient réellement exister : des créatures aux yeux rouges et aux blanches canines tranchantes qu'ils s'affichaient l'un à l'autre en signe d'intimidation.

Des vampires.

Non. Ce ne pouvait être cela.

Elle déplaça la barre de progression de quelques secondes en arrière, jusqu'au moment où l'agresseur attrapait Ronny par l'épaule, et observa à nouveau toute la séquence. Cette fois, elle se concentra sur toutes les incohérences présentes dans la vidéo qui pourraient indiquer que celle-ci avait été trafiquée. Mais il n'y avait aucune interruption. C'était un enregistrement en continu et non deux vidéos raccordées ensemble.

Ce qui ne pouvait signifier qu'une seule chose : les deux hommes de la vidéo étaient des vampires. De vrais vampires.

Son cœur se mit à battre dans sa gorge, et ses mains commencèrent à trembler. C'était ce dont Hannah avait eu peur. Elle avait découvert que son petit ami était un vampire. Et pour protéger son secret, il avait…

— Oh mon Dieu, murmura-t-elle, se plaquant une main sur la bouche pour s'empêcher de crier. Au même moment, un halètement derrière elle la fit se retourner, balançant ses battements de cœur dans la stratosphère.

— Wesley, dit-elle en s'étranglant.

Mais il ne la regardait pas. Il fixait l'écran juste derrière elle.

— Où as-tu eu ça ?

Automatiquement, elle désigna l'agenda en piteux état sur le comptoir de la cuisine.

— L'agenda d'Hannah. Elle l'a cachée dedans.

Les larmes se formèrent dans ses yeux.

— Ceci ne peut pas être réel.

Elle regarda de nouveau le dernier arrêt sur image. Le blanc des canines des deux vampires éclaboussait littéralement l'écran.

— Mais ça doit l'être, ajouta-t-elle. Wesley, ce sont des vampires. L'homme qui m'a attaquée, ainsi que Ronny, le petit ami d'Hannah.

Une larme qu'elle ne put contenir coula sur sa joue.

— Qu'est-ce qu'on va faire, maintenant ? Hannah a découvert qui ils étaient. Ils doivent lui avoir fait du mal afin de protéger leur secret.

Le secret de l'existence des vampires. Qu'ils n'étaient pas juste des êtres fictifs.

Wesley se glissa sur le siège à côté d'elle.

— Regardons cela de manière rationnelle.

Il désigna l'écran.

— C'est probablement un trucage. Ce doit l'être. De nos jours, on peut faire beaucoup de choses avec un logiciel de montage vidéo.

— Ce n'est pas un montage. C'est un enregistrement continu. Wesley, ils se transforment en vampires juste devant nos yeux. Ne le vois-tu pas ?

Autant il lui était difficile de reconnaître ce fait, autant elle ne pouvait nier ce qu'elle voyait.

Wesley soupira.

— Je sais que ça y ressemble, mais nous devons d'abord analyser toutes les possibilités avant de tirer des conclusions hâtives.

Elle secoua la tête en tapant du poing sur la table.

— Mais je suis en train de regarder. Tout trouve son sens, maintenant. Ce type— dit-elle en désignant l'étranger sur la vidéo— quand il m'a attaquée, j'ai cru voir ses yeux rouges. Tout d'abord, j'ai pensé que c'était juste de la lumière qui se reflétait dans ses iris. Mais ce n'était pas ça. Il était sur le point de montrer son côté vampire. Si Blake ne s'était pas pointé à ce moment-là, il m'aurait mordue !

— Lilo, calme-toi. Tu n'en sais rien !

— Je ne suis pas folle, Wesley !

— Je ne dis pas que tu l'es.

— Tu le sous-entends.

Elle souffla.

— Bon sang, poursuivit-elle, pourquoi ne regardes-tu pas ?

Elle désigna l'écran une fois de plus.

— Ronny et son ami sont des vampires. Et c'est comme ça qu'Hannah l'a découvert. Elle les a enregistrés, accidentellement. Elle craignait pour sa vie. C'est pour ça qu'elle a caché ça dans son agenda. De cette façon, si quelque chose lui arrivait, on aurait trouvé la clé et découvert qui lui avait fait du mal.

Lilo arrêta la séquence vidéo et arracha la clé du port USB.

— Je vais apporter ça à la police.

— Non, protesta Wesley.

Elle lui lança un regard furieux.

— Je veux dire, ajouta-t-il, qu'ils vont te prendre pour une folle. Ils ne croiront jamais que tout ceci est réel, mais bien que c'est simplement une vidéo qu'un gosse peut avoir montée pour Halloween. Penses-y un instant avant de faire quoi que ce soit.

— Il faut que la police voie ça.

Elle bondit de son siège.

— Attends au moins que Blake soit revenu. Peut-être qu'il pourra y donner un sens.

— On n'a pas le temps. Je ne peux pas attendre. Chaque seconde compte. Si Hannah est toujours vivante, et je prie qu'elle le soit, je ne pourrais jamais me pardonner d'avoir attendu une seule minute, alors que cette information aurait pu nous aider à la retrouver.

Elle fourra la clé USB dans la poche de son pantalon.

Elle fit quelques pas vers la porte, et Wesley la suivit. Il l'attrapa par le bras, et elle regarda par-dessus l'épaule.

— Le premier policier venu ne te croira pas. C'est une perte de temps.

Lilo secoua la tête.

— Appelle Blake et dis-lui que je suis en route pour le poste de police. Dis-lui ce que nous avons trouvé. Mais je dois y aller. L'officier Donnelly a déjà un rapport sur la disparition d'Hannah. Il travaille déjà dessus. Quand il verra cette vidéo, il saura quoi faire.

Du moins l'espérait-elle, car elle ne savait que faire d'autre. Elle n'avait jamais eu à s'occuper de quoi que ce soit de ce genre dans sa vie.

Des vampires !

Non seulement le choc lié à leur existence la dépassait, mais l'horreur de savoir qu'Hannah se trouvait entre leurs mains l'emplissait de douleur au point de la paralyser. Elle avait besoin d'aide. Elle ne pouvait attendre Blake. Qui savait quand il serait de retour ? De plus, il suivait d'autres pistes afin de localiser Hannah. Non, la police devrait l'aider et faire usage de toutes ses ressources afin de ramener Hannah et protéger le reste de la ville de ces monstres.

17

Il lui avait fallu presque un quart d'heure pour trouver un taxi. Elle avait dû parcourir deux pâtés de maisons afin d'arriver dans une zone plus fréquentée par la circulation. Ce ne fut qu'à cet instant, dans la lumière de fin d'après-midi, qu'elle réalisa que la maison de Blake était située dans un quartier chic, loin de l'agitation de la ville. Mais en cet instant précis, elle n'était pas en état d'admirer les environs, son système de croyances tout entier venant juste de s'effondrer.

Des vampires ! Comment pouvaient-ils réellement exister ?

La culpabilité s'abattit à nouveau sur elle.

Elle avait fait défaut à Hannah. Elle n'avait pas été là quand son amie avait eu le plus besoin d'elle. Et ô combien Hannah avait eu besoin d'elle ! Cela ne tombait que maintenant sous le sens. Et qu'avait-elle fait ? Elle s'était inquiétée de la date butoir pour son bouquin ! Comme si cela revêtait la moindre l'importance, à présent.

La vidéo défila à nouveau devant ses yeux. Comment oublierait-elle jamais ce qu'elle avait vu ? Des monstres. De viles créatures destinées à tuer. Cette pensée la fit frissonner de tout son corps. Et s'il était déjà trop tard pour Hannah ? Et s'ils l'avaient vidée de son sang et tuée ?

Lilo refoula ses larmes. Non, elle ne s'autoriserait pas à pleurer. Elle devait garder l'espoir qu'Hannah était vivante.

— C'est ici, annonça le chauffeur de taxi en s'arrêtant devant le poste de police où elle s'était rendue la nuit précédente.

Elle le paya et sortit. Ses genoux tremblèrent lorsqu'elle gravit les escaliers menant à la porte d'entrée. Durant un bref instant, elle s'arrêta, là, avant de prendre une profonde inspiration.

À l'intérieur du poste, elle regarda tout autour d'elle. Plusieurs personnes attendaient, une femme officier de police parlait à quelqu'un, et plusieurs autres personnes étaient attroupées autour d'eux, parlant frénétiquement. Derrière le comptoir d'accueil fourmillaient plusieurs policiers en uniforme et en civil.

Elle tendit le cou pour regarder par-delà les gens se trouvant devant elle afin de voir si l'officier Donnelly était dans un des bureaux.

— Officier Donnelly ? cria-t-elle.

La policière derrière le comptoir lui lança un regard agacé.

— Vous allez devoir attendre votre tour, Madame. Asseyez-vous.

— Mais je dois juste parler à l'officier Donnelly. Il me connaît.

— Quoi qu'il en soit, comme vous pouvez le voir, nous sommes très occupés, ici.

— Donnelly n'est pas de garde avant ce soir, dit un policier en passant derrière le comptoir.

— Oh non !

Elle captura le regard du policier.

— C'est urgent, ajouta-t-elle. Cette nuit, il m'a aidée à remplir un dossier suite à une disparition. Et j'ai une piste sur l'identité de celui qui a kidnappé mon amie.

Le policier s'arrêta et la regarda.

— Écoutez, Madame, attendez juste votre tour, quelqu'un s'occupera de vous d'ici peu.

Elle se fraya un chemin jusqu'au guichet.

— S'il vous plaît, officier, je ne peux pas attendre. Chaque minute compte. Plus le temps passe, plus les chances de retrouver mon amie vivante diminuent. S'il vous plaît !

Cette fois, elle autorisa les larmes à lui monter aux yeux.

L'officier de police soupira.

— Bien.

D'un geste, il lui indiqua la porte se situant de l'autre côté.

Tandis qu'elle s'y dirigeait, plusieurs personnes présentes dans la salle d'attente rouspétèrent du fait qu'elle fût passée devant eux. Mais elle les ignora. Si seulement ils savaient ce qu'elle avait découvert.

Le policier lui ouvrit la porte et la laissa entrer.

— Je suis l'officier Carter. Comment vous appelez-vous, Madame ?

— Je m'appelle Lilo Schroeder. J'étais ici la nuit dernière.

Il désigna un des box. Tandis qu'il prenait la chaise derrière le bureau, Lilo se glissa sur celle d'à côté.

— Alors, comment puis-je vous aider ?

Lilo se pencha en avant.

— Je pense savoir qui a enlevé mon amie.

— Donc, nous parlons d'un kidnapping ?

Son regard était soutenu et presque désintéressé.

— Oui, enfin, la nuit dernière, j'ai rempli une déclaration de disparition mais, maintenant, je suis presque sûre qu'elle a été enlevée.

— Comment cela, Miss Schroeder ?

— J'ai vu l'homme qui m'a attaquée dans son appartement.

— Vous avez été attaquée dans l'appartement de votre amie ?

Elle hocha impatiemment la tête.

— Oui, oui, j'ai tout raconté à ce propos à l'officier Donnelly, la nuit dernière. C'est noté dans son rapport. Tout est là-dedans, dit-elle en désignant l'ordinateur.

— Hmm, eh bien, vérifions, alors.

Il posa un doigt sur le clavier.

— Vous n'auriez pas le numéro de dossier ?

Lilo secoua la tête.

— Pas de souci. Et le nom de la personne disparue ?

— Hannah Bergdorf.

Il commença à tapoter sur le clavier, puis regarda l'écran.

— Hmm.

Il regarda de nouveau Lilo.

— Hanna avec ou sans *h* à la fin ?

— Avec.

Il tapa à nouveau en pinçant les lèvres.

— Hmm. C'est étrange. Il n'y a rien ici. Peut-être que ça a été encodé sous votre nom.

— Lieselotte Schroeder.

Il entra son nom, puis secoua la tête.

— Rien. Vous avez dit être venue ici la nuit dernière et avoir rempli une déclaration ?

— Oui.

Elle se pencha en avant afin de regarder l'écran du pc.

— Il doit y avoir quelque chose. J'ai également rapporté le cambriolage.

— Un cambriolage ?

— Oui. À l'appartement de mon amie. Par le gars qui m'a attaquée.

Le policier lui lança un regard sceptique. Ne la croyait-il pas ?

— S'il vous plaît, vous devez m'aider. Je pense savoir qui a emmené mon amie.

Elle fouilla la poche de son pantalon, sortit la clé USB et la lui montra.

— Tout est là-dedans. C'est sur la vidéo. C'est horrible.

Elle regarda en direction du guichet, là où les civils s'impatientaient.

— Mais vous devez la visionner dans un endroit à l'abri des regards. Si des gens voient ce qu'il y a là-dessus, ce sera la panique.

Il tendit la main et prit la clé USB.

— Mmm, hmm.

— Sa voix était un peu plus douce que précédemment, comme s'il tentait de la calmer.

Soudain, la main d'une tierce personne saisit la clé USB.

— Et si je prenais la relève ?

Elle tourna la tête vers l'homme qui avait parlé et soupira de soulagement.

— Officier Donnelly.

— Mademoiselle Schroeder.

— Donnelly, qu'est-ce que tu fais ici ?

Donnelly haussa les épaules.

— J'ai pensé que je devrais venir tôt. J'ai entendu dire qu'il y avait du monde.

— Ouais, tu peux le dire. Encore.

L'officier de police marqua une pause pendant un instant, puis pointa l'écran du doigt.

— Je n'ai pas pu trouver la déclaration de disparition dont Mademoiselle Schroeder, ici présente, parlait.

Donnelly s'éclaircit la gorge.

— Ouais, mon pc s'est planté après que je l'aie encodée. Je dois tout recommencer.

Il se détourna ensuite de son collègue.

— Maintenant, Miss Schroeder, pourquoi ne pas aller dans mon bureau. C'est bien trop bruyant ici pour avoir une conversation convenable.

Soulagée, elle laissa retomber les épaules et se relaxa un peu. Donnelly allait l'aider.

Lorsque l'officier referma la porte de son bureau derrière eux, étouffant ainsi les voix en provenance de la salle d'attente, une sensation d'apaisement se fit ressentir.

— Alors, que se passe-t-il, Mademoiselle Schroeder ? Quelque chose s'est passé depuis la nuit dernière ?

Appuyé contre le bureau, il désigna la chaise à côté de celui-ci, et elle s'assit.

Elle pointa du doigt la clé USB qu'il tenait en main.

— J'ai trouvé ça dans l'agenda d'Hannah. Je pense qu'elle la cachait au cas où il lui arriverait quelque chose.

— Qu'est-ce que c'est ?

— Une vidéo. Elle montre son petit ami en train de se disputer avec l'homme qui m'a agressée la nuit dernière.

Donnelly se raidit.

— Oh, c'est une belle trouvaille. Et vous êtes certaine à cent pour cent de reconnaître cet homme ?

— Oui, c'est lui. Il n'y a aucun doute. Mais il y a autre chose. C'est horrible. Je n'ai pas pu en croire mes yeux. Mais il n'y a aucun doute.

— À quel sujet ?

À nouveau, elle désigna la clé USB du doigt.

— Regardez par vous-même.

Il contourna le bureau et inséra la clé dans le port USB de l'ordinateur, puis se concentra sur l'écran.

Impatiente, Lilo se tordit les mains. Si elle avait carrément dit à Donnelly que la vidéo montrait deux vampires, il l'aurait probablement prise pour une folle et l'aurait virée du poste de police aussi vite que possible. Mais s'il le voyait par lui-même, sans la moindre suggestion de sa part, il devrait alors se résoudre à y croire.

Son froncement de sourcils indiqua qu'il était arrivé à la partie de la vidéo où les deux hommes affichaient leurs yeux rouges et leurs blanches canines pointues. Quelques secondes plus tard, il détourna le regard de l'écran et rencontra celui de Lilo.

— C'est impossible, dit-il. Je sais à quoi ça ressemble à l'écran, mais je pense que nous nous faisons tous les deux berner.

— Mais vous le voyez aussi, pas vrai ? Ces deux hommes en train de se transformer en vampires. Juste là.

— Je vais garder ceci comme preuve et demander à nos experts informatiques d'y regarder afin de voir si le fichier a été trafiqué ou s'il est authentique.

— Mais nous n'avons pas le temps. Mon amie Hannah se trouve entre leurs mains. Ils sont en train de lui faire du mal. Nous ne pouvons pas perdre de temps.

Elle désigna l'écran.

— Et maintenant que vous savez à quoi ressemble mon agresseur, poursuivit-elle, vous avez une meilleure chance de le retrouver. Il tient Hannah. Enfin, Ronny et lui détiennent Hannah.

— Nous ne le savons pas avec certitude.

Lorsqu'elle tenta une protestation, il leva une main.

— Mais je passerai la photo des deux hommes dans notre système pour voir si nous pouvons les identifier.

— Merci.

Elle se souvint ensuite de quelque chose.

— Le premier type, ajouta-t-elle, je sais qui il est. Ronny Clifford. Il vit dans le quartier de l'Excelsior.

L'officier Donnelly haussa un sourcil.

— Et comment savez-vous ça ?

— Mon ami, Monsieur Bond, il l'a découvert, dit-elle rapidement.

Elle réalisa ensuite que cela pouvait ressembler à de la rétention d'information.

— J'allais vous le dire et vous donner toutes les informations à son sujet afin que vous puissiez le rechercher.

Le portable de Donnelly tinta, et l'officier le sortit de sa poche, tapota quelques mots, puis le remit en place.

— Nous ferons tout notre possible, je peux vous l'assurer, Mademoiselle Schroeder.

Elle remarqua qu'il jetait un œil à l'horloge murale.

— Mais parcourons une fois de plus tous les détails. Je ne veux rien manquer qui puisse nous aider à retrouver votre amie.

Il souligna sa requête avec un chaleureux sourire.

Sentant la tension se relâcher de son corps, Lilo soupira.

.

18

— Et tu n'as pas essayé de l'arrêter ? grogna Blake.

Si Wesley s'était tenu devant lui, il l'aurait attrapé par la gorge. Mais en l'état actuel des choses, Wes était passablement en sécurité à l'autre bout de la ligne.

— J'ai essayé, mais ta nouvelle petite copine est plutôt déterminée.

— Ce n'est pas ma copine, grogna Blake.

— Désolé. Je pensais que, vu qu'elle dort chez toi… Ce n'est pas comme si tu invitais chaque client à loger chez toi.

— Elle n'avait nulle part où aller. Je ne pouvais vraiment pas la laisser rester dans l'appartement d'Hannah où la serrure est fichue.

— Bien sûr que non.

Blake se détourna de l'équipe de la scientifique qui était occupée à examiner la voiture d'Hannah à un des niveaux souterrains du quartier général de Scanguards.

— Où est-elle, maintenant ?

— Avec Donnelly. Il va la faire patienter jusqu'à ce que tu arrives.

Blake regarda sa montre.

— Il fera encore jour pendant plus d'une demi-heure.

— Il le sait. Envoie-lui un texto quand tu seras en route. De toute façon, il te faudra une demi-heure pour traverser tout ce trafic.

Il mit fin à l'appel.

Wesley avait raison, bien sûr, mais cela n'atténuait pas le sentiment d'impuissance qui grandissait en lui. Être aussi cantonné durant la journée était la seule chose qu'il n'aimait pas dans le fait d'être un vampire.

Il appuya sur le bouton de l'ascenseur et attendit impatiemment, frappant, en prime, du poing contre le châssis.

— Allez !

Il ne pouvait même pas imaginer ce que Lilo était en train de penser en ce moment même. Chaque humain réagissait différemment lorsqu'il apprenait l'existence des vampires. Il avait pu observer les deux types de réaction : de l'acceptation calme et efficace au déni pur et simple du genre « Je dois être en train d'halluciner ». Il n'avait aucune idée du camp dans lequel Lilo se situait. Mais quoi qu'il advînt, il avait deux options : se mettre à table et tout lui expliquer, ou lui effacer la mémoire afin qu'elle ne se rappelât jamais de ce qu'elle avait vu sur la vidéo.

Les portes de l'ascenseur s'ouvrirent soudain, et il se heurta presque à John, lequel en sortait précipitamment.

— Salut Blake, le salua tout en se passant une main dans les cheveux. Je n'ai pas réussi à joindre Wesley. La ligne est tout le temps occupée. Alors, je te cherchais.

— Je viens juste de lui parler. Il est chez moi.

Blake se rua dans l'ascenseur et poussa sur le bouton correspondant au niveau auquel sa voiture était garée.

— Nous avons reçu les résultats des tests sanguins.

— Tests sanguins ? demanda Blake, tandis que les portes se refermaient déjà.

— Ouais, ceux d'un humain que Donnelly a transféré chez nous. Wes va vouloir les connaître immédiatement.

Blake tendit le bras afin d'empêcher la fermeture des portes.

— Qu'avez-vous trouvé dans son sang ?

John haussa une épaule.

— La présence d'une substance provenant d'une herbe étrange. Le technicien du labo a dit que seul Wes pouvait la connaître. Elle a un nom étranger. Quelque chose à consonance germanique.

— Höllenkraut ?

John lui adressa un regard empreint de surprise.

— Ouais. Comment le savais-tu ?

— Juste un pressentiment. Appelle Wes. Tu dois pouvoir le joindre, maintenant. Et envoie Ryder chez moi pour surveiller les hybrides. Wes voudra rentrer à son labo du QG.

— OK.

Blake retira la main afin de permettre aux portes de se refermer.

— Merci.

Quelques instants plus tard, installé dans sa voiture, il sortit en trombe du garage souterrain de Scanguards, rejoignant ainsi la fréquentée rue de la Mission. Le soleil était bas à l'horizon, mais les vitres spécialement équipées de son Aston Martin le protégeait de ses rayons brûlants. Le verre était recouvert d'un film impénétrable aux UV. De plus, dans l'hypothèse d'un accident diurne, il avait été renforcé de manière à ne pas voler en éclats et exposer le vampire présent dans le véhicule.

Cette amélioration avait été nécessaire après un incident survenu quatre ans auparavant, lorsqu'une fenêtre arrière endommagée lui avait presque coûté la vie. Mais de telles pensées ne faisaient que le distraire de la tâche qui l'attendait : s'assurer que Lilo ne révélât l'existence des vampires à quiconque inapte à gérer cette information, qu'elle le fît exprès ou pas. Une fois qu'il aurait contenu cette menace, il aurait alors à prendre la décision de lui dire la vérité ou de lui effacer la mémoire.

La pensée d'avoir recours à cette seconde possibilité lui noua inconfortablement l'estomac. Il n'avait jamais pris à la légère le fait d'ôter les souvenirs de quelqu'un. Il avait simplement toujours fait usage de cette habileté afin de se protéger, lui et sa famille : Scanguards. Mais aujourd'hui, il était réticent au simple fait de l'envisager. Lilo était une femme courageuse qui était venue à San Francisco pour rechercher son amie. Et avec sa seule aide, ils avaient déjà fait des progrès : ils s'étaient procurés des informations sur Ronny et, maintenant, savaient à quoi ressemblait le gars qui était entré par effraction dans l'appartement d'Hannah et attaqué Lilo. Dès qu'il pourrait mettre la main sur la clé USB, il demanderait à Thomas de faire une reconnaissance faciale afin d'identifier l'agresseur.

Pouvait-il réellement punir Lilo d'avoir vu une chose qu'elle n'aurait pas dû voir ? La punir en lui ôtant ses souvenirs ? Un tel traitement était-il justifié ?

Blake serra plus fortement le volant. Il ne faudrait peut-être pas en arriver là. Peut-être était-elle raisonnable et prendrait-elle les choses avec calme en acceptant éventuellement les faits : non seulement que Ronny et son agresseur étaient des vampires, mais que, lui, l'homme qu'elle avait embrassé la nuit précédente, en était également un.

Peut-être était-ce ce baiser qui allait à présent l'aider à prendre sa décision.

Il s'arrêta dans le parking et envoya immédiatement un texto à Donnelly, tandis que le soleil se couchait. Dès l'instant où il put enfin sortir de la voiture, Lilo franchissait déjà la double porte du poste de police. Il se précipita vers elle et la rejoignit au milieu des escaliers.

— Blake !

Elle se jeta presque dans ses bras.

— Lilo. Je suis venu dès que Wes m'a prévenu.

Il enroula les bras autour d'elle et la serra fortement, ressentant à quel point son corps tremblait. Instinctivement, il déposa un baiser sur le haut de sa tête et la berça dans ses bras.

— Ça va aller, ajouta-t-il.

Elle leva la tête et le regarda, les yeux empreints de doute et de crainte.

— Il t'a dit ce qu'il y a sur la vidéo ?

Il acquiesça.

— Accorde-moi une faveur, Lilo. Attends-moi dans la voiture pendant que je vais rapidement parler à l'officier de police.

Elle renifla et hocha la tête.

— Oui, va voir par toi-même. Si je ne l'avais pas vu, je ne l'aurais pas cru.

Elle se libéra doucement de son étreinte.

Blake désigna la voiture.

— J'en ai pour une minute.

Il l'observa se diriger vers sa voiture et y entrer, puis se précipita à l'intérieur du bâtiment. Donnelly l'attendait déjà et le fit entrer dans son bureau, à l'arrière. Lorsque la porte se referma derrière lui, Blake laissa échapper un souffle.

— Putain !

Donnelly acquiesça.

— Il s'en est fallu de peu. Vous avez tous eu de la chance que je ne me trouve pas loin et que je sois arrivé au poste avant qu'elle n'ait pu montrer la vidéo à un de mes collègues.

— Je sais. Je te revaudrai ça.

Il pointa ensuite l'ordinateur du doigt.

— Montre-la-moi, demanda-t-il.

Tous deux contournèrent le bureau afin de regarder l'écran, et Donnelly repassa la vidéo. C'était comme Wes l'avait décrit : deux hommes en train de se disputer et se transformer en vampires. En vampires agressifs. Merde ! Il ne voudrait pas qu'un humain leur fût présenté. Encore moins Lilo. Il était difficile d'oublier les premières impressions, et ce serait encore plus dur, pour lui, de se faire accepter lorsqu'il lui aurait révélé la vérité à son sujet.

— Au moins, nous savons à quoi ressemble l'agresseur de Lilo. Je peux dire au service informatique de la passer dans le système de reconnaissance faciale.

— J'ai déjà envoyé une copie à Thomas pour toi. J'ai pensé que tu voudrais découvrir qui est ce type, dit Donnelly.

— Tu es le meilleur.

— Je sais, répliqua sèchement Donnelly en ôtant la clé USB de son laptop. Tu ferais mieux de prendre ça. Elle n'est pas en sécurité au poste.

Blake prit la clé, la fourra dans la poche de son pantalon et se retourna pour quitter les lieux.

— Qu'est-ce que tu vas faire, maintenant ?

Blake hésita et regarda par-dessus son épaule.

— Essayer de faire comprendre à Lilo que nous ne sommes pas tous mauvais.

— Tu vas lui dire la vérité à propos de toi et de Scanguards ?

— Ai-je le choix ?

Donnelly soupira.

— Nous l'avons toujours. La question est de savoir ce qui est le moins douloureux. Dire la vérité ou effacer ce qu'elle a vu ?

— Douloureux pour qui ? se murmura Blake avant de quitter le bureau.

19

Ils avaient à peine parlé dans la voiture. Il avait dit à Lilo qu'ils auraient une discussion une fois arrivés à la maison. Après tout, la voiture n'était pas l'endroit approprié pour lui avouer que les vampires existaient réellement et qu'il était l'un d'entre eux. Qu'en serait-il si elle venait à paniquer et sauter de la voiture en tentant de fuir ? Non, il devait d'abord la ramener à la maison, la calmer et, ensuite, lui dire délicatement la vérité. Il ne pouvait espérer sa compréhension.

Blake ouvrit la porte menant du garage au hall d'entrée et invita Lilo à le précéder. Les voix des garçons provinrent du salon.

— Ryder ? cria-t-il.

L'hybride de vingt ans apparut presque immédiatement. Il était mûr pour son âge, un des plus sérieux et des plus responsable parmi les protégés de Blake. Ryder était moins sauvage que les jumeaux d'Amaury et moins têtu que Grayson, le fils aîné de Samson.

— Tu es de retour.

Blake le désigna tout en regardant Lilo.

— Lilo, voici Ryder, un de nos gardes du corps en formation.

Lilo hocha la tête.

— Enchantée, dit-elle de manière automatique et distraite.

Ryder sourit.

— Pareillement.

Il se rapprocha.

— J'ai vérifié avec le vétérinaire, comme tu l'avais dit. Il s'avère qu'Hannah avait, en effet, maintenu le rendez-vous pour son chien. Tu veux savoir pourquoi ?

Curieux, Blake haussa un sourcil.

— Que veux-tu dire ?

— Elle a fait implanter une puce à son chien. Tu vois, une de celles que tu peux tracer au cas où l'animal se perdrait.

— Bon travail, le félicita Blake. Voyons si nous pouvons retrouver le chien. Peut-être qu'il est avec elle.

Il remarqua Lilo en train de se rapprocher de lui, l'espoir illuminant ses traits.

— J'ai déjà introduit la demande pour obtenir les données de la puce. Nous devrions les avoir bientôt. Ensuite, le service informatique la tracera, rapporta Ryder.

— Merci, Ryder. J'apprécie vraiment. Peux-tu me rendre service, ajouta Blake en désignant le salon.

— Bien sûr.

— Emmène les garçons manger une pizza. Je dois parler à Lilo, seul.

— Ryder lança un regard rapide à Lilo, puis acquiesça.

— Pas de problème. Nicholas, Adam, Sebastian, cria-t-il ensuite, on va manger une pizza.

— Sebastian est là également ? demanda Blake, tandis que les garçons arrivaient en courant.

— Sa mère l'a déposé tout à l'heure, dit Lilo.

Déjà, Sebastian arrivait vers eux, et Blake l'étreignit rapidement.

— Hé, mon pote, c'est bon de te voir.

Le gamin lui adressa un sourire radieux.

— Hé, oncle Blake.

— On se verra plus tard, ok ? Je dois juste faire quelques trucs avant, pendant que vous allez manger une pizza, d'accord ?

— Ouais, bien sûr.

— OK, les gars, allons-y, ordonna Ryder. Je prends le van ?

Blake hocha la tête.

— Les clés sont à l'intérieur.

Quelques instants plus tard, le calme régnait dans la maison. Blake regarda Lilo. Elle tremblait, à présent, et ses yeux étaient embués par les larmes.

— Viens, allons parler.

Elle renifla tout en soulevant les épaules.

— Ce sont des monstres laids et méchants.

Elle leva la tête pour le regarder.

— Ils lui ont fait du mal, ajouta-t-elle. Je le sais.

— Lilo, s'il te plaît, tu dois te calmer.

— Me calmer ? Je ne peux pas. Ne vois-tu pas ce qui se passe ? Notre existence même est menacée par ces … ces viles créatures. Ils sont abominables ! Ils ne devraient même pas exister. Blake, pourquoi est-ce que tout ceci est en train d'arriver ?

Les larmes se délogèrent de ses yeux, et Blake ne put supporter de la voir dans un tel état. Sans arrière-pensée, il l'attira dans ses bras et la berça.

— Oh, chérie, tout va bien se passer. Je te le promets.

— Comment ? demanda-t-elle en pleurant. Comment est-ce que ça pourrait aller alors que d'affreuses créatures comme ça existent ? Des vampires ! Des buveurs de sang ! Venus pour tous nous tuer.

Telles des lames, ces mots le poignardèrent en plein cœur. Il ne serait pas aisé de la convaincre que tous les vampires n'étaient pas mauvais. Qu'en fait, la majorité de ceux qu'il connaissait étaient de bonnes et décentes personnes. Des gens qui avaient fait serment de protéger l'humanité.

Blake déposa un baiser sur les cheveux de Lilo.

— Rendons nous d'abord à l'évidence. Nous ne savons pas vraiment ce qu'ils ont fait.

Quoiqu'il fût certain qu'ils étaient derrière la disparition d'Hannah.

— Pourquoi ne parlons-nous pas ? poursuivit-il.

Elle secoua la tête et le serra plus fort dans ses bras.

— Je ne veux pas parler. Je veux oublier. Je ne veux pas penser à ce que j'ai vu. Je le regrette, d'ailleurs. Comment pourrai-je à nouveau dormir ? Comment vais-je encore pouvoir me sentir en sécurité ?

— Les apparences sont parfois trompeuses, dit- il afin de la calmer.

— Nous ne sommes pas en sécurité, Blake. Nous ne le serons plus jamais.

Elle le regarda, les yeux ronds et débordants de larmes.

Apercevoir la peur si vivement ancrée dans ses traits le blessa au plus profond de lui.

— Tu seras toujours en sécurité avec moi.

Elle souleva une main vers son visage, lui caressant la joue des doigts.

— Quand je suis avec toi, je peux presque le croire.

Elle rapprocha son visage du sien.

— Quand tu me tiens dans tes bras, poursuivit-elle, le cauchemar semble être moins réel.

À sa proximité, il sentit son sang s'échauffer, son côté vampire enregistrant le changement dans le comportement de la jeune femme. Là où la peur avait régné seulement quelques instants plus tôt, l'espoir fleurissait et l'excitation grandissait.

— Peut-être que si tu me serres plus fort, nous pourrions faire disparaître cette horreur. Peut-être qu'alors, je me réveillerai de ce cauchemar.

Plus alléchantes que jamais, les lèvres de Lilo l'appelaient. Pour y avoir déjà goûté, il savait à quoi elles ressemblaient, et cela rendait toute résistance encore plus dure.

— Lilo, ça ne fera rien disparaître. Je dois te dire—

— S'il te plaît, Blake, je sais que je ne te suis pas indifférente…

Elle renifla.

— Je l'ai senti quand tu m'as embrassée, précisa-t-elle.

Il soupira.

— Ce n'est pas le problème, Lilo, mais tu es vulnérable, en ce moment. Ce ne serait pas bien que j'en tire profit—

— Tu ne profites pas.

Elle se leva sur la pointe des pieds, amenant la tête à hauteur de la sienne, ses lèvres à présent encore bien plus proches.

— C'est moi qui profite de ta bonté. S'il te plaît, fais-moi l'amour. J'en ai besoin, maintenant. J'ai besoin d'oublier.

Le cœur de Blake se mit à lui marteler la poitrine de manière incontrôlable.

— Lilo, s'il te plaît. Tu ne me connais pas. Tu pourrais le regretter.

— Regretter de coucher avec un homme qui a fait tout ce qu'il y avait en son pouvoir pour aider une amie ? Non, je ne le regretterai pas.

Elle lui effleura les lèvres des siennes.

— Lilo, murmura-t-il, tentant toujours de garder le contrôle.

— À moins que tu ne veuilles pas de moi…

— Bien sûr que je veux de toi ! dit-il, les dents serrées. Mais je ne suis pas celui que tu penses.

— Mais il était un homme qui ne pouvait nier que leur mutuelle attirance sexuelle l'enflammait à présent tel un feu de forêt. Un de ceux qu'il ne pourrait éteindre.

— Alors, fais-moi l'amour. Parce que, demain, nous pourrions être morts. Tués par ces mauvaises choses.

En dépit de son jugement plus avisé, il lui fit signe de venir vers lui.

— Nous ne devrions pas faire ça, dit-il, avant de lui capturer la bouche en un brûlant baiser.

Non, ils ne seraient pas morts demain, mais avant demain, Lilo saurait qu'il était un vampire. Et alors, elle ne l'autoriserait plus jamais à la toucher. Et la pensée de ne jamais pouvoir découvrir à quoi cela ressemblerait de se perdre dans le corps de Lilo et d'atteindre l'extase avec elle lui était insupportable. Et bien qu'il sût que c'était mal, il la souleva et la transporta dans ses bras jusqu'à sa chambre. Pas une seconde, il ne relâcha ses lèvres avides.

Il savait qu'à court terme, il paierait pour ce péché mais, dans l'immédiat, il s'en moquait.

En ce moment, il était un vrai mâle, un vrai vampire, avide d'une femme qui le tentait comme aucune autre.

20

D'un coup de talon, Blake referma la porte et transporta Lilo jusqu'au lit. Il savait, qu'à présent, il ne pourrait absolument plus s'arrêter. Bientôt, Lilo le haïrait pour ce qu'il s'apprêtait à faire. L'important à ce stade, c'était de lui donner plus de plaisir qu'elle n'en avait jamais connu. Alors peut-être, et seulement peut-être, lorsqu'elle découvrirait la vérité, se rappellerait-elle de la douceur de ses caresses. Non pas comme étant les caresses d'un vampire, mais bien celles d'un homme qui la vénérait.

Il l'étendit sur les draps et relâcha sa bouche. Un gémissement de déception s'échappa d'entre ses lèvres et, d'une main sur sa nuque, elle l'attira à nouveau.

— N'arrête pas, murmura-t-elle.

Il écarta une boucle blonde de son front et regarda fixement son visage empreint de passion.

— Je n'arrêterai pas avant que toi et moi ne soyons complètement satisfaits, fais-moi confiance à ce sujet.

Il ne se contenterait pas de moins que cela. Mais, pour commencer, il voulut également établir un fait.

— Cependant, je ne vais rien précipiter.

Il s'écarta un peu, se positionnant sur le lit de manière à ne pas l'écraser de son poids et laissa son regard descendre sur le torse de Lilo. Elle portait un haut en jersey à longues manches très ajusté. Il était orné de boutons, en bas. Sous le doux tissu, on pouvait apercevoir le contour de son soutien-gorge. Lorsqu'il reposa le regard sur son visage, il la surprit en train de se mordiller la lèvre inférieure avant de prendre une profonde inspiration.

Sans rompre le contact visuel, il déplaça une main plus en bas, laissant ses doigts descendre lentement jusqu'à la cime du sein gauche. Il s'arrêta à cet endroit et commença à tracer des cercles autour du mamelon. Une nette inspiration lui signifia que sa caresse obtenait la réaction souhaitée.

— Oui ! laissa-t-elle échapper.

La fierté masculine fleurissant, il captura le sein et, de sa main, pressa la chair sensible, sentant le dur mamelon frotter contre sa paume. Si elle répondait avec autant d'enthousiasme à cette caresse insipide, elle crierait alors d'extase dès l'instant où la déshabillerait afin de la caresser plus intensément.

Il était à présent encore bien plus content d'avoir fait partir Ryder et les hybrides. Ce qui était sur le point de se passer dans cette pièce n'était pas décent pour des oreilles d'adolescents impressionnables. La finesse de l'ouïe des hybrides étant aussi sensible que celle des vampires, les gamins capteraient le moindre son. Il allait faire l'amour à Lilo et ne voulait ou n'avait nullement besoin de témoins. En privé et en toute intimité.

— Maintenant, je vais te déshabiller.

Il voulait qu'elle fût avisée de chaque étape. Il n'y aurait aucun malentendu entre eux, surtout pas lorsqu'il s'agissait de faire l'amour.

— Tu es certaine de vouloir ça ? insista-t-il.

Que Dieu lui vînt en aide si elle venait à lui dire non. Car même si elle le faisait, il serait maintenant incapable d'y renoncer. Son sexe était gorgé de sang et se languissait d'être libéré. Si tous deux n'avaient pas encore été habillés, il se trouverait déjà logé en elle, en train de pousser vers son premier orgasme. Mais il devait penser à Lilo, à ses besoins, ses désirs. Et elle n'avait pas besoin que ce fût dur et rapide. Elle avait besoin de douceur et d'amour. Elle avait besoin d'un rêve, un rêve qui rendrait la réalité plus facile à supporter. Il le lisait dans ses yeux. Dans ses larmes.

— Blake… dit-elle en soulevant une jambe afin de l'enrouler autour du haut de sa cuisse et l'attirer plus près.

— … j'ai envie de toi.

— Oh, mais tu m'as, Lilo.

Elle ne pouvait n'était-ce qu'imaginer ce que cela signifiait. Pas plus qu'il n'aurait pu le lui expliquer, car il le comprenait à peine lui-même. Mais il savait qu'en la prenant maintenant, il n'y aurait pas de retour en arrière. Il ne serait plus l'ancien Blake. Il changerait, irrévocablement, à cause de la femme qu'il tenait dans ses bras. Jamais auparavant, il n'avait cru au destin ou aux choses qui arrivaient pour telle ou telle raison. Mais il savait, à présent, que même son accident de voiture survenu quatre ans plus tôt était arrivé afin qu'il pût rencontrer Lilo.

— Tu m'as tout à toi, chérie, répéta-t-il avant de poser la bouche sur les lèvres entrouvertes de Lilo, s'imbibant de son enivrant parfum comme si elle était la seule nourriture dont il avait besoin. Et peut-être qu'un jour, elle le serait…

Lentement, il commença à ouvrir les boutons de son top, révélant, à chaque fois, davantage de peau, jusqu'au moment où il put enfin dévoiler son torse. Ensuite, il ôta complètement le vêtement en le tirant sous elle. Il balaya ensuite les yeux sur son corps, s'abreuvant de la beauté de sa peau luisante, des muscles fermes de son ventre et de ses beaux seins sexy. Les durs mamelons poussaient à travers le soutien-gorge en dentelle noir, l'invitant à se rapprocher.

Il plongea la tête afin de lécher cette protubérance présente sous le tissu, extorquant dès lors un gémissement étouffé aux lèvres de Lilo.

— Tu n'as encore rien vu, lui promit-il avant de s'affairer sur le fermoir avant du soutien-gorge.

Lorsque ce dernier s'ouvrit, Blake souleva les bonnets et laissa les seins de Lilo se répandre dans ses mains avides.

— Oh, chérie.

Il enfouit le visage dans sa poitrine, se délectant de la douceur de sa peau chaude. Il inspira profondément et sentit ses canines le démanger en réaction. Oh, Dieu, c'était pire qu'il ne l'avait pensé. Il allait devoir utiliser chaque once de sa force afin de combattre sa transformation. Il devait contenir la bête et s'assurer qu'elle ne se faufilerait pas à travers ses défenses. Le vampire qui sommeillait en lui ne trouverait pas satisfaction cette nuit, car l'homme qu'il était avait besoin de la confiance de Lilo.

Blake souleva la tête et glissa les lèvres autour d'un dur mamelon avant de le prendre profondément en bouche. La tentation d'enfoncer ses canines dans la douce chair et de goûter à son sang était forte, mais il la refoula.

Il lécha plutôt le dur bourgeon, balayant la langue encore et encore par-dessus, appréciant la manière dont Lilo se tordait sous lui, d'un plaisir évident.

Elle avait la main agrippée à sa nuque, et il se réjouit que ses ongles fussent enfoncés dans sa peau, car ils lui envoyaient des frissons le long de sa colonne vertébrale, jusqu'au coccyx. De concert, une décharge d'adrénaline le percuta dans son sexe et ses testicules, l'amenant à exprimer un juron entre ses dents. Putain, il devrait avoir plus de contrôle que cela ! Pourquoi son corps réagissait-il comme s'il n'avait jamais été touché par une femme ?

— Oh, Blake, c'est bon, murmura Lilo, l'autre main glissant jusqu'à son derrière afin de l'y agripper.

Instinctivement, il poussa le bassin et frotta son érection dure comme l'acier contre le centre de sa féminité.

Lilo haleta. Ce son fut si excitant qu'il ne put s'empêcher de donner un coup de rein supplémentaire tout en suçant plus ardemment le mamelon.

Il leva la tête et rencontra son regard.

— Tu veux ça en toi ?

— Oui.

Bien que semblable à un simple écho, la voix de Lilo provoqua un alléchant frisson dans le corps de Blake.

— Bientôt…

Prudemment, il l'effeuilla de son soutien-gorge, puis lança le vêtement au pied du lit. Il continua ensuite à lui caresser la poitrine, explorant chaque centimètre de son torse, la profonde strie entre les deux seins, les hautes cimes couronnées de durs mamelons roses, et tout le reste : la vallée de son nombril et les courbes de sa taille s'effilant avant de s'évaser à nouveau vers les hanches.

Une telle perfection. Une telle beauté. Il ne pouvait se rassasier de la caresser, d'écouter ses battements de cœur qui commençaient à galoper vers l'inévitable orgasme, de sentir son sang se précipiter dans ses veines tel un torrent suivant le lit d'une rivière rocailleuse.

Pendant tout ce temps, son propre sang ne faisait que couler avec fracas dans tout son corps, prenant parti dans la guerre silencieuse qui faisait rage en lui : celle qui opposait l'homme au vampire. Pour l'instant, l'homme était en train de gagner.

Blake lui caressa les seins, embrassa, suça et lécha chaque centimètre exposé de sa délectable peau, mais ce n'était pas suffisant. Il glissa une main vers le bas, en direction de la ceinture du pantalon de Lilo.

— Je vais toucher ton intimité, l'avertit-il en ouvrant le bouton.

Il sentit sa partenaire retenir sa respiration tout en inclinant le bassin vers sa main. L'invitation étant indubitable, il baissa la fermeture éclair et glissa les doigts sous sa petite culotte. Il fut accueilli par une fine pellicule de poils et une chaleur si torride qu'elle le brûla presque.

En un gémissement, Lilo tressauta vers lui.

Doucement, il se dirigea plus bas, ses doigts découvrant l'endroit d'où la chaude humidité s'écoulait. Avidement, il les baigna dans le produit de son excitation, fermant les yeux afin de se laisser tomber plus profondément dans l'enchantement que Lilo dressait tout autour de lui.

Dans cette toile qu'elle avait si habilement tissée, qu'un homme pouvait s'y perdre à jamais.

— C'est si bon, murmura-t-il contre son sein.

Il se dirigea ensuite plus en haut, couvrant sa chair de baisers. Il l'embrassa le long du cou, percevant le battement du pouls sous ses lèvres. Telle une balise, il appelait Blake, le tentait d'allonger ses canines afin d'apaiser la faim qui le ravageait. Mais il ne pouvait y succomber. Gagner la confiance de Lilo en lui démontrant qu'il était un amant désintéressé, que le plaisir de sa partenaire passait avant le sien, était plus important.

Soigneusement, il commença à caresser les replis humides, puis la fente, sur toute sa longueur, extirpant gémissement après gémissement, soupir après soupir aux lèvres rouges de Lilo.

— Imagine que c'est mon sexe, lui murmura-t-il à l'oreille.

Elle haleta et souleva le bassin, ses mains lui venant soudain en aide afin d'abaisser son pantalon, sa petite culotte et lui laisser meilleur accès. Blake l'autorisa à les glisser jusqu'à mi-cuisse, puis l'arrêta. Il valait mieux qu'elle ne pût écarter trop fort les jambes pendant un moment, ou tout ceci serait trop rapidement terminé.

— Pas encore, bébé.

Il déposa un baiser sous le lobe de son oreille.

— Prends juste ça, pour l'instant, précisa-t-il.

Il glissa profondément le majeur dans l'étroitesse de son canal, jusqu'à ne plus pouvoir aller plus loin.

— Ohhh !

Elle arqua le dos, et ses muscles s'agrippèrent autour du doigt de Blake.

— Tout doux, bébé, relax, la persuada-t-il.

Lilo se recoucha délicatement sur les draps, puis tira la tête de son partenaire vers elle. Ses lèvres étaient avides lorsqu'elles glissèrent sur les siennes. Dieu, comme il aimait une femme qui prenait les choses en main sans craindre de montrer à un homme ce qu'elle attendait de lui.

Lentement, il retira son doigt, puis le dirigea plus haut, vers le centre du plaisir. Lorsqu'il frotta le paquet de nerfs enflé pour la première fois, Lilo gémit dans sa bouche. Il avala ce son enivrant et recommença, dessinant doucement de petits cercles autour du précieux organe. Il ressentit le besoin qu'elle avait de bouger avec lui, de basculer contre sa main, mais il posa la cuisse sur ses jambes afin de l'en empêcher. Lorsqu'elle voulut protester, il arracha les lèvres des siennes.

— Il faut ralentir, bébé, ou ça ne va pas durer.

Sans lui laisser le temps de répondre, il reprit possession de sa bouche et poursuivit ce baiser passionné tandis que, plus en bas, il la caressait avec davantage de tendresse, relâchant son clitoris à chaque fois qu'il sentait son pouls accélérer et sa respiration devenir haletante, lui refusant dès lors la libération à laquelle elle aspirait si fort, dans le seul but de la préparer à en connaître une plus intense.

À chaque fois qu'il s'arrêtait, Lilo gémissait de frustration, mais dès l'instant où il reprenait ses caresses passionnées, elle ronronnait comme un chaton. Aucun spectacle n'était plus beau qu'une femme en extase.

Blake relâcha ses lèvres et déposa des baisers tout le long de sa mâchoire, puis sur son cou. Elle était à présent prête à goûter, pour la première fois, à ce qu'il pouvait lui procurer.

— Tu veux jouir, Lilo, pas vrai ?

— Oui ! cria-t-elle.

Bouche ouverte, il déposa des baisers le long de la fine colonne de son cou et continua à prodiguer ses soins. Mais cette fois, il ne s'arrêta pas lorsqu'il la sentit se raidir. N'ôta pas la main, ne la priva pas de ce dont elle avait besoin. Cette fois, il accéléra le tempo, accentua la pression dans ses caresses tout en écoutant son corps afin de savoir quand le moment serait venu.

Les frissons qui parcoururent le corps de Lilo au moment de l'orgasme furent la chose la plus pure à laquelle il eût jamais pris part. Il maintint la main, immobile, sur son sexe, autorisant ainsi les tremblements qui la secouaient à parvenir jusqu'à lui et à lui envoyer de minuscules ondes de choc à travers tout le corps, jusque dans son membre.

Bientôt, se promit-il. Dès que Lilo serait réellement prête pour lui.

Lorsqu'il leva la tête de son cou et la regarda, il vit qu'elle fermait les yeux. Elle les ouvrit et rencontra son regard. Elle leva une main et la passa dans les cheveux de Blake. Il la captura et déposa un baiser dans la paume avant de libérer Lilo du poids de son corps.

Il se retrouva à ses pieds avant même qu'elle n'eût pu s'asseoir. Il lui ôta ses chaussures, ses chaussettes, puis abaissa complètement le pantalon et la petite culotte jusqu'à ce qu'elle se retrouvât nue devant lui. Il remarqua la façon dont elle soulevait la tête afin d'attraper la couette, comme si elle voulait se couvrir. Mais il se positionna immédiatement entre ses jambes et les écarta.

— Ne te cache pas de moi. Tu es belle !

Il baissa ensuite la tête jusqu'à la jonction des cuisses.

— Je veux te goûter.

Il rencontra son regard étonné.

— Dis-moi que tu le veux, ajouta-t-il.

— Mais… tu viens juste de me faire jouir, dit-elle, rougissante et la voix un peu tremblante.

Il ne put réprimer un sourire.

— Ouais, et maintenant, je vais te faire jouir avec ma bouche. Tu as un problème avec ça ?

Elle prit quelques inspirations irrégulières mais, finalement, secoua la tête.

— Non. Pas du tout. Aucun problème.

21

Lilo fixa du regard les cheveux noirs de Blake, tandis que celui-ci plongeait la tête entre ses cuisses et enfouissait le visage dans la chaleur de son intimité. Son souffle chaud plana par-dessus sa chair et, un instant plus tard, il balaya la langue sur son sexe, ce qui eut pour effet de la détendre.

— Oh, Blake.

Elle ne pouvait croire ce qu'il était en train de faire. Non seulement il avait pris le temps de la caresser si habilement qu'elle avait littéralement explosé, mais il ne prenait toujours aucun plaisir pour lui-même. Il la léchait plutôt avec une telle ferveur qu'elle n'était pas certaine de ne pas rêver. Aucun homme ne pouvait, en effet, être aussi peu préoccupé par sa satisfaction personnelle. Peut-être était-elle morte.

Mais ces fortes mains sur ses cuisses lui maintenant les jambes écartées et la chaude langue occupée à la lécher étaient trop réelles pour être un rêve. Elle tendit la main vers lui, laissant courir ses mains à travers son épaisse chevelure noire et le sentit frissonner sous cette caresse.

Il leva la tête un moment, et leurs regards se suspendirent. Dans ses yeux, elle put lire la promesse qu'il était en train de lui adresser : l'inonder de plaisir.

À présent, elle se sentait en sécurité. Avec Blake à ses côtés, la peur se dissipait, se fondait dans le paysage. Allait-elle y demeurer ? Cela, Lilo l'ignorait. Mais pour l'instant, pour la ou les deux prochaines heures, elle pouvait à nouveau respirer.

Elle se délectait de ce que Blake déchainait en elle. L'euphorie. Le désir. Le plaisir. Déjà, son excitation montait en flèche. Et tout cela, grâce à l'habileté de la bouche et de la langue de Blake. Il n'y avait rien de mécanique ou de superficiel dans ses caresses. Non, chacune d'entre elles, chaque mordillement, chaque coup de langue semblaient, à en juger par les gémissements gutturaux de la gorge de son partenaire, lui procurer autant de plaisir qu'à elle.

Prodiguait-il une telle passion à chaque femme ? Pour quelque égoïste raison, elle voulut croire qu'elle était la seule qu'il caressait et à qui il faisait l'amour de cette façon. Elle n'avait jamais rencontré un homme comme lui. Morgan West n'était même pas comme cela : un amant désintéressé pourvu d'une énergie et d'une habileté sans borne. Même si elle le voulait, elle ne pourrait inventer un homme comme Blake. Personne ne la croirait. Mais Blake était bien réel.

Déjà, il l'amenait vers un autre orgasme, mais elle savait que, cette fois, il lui en fallait davantage. Elle voulait atteindre le paroxysme de la jouissance en l'ayant en elle. C'était la seule façon de réellement partager avec lui ce qu'il lui faisait ressentir.

Lilo mit les mains sur le visage de Blake et le souleva.

Surpris, il la regarda.

— Tu n'aimes pas ?

— J'adore, se pressa-t-elle de le rassurer. Mais je te veux en moi. Je veux te sentir.

Il se redressa pour s'asseoir.

— Tu es sûre que c'est ce que tu veux ?

Elle s'assit, hocha la tête, puis tendit la main vers les boutons de sa chemise. Elle défit le premier, puis le second jusqu'à pouvoir faire glisser le vêtement sur ses épaules et l'en débarrasser.

Il n'y avait qu'une légère pellicule de poils noirs sur sa poitrine, une poitrine qui attestait de sa bonne condition. Il avait des muscles toniques, et sa peau était d'un beau teint couleur bronze. Fascinée par tant de perfection masculine, elle laissa courir la main sur les dures arêtes de sa poitrine et de son ventre et le sentit inspirer.

Sa peau était douce. Par-dessous celle-ci, les muscles se contractaient. Elle aimait la façon dont il réagissait à son toucher, complètement immobile, tandis que son cœur grondait dans la paume de sa main.

— Lilo…

Elle souleva les paupières, arrachant son regard de sa poitrine dénudée.

— Oui ?

— Déshabille-moi.

Elle sourit face à cette requête. Blake se tourna sur le côté, lança ses chaussures d'un coup de pied afin de les laisser tomber à côté du lit et s'allongea sur le dos.

Sans la moindre hésitation, elle se pencha sur lui. Ses yeux se posèrent sur la bosse qui s'était formée sous son slip. Elle ne put réprimer un halètement involontaire.

Un gloussement de Blake la fit rencontrer son regard.

— Je ne suis pas sûr de savoir si je dois m'excuser ou te remercier pour le compliment, dit-il en souriant.

Du revers de la main, il lui caressa la joue.

— Ne t'inquiète pas, ajouta-t-il, je serai très doux.

Elle sentit ses joues rougir et chauffer.

— Je le sais.

Tout comme il avait été doux lorsqu'il l'avait caressée. Quoiqu'elle ne voulût peut-être pas de cette douceur. Peut-être voulait-elle quelque chose de plus.

Audacieusement, elle défit le bouton du pantalon de Blake et baissa la fermeture éclair. Elle saisit la ceinture et tira, tandis que Blake se soulevait afin qu'elle pût le libérer de son vêtement. Elle le lança à terre, au milieu de la pièce, avant d'aider son partenaire à se débarrasser de ses chaussettes. Lorsqu'elle le regarda à nouveau, il était là, étendu, uniquement pourvu de son boxer-short. Le tissu s'étirait fortement sur son bas-ventre. Lentement, elle le baissa complètement. Ce ne fut qu'à ce moment qu'elle aperçut la véritable taille de son érection. Elle en demeura bouche bée et, involontairement, se lécha les lèvres. Il était le plus incroyable spécimen de mâle excité qu'elle eût jamais vu.

Un gémissement rebondit contre les murs de la chambre.

— Putain, Lilo, ne fais pas ça. Tu vas me faire jouir avant même que je ne sois en toi.

— Faire quoi ?

— Me regarder comme si tu voulais me dévorer.

— Je ne…

Blake s'assit et posa une main sur sa nuque, attirant son visage vers lui.

— Si. Et d'ordinaire, j'adorerais que tu me regardes comme ça. Mais quand tu te lèches les lèvres de cette façon, mon esprit imagine toutes sortes de choses… et toutes les manières dont j'ai envie de te prendre.

— Est-ce une mauvaise chose ? le taquina-t-elle, sentant la confiance monter en elle tant Blake la désirait.

— Ouais, très mauvaise. Parce que ça veut dire que je ne pourrai pas te faire l'amour aussi longtemps que je le veux.

— Tu as déjà entendu parler du rab ?

Il éclata de rire.

— Remercies-en Dieu !

Il lui captura ensuite les lèvres et bougea de manière à la repousser contre les draps et se positionner au-dessus d'elle.

Elle ouvrit les jambes afin de lui donner de l'espace. La dure érection heurta le centre de sa féminité, ce contact peau contre peau y provoquant une montée d'adrénaline. Des flammmes semblèrent s'allumer en elle.

Blake inclina le bassin et ajusta son érection afin de la pénétrer.

Lilo arracha la bouche de la sienne.

— Préservatif, dit-elle en haletant.

Dans la chaleur du moment, elle l'avait presque oublié.

Il se figea et recula de quelques centimètres. Il expulsa un souffle avant de remuer la tête d'un côté à l'autre.

— Je suis désolé, je n'en ai pas.

Il hésita, puis recula davantage.

— Je n'ai pas… Je suis sain. La compagnie… ils nous testent régulièrement.

Elle tenta de donner un sens à son explication. Il parlait des MST. Mais cela n'était pas le seul souci de Lilo.

— Je ne prends pas la pilule.

Elle n'en avait pas eu l'utilité. Elle n'avait pas couché avec un homme depuis longtemps.

Blake sembla se détendre un peu.

— Si tu as peur de tomber enceinte, ne crains rien. Je suis stérile.

— Stérile ?

Il haussa les épaules.

— Ça arrive aux meilleurs d'entre nous.

— Oh.

Était-ce vrai ? Assimilant ces mots, elle hésita.

Blake se rassit sur les talons.

— Peut-être que c'était une mauvaise idée.

Il tendit la main pour attraper la couette et la tira sur elle à moitié.

— Je n'ai même pas de préservatifs dans la maison, ajouta-t-il. À quoi est-ce que je pensais ? C'était évident que tu ne voudrais pas coucher avec moi sans protection appropriée ! Tu ne me connais pas.

Il laissa courir une main dans ses cheveux.

— Tu n'as aucune raison de croire un seul mot de ce que je dis.

Il bondit du lit.

— Je vais te laisser te rhabiller, conclut-il.

Lilo le regarda se tourner, la gratifiant d'une vue sur son derrière tonique.

— Blake !

Elle sortit du lit et tendit la main vers son bras, sa décision soudain devenue évidente.

Il se tourna et lui adressa un sourire empreint de regret.

— Si tu dis que tu es sain et que tu ne peux pas me mettre enceinte, je te crois.

Elle l'attira plus près d'elle.

— Fais-moi l'amour. Laisse-moi te sentir en moi.

— Tu en es sûre ?

Les yeux de Blake étincelèrent d'enthousiasme, et cela suscita quelque chose de primitif en elle.

— Oui. Fais tout ce que tu veux.

Elle n'avait jamais donné carte blanche à aucun homme, mais Blake l'amenait à vouloir faire tout et n'importe quoi.

L'instant suivant, Blake la souleva et, quelques secondes plus tard, elle se retrouva dos au mur, les jambes écartées, suspendue en l'air, uniquement soutenue par la force des bras de son partenaire. Mais elle n'eut pas le temps de s'émerveiller de cette puissance, car il la positionna au niveau de son sexe et s'installa profondément en elle en un seul coup de rein.

— Ohhhh ! cria-t-elle, de surprise.

Elle ferma les yeux, submergée par la sensation de se sentir entièrement comblée par lui. Son canal s'étira afin de l'accueillir, et toutes ses terminaisons nerveuses se mirent à picoter agréablement.

— Trop fort ? marmonna-t-il.

Elle ouvrit les yeux et le regarda. Il serrait les mâchoires, et les veines de son cou, aussi épaisses que des cordes, ressortaient, pulsant sous l'effet de la pression sanguine, le contour de ses iris arborant une lueur dorée due au reflet de la lumière contre le mur.

— C'est parfait, tenta-t-elle de dire. Tu es parfait.

Comme s'il avait eu besoin de son approbation, il bascula les hanches en arrière, laissant son sexe ressortir de manière à ce que seule la tête en forme de bulbe demeurât encore submergée, puis replongea en elle. Son puissant coup de rein la priva d'air. Elle aspira un peu d'oxygène.

— Oui ! Oh, Blake, oui. Comme ça.

Elle n'avait aucune idée de la raison pour laquelle elle s'était soudain transformée en une femme qui aimait être baisée avec force et rapidité contre un mur. Mais tandis que Blake la prenait de cette façon, en lui assénant de puissants coups de reins, elle ne put jamais imaginer vouloir autre chose. De sa vie, elle ne s'était jamais sentie aussi désirée.

— Bébé, prononça-t-il entre les dents, tout contre les lèvres de sa partenaire, plongeant si profondément en elle qu'elle crut qu'il lui touchait la matrice. C'est si bon d'être en toi !

Il lui prit la bouche comme s'il voulait la dévorer vivante. Il enfouit la langue entre ses lèvres entrouvertes, l'explorant, prenant possession d'elle, l'amenant à se soumettre à ses désirs.

Lilo s'abandonnait volontairement en lui offrant son corps et en lui procurant ce qu'il voulait. Tout en prenant également ce dont elle avait besoin. Elle s'imprégnait de tout ce qu'il était prêt à lui donner. L'étincelle qui s'était allumée entre eux la nuit précédente brûlait à présent tel un feu de forêt. Incontrôlable. Brûlant. Indompté. Elle n'avait jamais rien ressenti de tel par le passé. N'avait jamais su à quoi faire l'amour pouvait ressembler. À quel point chacune des cellules de son corps pouvait ronronner de plaisir.

Blake relâcha ses lèvres et la regarda, comme pour s'assurer qu'elle allait bien.

Il haletait fortement, mais ne ralentissait pas pour autant. Son corps scintillait à présent de transpiration, et ses muscles se contractaient à chaque mouvement.

— Ça vient, murmura-t-il.

Il plongea le visage dans le creux de son cou et l'y embrassa. Ce contact la fit trembler, et elle inclina la tête afin de lui permettre un meilleur accès.

— Oui.

Le gémissement de Blake la parcourut de part et d'autre, tel un frisson, tandis que ses lèvres lui caressaient la peau sensible de son cou. Bouche ouverte, il déposa une suite de baisers le long de sa chair échauffée, apaisant simultanément sa partenaire tout en l'enflammant à nouveau. Lilo sentit ensuite les dents de Blake venir se frotter contre sa peau et, de concert, un frisson parcourir le corps de son amant.

— Putain ! cria-t-il en délivrant plusieurs coups de rein, son os pelvien venant buter contre le clitoris juste au moment où elle sentit la chaleur du jet de sa semence la combler.

Son orgasme suivit celui de Blake dans la seconde, et elle se sentit se relaxer, adossée au mur, Blake la soulevant toujours. Pendant plusieurs secondes, elle ne fit que reprendre son souffle. Blake ne semblait pas aller beaucoup mieux.

Lentement, il souleva la tête et posa le front contre le sien en expirant.

— C'était bien mieux que ce à quoi je m'étais attendu.

Il lui déposa un doux baiser sur les lèvres.

— Tu es étonnante, Lilo. Vraiment stupéfiante.

Elle dut sourire. Il la pensait étonnante ? Elle n'avait rien fait. C'était lui qui avait fait de ceci une expérience fantastique.

Elle laissa courir une main dans les cheveux de Blake.

— Je n'ai jamais rien ressenti d'aussi bon. Tu es—

Il gloussa.

— Je n'allais pas à la pêche aux compliments.

Il l'épingla du regard, le bleu des yeux de Lilo étant encore plus éclatant que jamais.

— Et j'espère vraiment que ce n'est pas la dernière fois que tu me laisses te faire l'amour.

Ce commentaire lui parut un peu déplacé : Blake était l'homme le plus sûr de lui qu'elle eût jamais rencontré, bien plus sûr de lui que Morgan West, son prétentieux personnage de fiction.

— Le rab, tu te rappelles, le taquina-t-elle.

— Ouais, le rab.

Il glissa les lèvres sur les siennes et l'embrassa. Cette fois, le baiser fut lent et doux. La tendresse avec laquelle il vénérait sa bouche était inattendue, mais elle s'en imprégna tout comme elle avait englouti sa passion, un peu plus tôt.

Une éternité sembla passer avant qu'il n'ôtât son sexe toujours enfoui en elle et la reposât sur ses pieds.

— Et si on prenait une douche ? demanda-t-il.

— Ça me plairait.

Il la relâcha et traversa la chambre en direction de la salle de bain attenante.

— C'est une vieille maison. L'eau chaude met quelques minutes à arriver.

Elle l'observa disparaître dans la salle de bain en admirant ses muscles. Peu d'hommes étaient superbes, tant vêtus que dévêtus. Blake était l'un d'entre eux.

Toujours en pleine béatitude, Lilo s'éloigna du mur et traversa lentement la pièce. Son regard se dirigea vers la table de nuit. Là, sur l'étagère du milieu, se trouvait un livre. Elle sourit. C'était un roman de la série du chasseur de primes Morgan West, un de ses livres. Si seulement Blake savait qu'elle en était l'auteur ! Peut-être devrait-elle le lui dire. Tous deux en riraient.

— L'eau devient chaude, cria Blake depuis la salle de bain.

Elle se tourna et poursuivit son chemin mais, au pas suivant, son pied se posa sur quelque chose de pointu et, involontairement, elle cria.

— Aïe !

Elle souleva le pied et vit sur quoi elle avait marché. Elle se figea, puis se pencha lentement. Était-ce ce qu'elle pensait que c'était ? Non, ce ne le pouvait. Mais c'était indubitable. Elle pouvait parfaitement distinguer un H rose griffonné sur le petit objet brillant.

— Tu viens, Lilo ?

Elle ramassa l'objet qui traînait à côté du pantalon de Blake. Était-il tombé de sa poche lorsqu'elle avait lancé le vêtement à terre après l'avoir déshabillé ? Elle se redressa et se dirigea vers la salle de bain. Blake apparut dans le cadre de la porte.

— Qu'est-ce que c'est que ça ?

Elle tenait la même clé USB que celle qu'elle avait donnée à l'officier Donnelly.

— Pourquoi as-tu ça ? Que se passe-t-il ? ajouta-t-elle.

Du regard, Blake fixa la clé USB, les yeux écarquillés.

— Je suis désolé. J'allais te le dire.

— Me dire quoi ?

À ses oreilles, sa propre voix lui sembla soudain perçante. Il lui avait menti.

— La vérité.

22

Après avoir ramassé ses vêtements, Blake était descendu afin de laisser Lilo s'habiller en toute intimité.

Il faisait à présent les cent pas devant la cheminée du salon, la culpabilité le tenaillant. Il avait foiré. Considérablement. Pourquoi diable ne lui avait-il pas tout raconté dès l'instant où Ryder et les hybrides étaient partis ? Il le savait parfaitement : parce que son sexe avait pensé à sa place.

— Putain !

Il cogna du poing contre le rebord de la cheminée.

En couchant avec Lilo, il avait rendu les choses cent fois pires. Non seulement elle se sentirait trahie, mais il était également sûr qu'il ne pourrait la laisser partir. De toute sa vie, il n'avait jamais éprouvé pareille extase que celle vécue lorsqu'il l'avait pénétrée et avait ressenti ses muscles internes s'agripper autour de lui comme si elle avait voulu l'emprisonner. Mais les chances de la tenir à nouveau dans ses bras venaient juste de retomber à zéro.

Le regard blessé qu'elle lui avait lancé avant qu'il ne quittât la chambre l'avait suffisamment suggéré.

Dire à présent la vérité, se mettre à nu devant elle, était, aux yeux de Lilo, sa dernière chance à la rédemption. Mais même s'il pouvait lui faire comprendre la raison pour laquelle il n'avait pas pu tout lui dire, il n'y avait aucun moyen de savoir comment elle réagirait en découvrant qu'il était la créature qu'elle trouvait si dégoûtante.

Il dressa les oreilles en entendant des pas dans l'escalier. Il se prépara en prenant une profonde inspiration. Le moment de vérité était venu, et tellement de choses dépendaient de la façon dont il gèrerait les prochaines minutes.

Lorsqu'il entendit Lilo approcher de l'arcade, il se tourna lentement. Elle se tenait là, entre le hall et le salon, complètement habillée, les joues encore rouges et les cheveux en bataille.

Il désigna le canapé.

— Et si tu t'asseyais ?

— Je préfère rester debout.

— Crois-moi, tu vas vouloir t'asseoir. Ce que je vais te dire n'est pas facile à avaler.

Elle lui lança un regard furieux.

— Pourquoi ? Parce que c'est un nouveau mensonge ?

Il tressaillit.

— Je l'ai mérité. Mais ce que je vais te raconter maintenant est la vérité.

Il soupira avant de poursuivre.

— J'ai voulu te le dire plus tôt. C'est pour ça que j'ai dit à Ryder et aux garçons de partir, mais les choses…

Il s'éclaircit la gorge.

— … il s'est passé des choses. Et je ne suis pas fier de mon comportement.

Il laissa courir les yeux sur elle.

— Mais je ne suis qu'un homme. Et c'est difficile de résister à quelque chose qu'on désire tant.

Elle ignora son commentaire et se dirigea vers le canapé avant de s'enfoncer dans un des coins de celui-ci. Blake demeura debout près de la cheminée, ressentant qu'elle ne voulait pas qu'il se rapprochât.

— Lilo, je veux que tu comprennes quelque chose. Il n'était pas dans mes intentions de profiter de toi, mais je n'ai vraiment pas pu te résister. Tu es courageuse et intelligente. Et si sacrément belle.

Elle ne fut pas convaincue et pinça plutôt les lèvres.

— Il se peut que tu ne croies pas tout ce que j'ai à dire. Mais il y a une chose que tu *dois* croire : je ne te ferai jamais de mal. S'il le faut, je donnerai ma vie pour te protéger.

Elle l'interrompit d'un brusque mouvement de la main.

— Viens-en au fait.

Elle lança la clé USB sur la table basse.

— J'ai donné ça à la police. Comment l'as-tu eue ?

Il hocha la tête, tentant de trouver la bonne manière de commencer. Peut-être débuter par les choses faciles.

— Ce que je t'ai dit à mon sujet est vrai. Je suis garde du corps pour Scanguards. Mais ce que je n'ai pas mentionné, c'est que Scanguards a un contrat de consultance avec la police. Ils comptent sur nous pour régler les cas qu'ils ne peuvent résoudre eux-mêmes.

Suspicieuse, elle plissa les yeux.

— Qu'est-ce que ça veut dire ?

Il désigna la clé.

— La vidéo qui est là-dessus. Elle est réelle. Les vampires existent, et je le sais depuis longtemps. Tout comme le chef de la police et quelques officiers privilégiés qui interviennent comme officiers de liaison.

— Comme Donnelly ?

— Oui. Il est un des rares à savoir et, à chaque fois qu'une affaire laissant apparaître l'implication d'un vampire atterrit sur leurs bureaux, ils contactent Scanguards, et nous prenons la relève.

Il put voir que son esprit analysait l'information qu'il venait de lui donner. Elle plissait le front. Soudain, elle secoua la tête.

— Tu as prétendu ne pas connaître Donnelly quand tu m'as emmenée au poste de police, cette nuit-là. Et il a joué le jeu. Je suppose que ce n'était pas une coïncidence de m'avoir conduite à ce poste en particulier ?

Blake secoua la tête.

— Tu as insisté pour aller à la police, et je ne pouvais pas te laisser aller n'importe où. La révélation publique de l'existence des vampires doit être maîtrisée ou ce sera la panique partout. Alors, j'ai envoyé un texto à Donnelly.

— Non, non, non ! N'essaie pas de m'embrouiller. À ce moment-là, tu ne pouvais pas savoir qu'on avait affaire à des vampires. Je n'ai trouvé la vidéo qu'aujourd'hui.

Il se rapprocha de quelques pas et s'abaissa afin de s'asseoir sur la table basse, à quelques centimètres d'elle.

— Lilo, cette nuit-là, j'ai su immédiatement que l'homme qui t'avait attaquée était un vampire.

— Comment ?

Pas encore prêt à lui révéler son secret, il haussa les épaules. Il avait encore beaucoup d'autres explications à fournir avant qu'elle ne fût prête à entendre cela.

— Je peux les identifier. Mais je ne pouvais pas te le dire. Tu avais suffisamment peur comme cela. Il fallait que tu restes calme.

— Alors, tu m'as menti ?

Ses lèvres frémirent.

— Je n'ai pas menti. J'ai juste omis de te divulguer certaines choses. Je le devais.

Il se passa une main dans les cheveux et lança la tête en arrière.

— Mais maintenant, poursuivit-il, tu as gagné le droit d'entendre la vérité. Sans ton aide, nous ne saurions pas qui est ton agresseur. Mais avec la vidéo, nous pourrons l'identifier grâce à notre base de données, j'en suis certain.

— Base de données ?

— Scanguards a développé une base de données des vampires connus.

Elle secoua la tête encore et encore.

— Je ne peux pas le croire. Une compagnie consultante pour la ville ? Qui chasse les vampires ? C'est fou.

— Je sais que ça en a l'air, de prime abord. Mais c'est ce que Scanguards fait.

— Et la base de données ? Pourquoi ? Je veux dire, si tu sais qui sont les vampires, alors pourquoi ne pas les tuer tout de suite ?

Comme si elle lui avait directement planté un couteau dans les côtes, il sentit la douleur le saisir.

— Lilo, tout n'est pas noir ou blanc.

— Je ne—

— Tous les vampires ne sont pas mauvais. En fait, la plupart d'entre eux sont des citoyens modèles avec famille et—

— Non, non, ce n'est pas possible. Ce sont de viles créatures. Ils vident les humains de leur sang. Ils les tuent.

— Non, les vampires que je connais sont d'honorables gens. Ils protègent les humains.

— Ils les mordent et boivent leur sang !

Si seulement elle savait quelle sensation euphorique la morsure d'un vampire pouvait causer. Mais à la façon dont les choses tournaient à présent, elle ne le découvrirait jamais.

— S'il te plaît, écoute-moi. Je veux te parler des vampires que je connais.

— Combien en connais-tu ? cracha-t-elle.

— Beaucoup. Ils ont une famille, des enfants, des chiens…

— Des enfants ?

— Des hybrides, pour être exact. Mi-vampires, mi-humains.

Il put voir son esprit travailler.

— Mais cela signifierait…commença-t-elle, les yeux s'écarquillant.

C'était l'opportunité de lui parler de son espèce et de lui dire que les humains ne devaient pas être effrayés.

— Oui. C'est exactement ce que cela signifie. Les vampires peuvent se lier aux humains. Pour la vie.

— Pourquoi est-ce qu'un humain accepterait ça ?

— Pour beaucoup de raisons : l'amour étant la plus forte. Et les avantages pour l'humain sont sans pareil : en se liant par le sang, l'humain acquiert l'immortalité du vampire.

— L'humain devient immortel ? Non. Tu veux dire que l'humain est transformé en vampire.

— Non. L'humain demeure humain. De qui se nourrirait le vampire s'il transformait sa compagne humaine en vampire ? Non, il faut que sa compagne demeure humaine, car il ne peut se nourrir que d'elle. Il ne se nourrira jamais que de sa compagne humaine.

— Je ne comprends pas. Il ne mordra pas un autre humain ?

— Il ne le pourrait pas, même s'il le voulait. Le lien par le sang est si fort que le vampire serait malade en buvant le sang d'un autre humain.

— N'empêche qu'il reste encore tous ces autres vampires.

Elle désigna la porte qui menait à l'extérieur.

— Ceux qui ne sont pas si domestiqués. Ceux qui n'ont pas de compagnes humaines, ajouta-t-elle.

Elle frissonna clairement, comme si cette pensée la dégoûtait.

— Des vampires comme Ronny et celui qui m'a attaquée.

Lentement, Blake acquiesça.

— Oui, il y a ceux-là.

Il la regarda, recherchant ses yeux, s'assurant d'avoir sa complète attention.

— C'est pour ça, poursuivit-il, que Scanguards a vu le jour. Pour protéger les humains des mauvais vampires.

Elle secoua nerveusement les mains.

— Mais comment ? J'ai senti comme ce vampire était fort. Comment un humain pourrait-il avoir la moindre chance contre quelque chose comme ça ?

— Un humain, non.

Il attendit, laissant ces mots s'imprégner.

— Mais, si pas un humain, alors…

Elle écarquilla les yeux, ses iris avalant la majeure partie du blanc de ceux-ci.

— Scanguards a été fondée par un vampire appelé Samson Woodford. Il dirige toujours la compagnie aujourd'hui, plus de deux cents ans plus tard. Beaucoup des employés sont des vampires qui ont dédié leur vie à la protection des humains dont ils ont la garde.

La tête de Lilo tournait d'un côté à l'autre, bouche bée.

— Non, non. Je ne peux pas en entendre davantage. C'est fou. Ce ne peut être vrai. S'il te plaît, dis-moi que rien de ceci n'est vrai.

Il rencontra son regard suppliant.

— J'aimerais. Mais il y a encore une chose. Une chose que je voulais te dire avant de terminer au lit avec toi.

Il hésita, mais il n'était à présent plus possible de faire marche arrière. Elle méritait de savoir.

— Lilo, je suis l'un d'entre eux. Je suis un vampire.

23

Le cœur de Lilo s'arrêta. Ses poumons cessèrent de fonctionner. Ses muscles se figèrent. Paralysée, elle dévisagea Blake, toujours assis sur le bord de la table basse, les coudes sur les genoux et les mains jointes. Ses paroles résonnaient toujours dans ses oreilles, mais elles ne pouvaient être réelles.

Sa bouche ne put exprimer qu'un mot.

— Non.

Peut-être que si elle le répétait suffisamment de fois, cela deviendrait réel. Et peut-être que le cauchemar dans lequel elle se trouvait se terminerait.

— Je suis désolé, Lilo, mais c'est la vérité. Je suis un vampire depuis quatorze ans.

Ne voulant pas croire en ces mots, elle continua à secouer la tête. Parce que les admettre signifierait devoir accepter qu'elle avait embrassé un vampire, l'avait touché et couché avec lui.

Blake se rapprocha, et elle s'enfonça involontairement dans le coin du canapé. Immédiatement, il fit un geste tendre de la main afin de la rassurer et recula un peu.

— Je n'ai aucune intention de t'effrayer ou de te faire du mal d'aucune manière. Au contraire, je veux que tu saches tout à mon sujet. Je veux que tu me comprennes et que tu comprennes pourquoi j'ai dû te cacher cela. J'ai besoin que tu me fasses confiance.

— Confiance ?

Elle se mit à rire de manière hystérique.

— Faire confiance à un vampire ? poursuivit-elle. Comme Hannah faisait confiance à Ronny ?

De colère, elle expulsa un souffle.

— Vois où ça l'a menée ! ajouta-t-elle. Elle est probablement déjà morte !

Les larmes se formèrent dans ses yeux, mais elle se força à les refouler. Non, pleurer ne l'aiderait pas dans l'immédiat. Elle devait demeurer forte.

— Hannah ne se serait jamais engagée avec un vampire si elle avait su ce que Ronny était. Jamais ! conclut-elle.

— Hannah a rencontré Ronny par le biais de son travail. Elle savait ce qu'il était.

— Non ! Il lui a menti, tout comme tu m'as menti !

— Hannah travaille pour Vüber. Scanguards a créé Vüber dans le seul but de prodiguer aux vampires un moyen de transport sécurisant durant la journée. Chaque usager est un vampire. Le chauffeur humain le sait. Nous adaptons leurs véhicules pour que les vampires y soient en sécurité. Hannah savait qui elle transportait. Elle savait ce que Ronny était bien avant de commencer à sortir avec lui.

Lilo pressa une main sur sa bouche pour s'empêcher de crier.

— Hannah s'est engagée dans cette relation en toute connaissance de cause. Ronny ne lui a pas menti.

Il soupira.

— J'ai peur de ne pouvoir en dire autant pour moi, précisa-t-il. Car je savais, d'après ta réaction quand je suis venu te chercher au poste de police, que tu ne me laisserais jamais te faire l'amour si tu savais ce que j'étais.

Il se passa une main tremblante dans les cheveux.

— Bon sang, je rends probablement les choses encore plus difficiles pour moi en te racontant ça.

Il lui lança un regard suppliant.

— Mais je ne peux te mentir plus longtemps. Je te veux, Lilo. La pensée de ne plus pouvoir te toucher, t'embrasser, te faire l'amour, me tue.

— Comme Ronny voulait Hannah ? demanda-t-elle, les dents serrées. Comme si je ne savais pas ce que ça veut dire. Tu sais combien de fois Hannah s'est plainte de la possessivité de Ronny ? De sa nature exigeante ? De sa jalousie ? Tout a un sens, maintenant. Il est un vampire, un animal. Tout comme toi.

Il tressaillit et ferma rapidement les yeux mais, néanmoins, elle l'avait vu : un scintillement rouge dans ses iris, comme s'il était sur le point de perdre le contrôle.

— Tu as raison, Lilo.

Il se leva et lui tourna le dos.

— Je suis un animal. Et je vais te dire pourquoi : j'aime ma famille et je ferais n'importe quoi pour la protéger. C'est pour ça que j'ai demandé à mon arrière-grand-père au quatrième degré de me transformer. Afin de pouvoir protéger ceux que j'aime. Scanguards est ma famille. Les gamins que tu as rencontrés ici, Sebastian, Adam et Nicholas, ils sont sous ma responsabilité. Ce sont des hybrides. Les fils des cadres supérieurs de Scanguards. Treize jeunes à moitié vampires, dix garçons et trois filles, comptent sur moi pour assurer leur sécurité quand leurs parents sont occupés à autre chose. Oui, je suis un animal, parce que je les protègerai jusqu'à la mort.

Les mots employés la choquèrent jusqu'au plus profond d'elle-même. Tant de passion. Tant de dévouement. Tant d'honneur.

Un vampire pouvait-il réellement posséder tous ces traits de caractère ? Pouvait-il vraiment vivre selon un tel code ?

— Je suis également un animal, continua-t-il, de par mon besoin de sang. Je ne peux le nier. Mais cela ne fait pas de moi une bête, et cela ne me rend pas mauvais. Parce que je peux contrôler ce besoin. Je l'ai fait, tout à l'heure.

Lilo en eut le souffle coupé et, lentement, Blake se tourna pour la regarder.

— Quand tu étais dans mes bras, je ne voulais pas seulement te faire l'amour, quoique, par Dieu, tel était mon plus grand désir. Mais je voulais aussi goûter ton sang. Je voulais enfoncer mes canines dans ta peau et boire ton sang.

Une lueur dorée apparut soudain dans ses yeux, et Lilo réalisa à présent que c'était le même reflet qu'elle avait vu, plus tôt, lorsqu'il l'avait prise contre le mur.

— Oh, Dieu, gémit-elle.

Le regard de Blake retomba sur la poitrine de Lilo.

— Oui, je voulais enfoncer mes canines dans ton sein et boire ton sang pendant que je nous emmenais tous deux jusqu'à un stupéfiant orgasme. Mais je ne l'ai pas fait, parce que tu ne m'en avais pas donné la permission. Et je ne violerais jamais personne de cette façon.

Le cœur de Lilo battit la chamade jusque dans sa gorge.

— Comme si on donnait la permission à un vampire de se faire mordre ! Pourquoi est-ce que quelqu'un permettrait ça ? clama-t-elle. Seul un fou ou une folle ferait ça.

— Dès qu'on aura retrouvé Hannah, tu pourras lui demander pourquoi.

— Hannah ne permettrait jamais…

Un lent hochement de tête de Blake la ramena au silence.

— Elle sortait avec Ronny depuis plusieurs mois. Je peux te garantir qu'elle l'autorisait à la mordre. Peut-être pas au début, mais par la suite, oui.

Il marqua une pause pendant un moment.

— La morsure d'un vampire est pratiquement indolore. L'hôte ne ressent rien de plus qu'une piqûre. Mais dès que le vampire boit à même la veine, l'humain ressent une sensation d'euphorie, de plaisir si intense qu'il éclipse n'importe quel orgasme. Et si un vampire choisit de mordre sa partenaire durant l'acte sexuel…

Il ne finit pas sa phrase et n'eut pas à le faire. L'air qu'il arborait sur son visage disait à Lilo tout ce qu'elle avait besoin de savoir.

— C'est pour ça qu'une humaine autorisera son amant de vampire à la mordre, murmura-t-il. Et ceci, afin qu'ils puissent expérimenter cette ultime extase ensemble. Une connexion spéciale.

Lilo pressa une main contre sa poitrine. C'en était trop de tout ceci. Elle ne pouvait analyser toutes les informations qu'il lui avait données. Comment pouvait-elle distinguer le vrai du faux ? Elle n'avait la preuve de rien. Seulement des paroles.

— Je veux voir.

Ces mots furent expulsés avant même qu'elle n'eût réalisé avoir pris cette décision.

— Voir quoi ?

— Toi. Je veux voir ton vrai visage.

Alors, au moins, une question aurait trouvé réponse une fois pour toutes, et elle pourrait véritablement paniquer.

— Je suppose que tu en as le droit après tout ce qui s'est passé.

Il se leva et mit quelques pas de distance entre eux.

— Je ne veux pas que tu sois effrayée par ce que tu vas voir. Je me contrôlerai durant tout ce temps. Jamais, je ne pourrais te faire de mal.

Ronny avait-il également dit ces mots à Hannah ? Avait-il, lui aussi, prétendu qu'il ne lui ferait jamais de mal pour, ensuite, le faire de toute façon ?

Elle déglutit et se prépara à ce qui allait se passer. Les paumes de ses mains étaient moites, et elle les frotta sur son pantalon. Son cœur battait de manière incontrôlée, mais il n'y avait rien qu'elle pût faire pour le calmer.

— Je suis prête.

Elle avait les yeux braqués sur le visage de Blake. Au début, rien ne se passa mais, ensuite, les yeux du vampire commencèrent à briller d'une lueur dorée. Il fallut plusieurs secondes avant que la teinte dorée ne virât à l'orange, puis au rouge, jusqu'à ce que les iris fussent écarlates, tels deux signaux d'alarme.

Elle retint sa respiration, tandis que son regard était attiré vers la bouche de Blake. Ses lèvres s'écartaient doucement, révélant ses belles dents blanches. Il ouvrit plus grand la bouche et expira de manière visible, pendant qu'au même moment, une canine s'allongeait de chaque côté de sa mâchoire, jusqu'à devenir un croc affûté comme un rasoir.

— Oh, mon Dieu ! murmura-t-elle, ses mains s'agrippant à ses cuisses comme si sa vie en dépendait.

Mais, de toute évidence, Blake n'avait pas terminé sa transformation car, à présent, il levait les bras et l'amenait à regarder ses mains, tandis que ses doigts se transformaient en griffes acérées capables de mettre un éléphant en lambeaux.

Elle haleta. Avec ces mains, il l'avait caressée, alors qu'il aurait aisément pu lui ouvrir la gorge d'un seul coup. On ne pouvait le nier plus longuement. Blake était bien un vampire.

Et elle se trouvait au milieu d'une bataille dont les divers aspects n'étaient pas encore éclaircis. Elle ne savait pas qui était bon et qui était mauvais. Et elle ne savait pas de quel côté elle se retrouverait si elle vivait assez longtemps pour prendre parti.

— Lilo, c'est toujours moi, dit Blake, doucement. Je suis toujours l'homme qui t'a fait l'amour. L'homme dont tu as apprécié les caresses, aux baisers duquel tu as répondu. Je suis toujours cet homme.

Elle leva les yeux vers son visage et le regarda se transformer de nouveau en homme. Ses yeux redevinrent d'un bleu éclatant, et ses dents, une belle rangée d'une parfaite blancheur. Rien ne trahissait plus ce qui se cachait sous cette belle façade. Ce qui le rendait encore plus dangereux.

Parvenant à rassembler tout son courage, elle souleva le menton.

— Qu'as-tu l'intention de faire de moi, maintenant que je sais ?

Il inclina la tête sur le côté.

— Faire de toi ?

— Oui. Maintenant que je connais ton secret. Le tien et celui de Scanguards. Comment vas-tu t'assurer que je ne parle pas ?

À sa surprise, il laissa échapper un léger gloussement.

— Oh, Lilo. Tu penses vraiment que je serais capable de te tuer ?

Il secoua la tête.

— Bien sûr, je pourrais effacer ta mémoire.

Elle tressaillit.

— Quoi ?

— C'est un don que chaque vampire possède : effacer un événement de la mémoire d'un humain afin que le secret du vampire demeure caché. Je pourrais le faire. Mais je ne le ferai pas. Je veux que tu connaisses la vérité sur ce qui se passe. Je ne veux pas que tu sois dans l'ignorance plus longtemps. Tu m'es beaucoup plus utile dans la recherche d'Hannah en sachant tout.

— Tu la recherches réellement ?

— Depuis le moment où j'ai découvert qu'elle avait disparu, j'ai fait tout ce qui était en mon pouvoir pour la retrouver. Et je ne m'arrêterai pas avant qu'elle ne soit de retour, saine et sauve, lui promit-il.

— Pourquoi ? C'est juste une humaine. Elle ne doit rien signifier pour toi.

— Quand je choisis mes amis, je ne fais aucune distinction entre humains et vampires. Et Hannah est mon amie.

La sincérité dans sa voix était indéniable, tout comme l'était l'honnêteté de son regard.

Lentement, elle hocha la tête.

— Et dès qu'on l'aura retrouvée. Que se passera-t-il alors ?

— Ça dépendra de toi, Lilo. Ce sera ta décision. Rentrer chez toi et prétendre que rien ne s'est produit ou accepter ce nouveau monde et le faire tien. Si j'avais mon mot à dire, je sais déjà ce que je choisirais.

Le regard brûlant qu'il laissa courir sur elle la fit involontairement frissonner.

— Mais, quoi que tu décides finalement, tu seras en sécurité. Personne ne te fera de mal aussi longtemps que battra mon cœur.

Incrédule, Lilo ne put que le dévisager. Était-elle réellement en train d'écouter un vampire lui faire une promesse, une promesse qu'elle était encline à croire ? Elle chercha son regard pour y trouver la vérité. Tiendrait-il sa promesse ?

La sonnerie d'un téléphone portable brisa le silence présent dans la pièce. Blake le sortit de sa poche et regarda l'écran.

— Désolé, je dois prendre l'appel.

Il décrocha.

— Wes ?

Incapable d'entendre les paroles de Wesley, Lilo ne put capter que la réponse de Blake.

— Nous y serons sous peu. Merci.

Il mit fin à l'appel et la regarda directement.

— Wesley convoque une réunion au quartier général. Il a compris ce que Ronny préparait.

24

Blake fit ralentir son Aston Martin et l'engagea dans le parking souterrain bien éclairé de Scanguards. Il lança un rapide regard à Lilo qui était assise sur le siège passager.

— Nous y sommes.

Elle acquiesça d'un hochement de tête.

— Bien.

Tandis qu'elle était montée dans la voiture sans protester, sachant qu'il ne pouvait la laisser seule chez lui, Lilo avait soigneusement évité de le toucher en maintenant toujours une certaine distance entre eux. Ses yeux avaient constamment été vigilants et avaient observé tout signe chez lui indiquant qu'il aurait pu se jeter sur elle. Quant à Blake, il l'avait, sans aucun doute, secouée en lui faisant cette confession, mais il était content de voir qu'elle n'était pas hystérique et qu'elle avait accepté ses révélations, stoïquement et avec grâce. Avec une pointe d'appréhension, mais cependant pas de peur. Le mot peur était trop fort ; il ne pensait pas que Lilo le craignît. Elle était trop intelligente et trop courageuse pour cela.

Mais qu'elle ne le redoutât pas ne signifiait pas qu'elle l'accueillait à bras ouverts. Il ne savait d'ailleurs pas comment il pourrait un jour regagner sa confiance, mais il était disposé à tout tenter, car ne plus jamais faire l'amour à Lilo n'était pas une option.

Blake gara son véhicule à l'emplacement qui lui était destiné et coupa le moteur. Tandis que Lilo tendait déjà la main vers la poignée de la portière, il posa une main sur son avant-bras.

Lilo poussa un cri et tourna la tête vers lui, ses yeux témoignant de sa surprise.

— Je ne voulais pas t'effrayer.

Il relâcha doucement l'emprise de sa main sur son bras en regrettant cette perte de contact physique.

— Quand nous serons dans le bureau, je veux que tu restes près de moi. Ne t'éloigne pas. Le bâtiment grouille de vampires, et si tu n'as pas de badge d'employé, ils supposeront que tu es un intrus. Je viole quelques règles en te laissant entrer. Certaines personnes n'aimeront pas ça.

— Ok.

Blake sortit de la voiture et observa Lilo faire de même. Elle le suivit jusqu'à l'ascenseur, et il se tourna vers elle.

— La plupart de mes collègues sont comme des agneaux dès que tu apprends à les connaître.

— Eh bien, excuse-moi si je le prends avec un bémol, dit-elle en lui lançant un regard du genre *tu-te-fous-de-moi*.

— Enfin, peut-être pas des agneaux, mais des types vraiment cools.

Elle inclina la tête sur le côté. Elle n'y croyait pas.

Il secoua la tête.

— Ok, tu m'as eu. Chacun de mes collègues est dominant. Y compris les femmes gardes du corps.

Pour la première fois depuis cette dernière demi-heure, le visage de Lilo trahit un certain intérêt.

— Des femmes gardes du corps ? Ce sont des vampires ?

— Oui. Ça te surprend ?

Les portes de l'ascenseur s'ouvrirent, et il la fit entrer.

— Je pensais juste… c'est-à-dire que tu as dit que les vampires s'unissent à des humaines pour avoir des enfants.

Soudain, elle se figea.

— Tu m'as dit que tu étais stérile. Mais tu as admis que les vampires peuvent procréer avec des humaines. Est-ce que ça veut dire que tu—

— Que je t'ai menti sur le fait d'être stérile ? Non. Je le suis. Pour l'instant. Comme chaque vampire qui n'est pas encore lié par le sang. Dès qu'il l'est, il peut féconder une femme— et uniquement sa compagne, car il ne voudrait jamais toucher une autre femme.

— Je comprends.

Mais il n'en avait pas encore terminé. Il avait là l'opportunité de lui parler de son monde.

— Les vampires mâles peuvent, bien sûr, également s'unir à des vampires femelles. Et avoir une progéniture.

— Tu veux dire des enfants nés vampires ? Mais est-ce qu'ils grandissent ?

Il comprit où elle voulait en venir.

— Eh bien, en réalité, ils seraient toujours hybrides. Mi-vampires, mi-humains.

— Je ne comprends pas. D'où hériteraient-ils leur côté humain s'ils ne l'obtiennent pas de leur mère ?

— C'est là que la science entre en jeu. Par nature, les femmes vampires ont toujours été stériles, et elles le sont toujours. Mais Maya, l'épouse du sous-chef de Scanguards, Gabriel Giles, était médecin avant d'être transformée. Et elle s'est fixée comme mission de trouver un moyen pour les femmes vampires de porter des enfants. Elle y est parvenue.

— Comment ?

— En implantant des cellules souches humaines dans l'utérus du vampire afin qu'elle puisse tomber enceinte et porter l'enfant durant toute la grossesse.

— Je suis surprise.

— Pourquoi ? Maya est un brillant médecin.

Lilo secoua la tête.

— Non, pas à ce sujet. Mais à propos du fait qu'une femme vampire ait tellement de difficultés à avoir des enfants.

Il sourit.

— Les femmes vampires sont juste comme les autres femmes. Certaines d'entre elles veulent autant une famille que les humaines. Elles ne sont pas différentes à cet égard.

— Mmm.

Elle hocha la tête.

— Je pense que je voudrais rencontrer une femme vampire, ajouta-t-elle. Je ne peux vraiment pas imaginer à quoi peut ressembler une telle femme.

— Tu en as rencontré une l'autre nuit : Rose.

— Ta cousine ?

Blake fit la grimace. Un autre mensonge pour lequel il se devait de rétablir la vérité.

— Rose n'est pas ma cousine.

Suspicieuse, Lilo plissa les yeux.

— Rose est ma grand-mère, s'empressa-t-il de dire.

— Grand-mère ?

— Mon arrière-grand-mère au quatrième degré pour être précis. En 1814, alors qu'elle était encore humaine, elle a donné naissance à mon arrière-grand-mère au troisième degré. Rose a été transformée peu après cela et, depuis lors, elle a veillé, de loin, sur sa lignée humaine. Jusqu'à ce qu'elle ait dû se dévoiler pour me sauver la vie.

Sidérée, Lilo le dévisagea en silence.

— Oh mon Dieu, elle doit avoir plus de deux cents ans !

Blake lui fit un clin d'œil en souriant.

— Mamie n'en a pas l'air, n'est-ce pas ?

— Ne lui dis pas que je l'ai appelée Mamie ou elle me poignardera d'un pieu, ajouta-t-il après que Lilo eût gloussé inopinément.

Il remarqua la manière dont elle avala sa salive.

— Donc, la légende est vraie : un pieu dans le cœur tue un vampire.

Il hocha lentement la tête. Devrait-il faire preuve de prudence pour avoir révélé la manière dont un vampire pouvait être tué ? Et si elle utilisait ce fait contre lui ? Mais lorsqu'il la regarda dans les yeux, il ne vit pas une femme en train de comploter. Il vit plutôt l'écrivain qui était en elle, une personne qui voulait comprendre le fonctionnement des vampires.

— Un pieu n'est pas la seule chose qui puisse nous tuer. L'argent peut également le faire.

— Comment ?

Il accueillit cordialement cette soif d'apprendre. Cela ne ferait qu'aider Lilo à mieux le comprendre.

— Une balle en argent brûlera un vampire de l'intérieur. Tirée dans le cerveau ou dans le cœur, elle est presque instantanément fatale. Dans d'autres parties du corps, l'argent de la balle dévore chair et os. Mais si elle peut être extraite à temps, il y a une bonne chance de rétablissement. Si on lui donne assez de sang humain et s'il dort suffisamment, un vampire guérira en quelques heures.

— Donc, quand tu es blessé, tu peux te guérir toi-même ?

Il sourit.

— Nos corps sont ainsi faits. N'importe quelle blessure sera guérie durant notre cycle de sommeil réparateur. Les blessures les plus sérieuses requièrent du sang humain pour enclencher le processus de guérison.

— Donc, le sang humain est ta panacée ?

Le ton de sa voix ne portait aucune accusation. C'était une simple question digne d'un chercheur.

— De la même manière que le sang de vampire peut guérir un humain, le sang humain le peut sur un vampire.

Soudain, elle remua les yeux et fixa le mur brillant de l'ascenseur.

— Une symbiose parfaite…

Il n'y avait jamais pensé de cette manière mais, maintenant qu'elle avait prononcé ce mot, il ne pouvait nier que les avantages des vies humaines et de celles des vampires s'entremêlaient. Il n'eut toutefois pas l'occasion de marquer son accord avec Lilo, car les portes de l'ascenseur s'ouvrirent à l'étage auquel se trouvait la direction.

Il fit un pas dans le couloir, vérifiant rapidement qui s'y trouvait avant de se tourner vers Lilo.

— Si tu peux supporter que je te touche, j'aimerais te tenir par la main. Il sera ainsi clair pour tout le monde que tu es avec moi.

La faible odeur de sexe qui émanait toujours d'eux montrerait à n'importe quel vampire ou hybride que Lilo était sienne. Mais il voulait une connexion physique avec elle, juste au cas où il aurait à la sortir rapidement d'une situation délicate si, d'aventure, un des jeunes chiots qu'ils étaient susceptibles de rencontrer n'avait pas ses hormones sous contrôle.

Lorsque Lilo glissa finalement sa main dans la sienne, il libéra un silencieux soupir de soulagement. Au moins, elle n'était pas dégoûtée de lui au point de ne pouvoir lui tenir la main. C'était un pas dans la bonne direction.

— La salle de conférence est par ici.

— Ça ressemble à un vrai bureau, dit-elle en désignant une niche où se trouvait un photocopieur.

— C'*est* un vrai bureau, lui répondit-il en souriant. Nous prenons tous notre travail au sérieux. Sans nous, des gens meurent.

Elle leva alors les yeux vers lui.

— Je commence à le comprendre.

— Hé, Blake, attends !

En entendant la voix d'Amaury, Blake s'arrêta et se retourna, relâchant, ce faisant, la main de Lilo.

Amaury, un des directeurs de Scanguards, se dirigeait vers lui. Comme si souvent, il était vêtu d'une chemise ample et d'un pantalon cargo. Construit comme un tank, le Français aux longs cheveux noirs et à la voix grave était un des vampires les plus forts qu'il eût jamais rencontrés.

— Amaury.

Le regard d'Amaury s'abattit sur Lilo et un flash de reconnaissance lui emplit les yeux pendant un instant. Il s'arrêta à plus d'un mètre d'eux.

— J'espère que tu as une bonne explication à ceci.

Son supérieur n'avait pas besoin de clarifier quoi que ce soit. Blake connaissait suffisamment bien les règles : aucun humain n'était autorisé à cet étage. Enfin, aucun humain autre que les compagnes humaines des cadres supérieurs de Scanguards.

— Je sais, pas d'humain ici.

Blake se pencha vers Lilo.

— Lilo, voici Amaury LeSang. Il est un des directeurs de Scanguards. Un vampire, au cas où tu te le demanderais.

Amaury prit une nette inspiration.

— C'est quoi ce b—

— Lilo connaît la vérité. Elle est vitale à cette affaire. Sans elle, je doute beaucoup que Wesley ait pu découvrir ce qui se passe dans cette ville.

Amaury laissa courir les yeux sur Lilo afin de l'évaluer.

— L'affaire de la drogue ?

— Oui.

— De la drogue ? parvint-elle à dire.

Blake la regarda.

— La disparition d'Hannah est liée à la drogue.

Il surprit Amaury en train de hausser les sourcils.

— Je n'avais pas réalisé que tu étais sur cette affaire. Je pensais que tu avais la garde de Nicholas et Adam pour la semaine.

— Ryder les surveille en ce moment.

— Pourquoi ne pas appeler les jumeaux ? Laissons-les faire leur part de boulot et aider Ryder.

Blake acquiesça.

— J'apprécie. J'ai envoyé Ryder manger une pizza avec les garçons. Que les jumeaux l'appellent pour voir où il est maintenant.

Tandis qu'Amaury sortait son portable, Blake dirigea Lilo vers la salle de conférence.

— Quels jumeaux ? murmura Lilo.

— Amaury a deux garçons. Ils s'entrainent à devenir gardes du corps.

— Alors, il est lié par le sang. À une humaine ou à un vampire ?

— Tu apprends vite. Il a une compagne humaine. Nina. C'est une sacrée femme.

Il sourit.

— Elle te ressemble beaucoup. Blonde. Beaucoup de cran. Et elle tient Amaury si fermement par le petit doigt que le pauvre gars ne peut jamais rien lui refuser.

Lilo regarda par-dessus son épaule.

— Il ne m'a pas l'air d'être une chiffe molle.

Blake gloussa.

— Comme je l'ai dit tout à l'heure : des agneaux.

Elle tourna de nouveau la tête vers lui et roula des yeux, mais ses lèvres se recourbèrent en un chaleureux début de sourire.

<h1 style="text-align:center">25</h1>

Lilo s'arrêta à l'entrée de la salle de conférence, Blake à ses côtés.

Elle savait exactement ce qu'il était en train de faire : papoter afin de la mettre à l'aise. Elle dut admettre que cela fonctionnait. La volonté soudaine de Blake de répondre à toutes ses questions, non pas par un oui superficiel ou un non, mais bien avec une multitude d'explications l'aidant à mieux cerner l'espèce des vampires, aidait à lui calmer les nerfs.

En dépit du fait qu'elle se trouvait à présent dans la fosse aux lions, ou la tanière des vampires, si c'était bien comme cela qu'ils l'appelaient, elle se sentait, étrangement, en sécurité. Le bâtiment dans lequel ils se trouvaient ressemblait à un immeuble administratif ordinaire, et cet environnement presque stérile favorisait l'impression que Scanguards n'était véritablement qu'une compagnie de sécurité de plus.

Jusqu'ici, aucun des vampires rencontrés durant le court trajet vers la salle de conférence n'avait arboré le moindre signe extérieur propre à son espèce. Aucune canine, aucun œil rouge et aucune griffe. Tout le monde semblait… civilisé.

Elle examina la pièce. Selon son estimation, elle pouvait contenir environ trente personnes et était actuellement à moitié remplie.

— Prête ? murmura Blake.

— Plus que jamais.

Elle sentit la main de Blake dans le creux de ses reins, la conviant doucement à avancer. Le contact n'était pas déplaisant, tout comme il ne l'avait pas été lorsqu'il lui avait pris la main, un peu plus tôt. Bien qu'ayant vu en quoi ses mains pouvaient se transformer, elle ne pouvait, dans l'immédiat, que ressentir la douceur du bout de ses doigts, alors qu'il l'invitait à s'asseoir sur un siège vide autour de la table ovale.

— Ici, prends place. Je dois dire un petit mot à Wes.

Il désigna un coin de la pièce où ce dernier était en train de parler avec un autre homme.

Instinctivement, elle lui prit le bras.

— Je ne connais personne d'autre, ici.

— J'en ai juste pour un moment.

Il se pencha plus près et colla la bouche contre son oreille.

— Je vais te confier un secret : le vampire est l'animal le plus rapide de cette planète. Il ne me faudrait qu'une seconde pour me précipiter vers toi si tu avais besoin de moi.

Le cœur de Lilo se mit soudain à battre de manière incontrôlable. Blake pouvait-il l'entendre ? La légende voulant que l'ouïe d'un vampire fût plus sensible que celle d'un humain était-elle vraie ?

— Ok.

Elle observa Blake se diriger vers Wes et le gratifier d'une tape sur l'épaule. Ils échangèrent quelques mots, et Wes regarda dans sa direction. Il la salua de la main. Elle hocha la tête pour le saluer en retour, puis regarda une fois de plus autour d'elle. Elle ne put s'empêcher de capter les regards furtifs que les hommes et les femmes présents dans la pièce lui lançaient, quoique personne ne l'approchât afin de la questionner quant au motif de sa présence.

D'autres personnes entrèrent dans la pièce et s'emparèrent d'autres sièges libres, tandis que d'autres demeurèrent debout. Amaury entra à son tour. Il la repéra et se dirigea vers elle. Instinctivement, elle se figea. Il s'installa dans le fauteuil à côté d'elle.

Nerveusement, elle agrippa ses genoux.

— Blake t'a donc parlé de nous, commença-t-il, sans préambule.

La gorge de Lilo devint soudain aussi sèche que le Sahara.

— Effectivement.

— Est-ce qu'il t'a expliqué que nous ne tolérerons pas que nos secrets soient révélés ?

Elle souleva le menton.

— Il n'a pas eu à le faire. Je l'ai compris quand il m'a montré ses canines et ses griffes.

— Ah, tu as eu droit à une démonstration. Tu as aimé ?

— Qu'est-ce que tu fais, Amaury ?

Lilo fut soulagée d'entendre le son de la voix de Blake derrière elle.

— Suis juste en train de discuter avec ta petite amie, répondit Amaury avec désinvolture.

— Elle n'est pas ma—

— Je ne suis pas sa petite amie, dit Lilo, les dents serrées.

— petite amie, termina Blake.

— Ouah ! s'exclama Amaury en haussant les mains en guise d'abandon avant de se lever. Mon nez ne m'a encore jamais trahi. Et il ne me ment certainement pas maintenant non plus.

Il sourit de manière triomphante et se détourna.

Lilo pivota sur son fauteuil et fit face à Blake, lequel s'asseyait dans le fauteuil d'à côté.

— Que voulait-il dire par là ?

Blake laissa courir une main dans ses cheveux noirs, son visage arborant une expression embarrassée.

— Le sens de l'odorat d'un vampire est dix fois plus prononcé que celui d'un chien. Amaury a pu sentir mon odeur sur toi, et la tienne sur moi. Il sait que nous avons couché ensemble.

Lilo se sentit s'enfoncer dans le sol.

— Oh, merde !

— Tu le regrettes tant que ça ?

La voix de Blake étant légèrement teintée de douleur, Lilo le dévisagea. Leurs regards se suspendirent. Regrettait-elle d'avoir couché avec lui ? Si elle pouvait remonter le temps, reviendrait-elle en arrière ? Si elle avait su tout ce qu'elle savait à présent, l'autoriserait-elle toujours à lui faire l'amour et s'abandonnerait-elle dans ses bras ? Serait-elle la personne sensée qui resterait loin de lui ou, tout comme Hannah, craquerait-elle pour un vampire, bien qu'elle sût que rien de bon ne pouvait ressortir d'une telle relation ? Si elle savait, qu'un jour, elle pourrait également disparaître ?

— Bienvenue !

La voix de Wesley provenant des haut-parleurs de la pièce lui évita d'avoir à trouver une réponse, tant pour Blake que pour elle-même. Elle détourna son regard de ce dernier et observa le devant de la pièce, là où Wesley se tenait devant un pupitre en parlant dans le micro. Derrière lui, la page bureau d'un ordinateur était projetée sur un écran apposé au mur.

— Installons-nous. Nous devons commencer. Beaucoup de choses doivent être mises à jour, les pressa Wesley.

Il se tordit le cou en direction de la porte par laquelle d'autres hommes affluaient.

— Tout le monde est là ?

Lilo reconnut à présent une autre personne : Eddie, l'homme qui avait analysé l'ordinateur d'Hannah, faisait nonchalamment son entrée, un type blond à ses côtés. Lorsque tous deux se dirigèrent de l'autre côté de la pièce, elle remarqua la main de l'autre homme reposant sur le bas du dos d'Eddie.

Un instant plus tard, elle sentit le souffle de Blake près de son oreille.

— Tu veux que je te dise qui sont tous ces gens ?

Elle hocha automatiquement la tête.

— Le blond qui est avec Eddie, c'est Thomas, son compagnon de sang-mêlé.

— Deux hommes ?

— Ils étaient humains, autrefois ; leur transformation n'a pas changé leur orientation sexuelle.

Il désigna ensuite l'homme aux cheveux noirs qu'elle avait vu parler avec Wesley lorsqu'elle était entrée dans la salle.

— C'est Samson, le fondateur de Scanguards.

Lilo l'examina. Il était grand et beau. Et il débordait d'autorité. C'était donc à cela que ressemblait un vampire de plus de deux cents ans.

Un autre homme, non loin de lui, semblait être une version plus jeune de Samson.

— C'est son fils, Grayson, dit Blake. Une tête brûlée. Il se croit invincible. Et à côté de lui, c'est Isabelle, la sœur aînée de Grayson. L'un d'eux dirigera un jour la compagnie. Je parie sur Isabelle.

— Ok, installez-vous, dit Wesley en tapotant le micro.

— J'ai convoqué cette réunion parce que nous avons un sérieux problème sur le dos, ajouta-t-il.

Le silence s'abattit dans la pièce, tous les yeux rivés sur Wesley.

— Tout d'abord, avant que vous ne mouriez tous de curiosité, Blake m'a demandé de faire une rapide présentation. L'humaine assise à ses côtés est Lilo Schroeder. La raison de sa présence ici deviendra, d'ici peu, évidente. Laissez-moi juste vous dire ceci : vous pouvez parler librement en sa présence. Blake lui a dit qui nous sommes et ce que nous faisons.

Il hocha la tête en direction de Blake, puis poursuivit.

— Maintenant, laissez-moi commencer par ceci.

Il remua la souris du pc et ouvrit un fichier que chacun put voir sur l'écran surdimensionné accroché au mur. On y observait une carte de San Francisco. Des douzaines de points rouges étaient éparpillés sur celle-ci.

— John commencera. Il a travaillé avec la police de San Francisco sur cette affaire.

Depuis un des sièges situés à l'avant, un grand homme se leva et se dirigea vers le pupitre. Wes fit un pas sur le côté afin de lui faire place.

— Merci, Wes, dit-il.

Lilo détecta un léger accent du Sud.

— Donc, voici l'essentiel : au cours des derniers mois, le taux de criminalité à San Francisco a atteint des sommets. Effractions et cambriolages, tant résidentiels que dans des commerces, ont augmenté de plus de 200%. C'est astronomique. Chose étrange, toutefois : le pic est atteint durant la journée, ce qui suggère que les crimes n'incombent pas à des vampires. Donnelly, notre contact à la police de San Francisco, nous a néanmoins demandé d'y jeter un œil. Je suis content qu'il l'ait fait.

John échangea un regard avec Wesley.

— Au début, je n'ai pu dégager aucune piste de tout ça. Mais récemment, la police a arrêté un suspect durant un cambriolage commis dans un magasin de vins et spiritueux. Il était complètement dans le coma. Pour être aussi pété, nous avons pensé qu'il devait être sous le contrôle d'un vampire.

Lilo lança un regard interrogateur à Blake. Il se pencha et lui murmura à l'oreille.

— Contrôle de l'esprit.

Mais avant qu'elle n'eût pu le questionner davantage, John poursuivit.

— D'une certaine façon, nous avions raison. Mais je vais laisser Wes vous expliquer tous les détails.

Il fit un pas de côté et retourna à son siège.

Wesley cliqua sur quelque chose, et la photo d'une herbe apparut à l'écran.

— Lorsque j'ai examiné le suspect du cambriolage du magasin d'alcool, j'ai trouvé des traces d'Höllenkraut dans son sang. C'est elle que vous voyez à l'écran.

— Höllen-quoi ? demanda un homme.

— C'est de l'Allemand. Ça veut dire herbe de l'enfer.

Devenant tout aussi impatiente que certains des vampires présents dans l'assemblée, Lilo se pencha plus près de Blake.

— Qu'est-ce que tout ça a à voir avec Hannah ?

— Patience, lui recommanda Blake.

— J'ai fait une petite recherche, continua Wesley. Dans un de mes vieux livres, j'ai trouvé quelques informations intéressantes. Il s'avère que, lorsqu'elle est combinée avec certaines autres herbes, l'Höllenkraut devient une drogue très puissante rendant le consommateur très facilement influençable. En d'autres mots : le contrôle de l'esprit. Maintenant, ceci n'a rien de neuf puisque chaque vampire possède déjà ce pouvoir. Toutefois, avec cette drogue, le vampire peut contrôler l'humain sans être à proximité de sa victime. C'est de cette façon que nous pensons qu'un groupe de vampires a commis ces crimes : en utilisant des humains comme larbins qui ne savent même pas ce qu'ils font. Quand ils sortent de cet état second, ils n'ont aucune idée de ce qu'ils ont fait. Ou de qui le leur a fait faire.

Plusieurs hommes jurèrent.

— Encore autre chose, continua Wesley. Nous avons une piste. Ou plutôt deux. C'est là que Mademoiselle Schroeder nous a fortement aidés.

Il ouvrit un fichier contenant des images et, soudain, le visage d'Hannah se retrouva à l'écran.

— Il se peut que certains d'entre vous connaissent Hannah Bergdorf, un de nos chauffeurs de chez Vüber. Elle a disparu, il y a quelques jours. Blake et Mademoiselle Schroeder l'ont tous deux recherchée. Grâce à leurs efforts, nous savons ce qui suit.

Il choisit une autre image : Ronny leur souriait à présent depuis l'écran.

— C'est Ronny Clifford, le petit ami d'Hannah. C'est un des clients de Vüber. Nous avons fait une descente chez lui et, dans son ordinateur, nous avons trouvé des preuves qu'il a fait des recherches sur ou a travaillé avec de l'Höllenkraut, cette même substance qui rend un humain malléable. Étant donné la rareté et la dangerosité de l'Höllenkraut, nous pensons que ces deux affaires sont liées.

Il cliqua sur le bouton « play » du fichier vidéo. Les yeux de Lilo s'écarquillèrent. C'était la même vidéo qu'elle avait montré à Donnelly. Elle se tourna vers Blake et s'en rapprocha.

— Donnelly a envoyé une copie à nos gars de la cellule informatique dès l'instant où tu as quitté le poste, lui expliqua Blake, anticipant ainsi sa question.

Surprise de voir à quel point il était en harmonie avec elle, elle le dévisagea, tout simplement, tandis que Wesley reprenait déjà ses explications.

— Mademoiselle Schroeder a trouvé cette vidéo cachée parmi les affaires personnelles d'Hannah. Apparemment, elle a été enregistrée secrètement dans son appartement. Et pour une raison encore inconnue, Hannah l'a cachée. L'homme sur la droite, c'est Ronny, son petit ami.

L'autre homme a été identifié comme étant Steven Norwood. Il est dans notre base de données. Et écoutez ça.

Il changea d'application. Le visage d'un homme apparut à l'écran.

— Luther, c'est à toi, ajouta Wesley.

— Salut les gars, dit l'homme à l'écran, l'air farouche.

Il portait une tenue anti-émeute noire, comme s'il travaillait pour les militaires ou une unité de déminage.

Des salutations firent écho dans la pièce.

— Steven Norwood a été libéré, il y a huit mois, de la prison pour vampires de Grass Valley, continua Luther. D'après son dossier, il n'a pas fait d'histoires. Il a fait son temps en toute tranquillité.

Entendait-elle correctement ? Il existait une prison pour vampires ?

— J'ai envoyé son dossier à Thomas. Norwood a une vieille adresse à San Francisco, mais je doute qu'il y soit retourné. Je vous prêterais bien un de nos traqueurs, mais nous avons beaucoup à faire ici, dans l'immédiat, et je ne peux vous en envoyer aucun.

Samson se leva et prit le micro à Wes.

— Pas de soucis, Luther, merci. Autre chose que tu peux nous dire à propos du gars ?

Luther feuilleta le dossier.

— Vraiment rien. Tout ce qui est écrit à son sujet est normal.

Il fit signe à quelqu'un en dehors du champ de la caméra.

— Désolé, les gars, je dois y aller. Nous avons un problème, ici, conclut-il.

— Merci, Luther, répondit Samson en se tournant vers l'assemblée, tandis que, derrière lui, l'écran redevenait noir.

— Parlons un peu de la manière dont nous allons trouver ces types et mettre fin à leur opération, ajouta-t-il. Que les unités tactiques réunissent l'élite. Je veux que des suggestions me soient présentées dans deux heures.

— Et qu'en est-il de retrouver Hannah ? se murmura Lilo.

Elle sentit la main de Blake sur son épaule.

— C'est ma première priorité. Je te le promets.

26

Dès l'instant où les employés de Scanguards se furent dispersés, Samson se dirigea tout droit vers Blake. Ce dernier s'y était attendu.

— Dans mon bureau, maintenant, tous les deux.

Bien que la voix de Samson ne fût empreinte d'aucune menace, son ton était ferme.

Remarquant que Lilo frissonnait, Blake lui prit immédiatement le coude. Elle lui lança un regard d'appréhension, mais l'autorisa à la guider hors de la salle de conférence. Il voulait la tranquilliser, lui assurer que rien de mal ne lui arriverait, mais il était toujours à portée de voix de Samson et se gardait bien de dire quoi que ce soit avant de savoir ce que son patron voulait. Il demeura donc silencieux et, du pouce, caressa plutôt le bras de Lilo, juste là où il la tenait et espéra qu'elle y trouverait du réconfort.

Suivi de Blake et Lilo, Samson entra dans son bureau, une grande pièce dépourvue de fenêtre. Lorsque la porte se referma derrière eux, Samson se retourna et laissa courir un regard évaluateur sur la jeune femme.

— Mademoiselle Schroeder, que vous en soyez consciente ou pas, le fait que Blake vous ait amenée ici enfreint nos règles.

Blake ouvrit la bouche afin de fournir des explications, mais Samson le fit taire en soulevant une main.

— Je comprends pourquoi Blake a fait cela, poursuivit-il. Visiblement, il se soucie de vous. Ceci étant dit, je veux m'assurer que vous compreniez les règles selon lesquelles nous vivons.

Sans un mot, Lilo acquiesça.

— Nous opérons dans cette ville depuis de nombreuses décennies, sans nous exposer. Notre secret n'est pas seulement gardé par notre propre espèce, mais également par certains membres de la vôtre. Les humains qui travaillent pour nous et qui connaissent notre secret nous sont loyaux. Ils ont prêté serment de le protéger. Toutefois, il y a eu des circonstances où nous avons été forcés d'accepter le fait que tous les humains ne savent pas se taire. Quand cela arrive, nous prenons des mesures.

Sentant Lilo se raidir à ses côtés, Blake lui prit la main et la serra. Elle était glacée.

— Donc, vous les tuez. Je comprends, murmura-t-elle, la voix chancelante.

— Tuer ? s'exclama Samson en fronçant le front, le regard se posant sur Blake. Que Diable lui as-tu raconté à notre sujet ?

— Je crains que Lilo ne connaisse notre existence que depuis quelques heures. Je n'ai pas encore pu totalement la convaincre que nous ne tuons pas les gens.

— Ah !

Samson prit une inspiration. Ses narines se dilatèrent, et son regard rencontra celui de Blake.

— Très bien, poursuivit-il. Je vois que tu as du pain sur la planche.

Avec un sourire, il s'adressa à Lilo.

— Ce que je veux dire, c'est que nous ne tuons pas. Tout au moins, pas les innocents. Mais si un humain ne peut garder nos secrets, nous devons effacer sa mémoire. C'est un procédé indolore, et cela facilite la vie de tous ceux qui sont impliqués. Je veux que vous sachiez que cette possibilité vous est offerte.

— Non ! protesta Blake, attirant ainsi les regards ébahis de Samson et de Lilo sur lui. En fait, je suis certain que ça ne sera pas nécessaire.

Il ne voulait pas que la mémoire de Lilo fût effacée. Cela signifierait qu'elle ne se souviendrait pas de lui. Et il voulait qu'elle se souvînt de lui. Bon sang, il voulait qu'elle sût tout de lui, qu'elle lui fît confiance.

— Tu connais les règles, Blake. Chaque humain apprenant accidentellement notre secret se voit donné un choix, si les circonstances le justifient. Je pense que, dans ce cas, ce choix devrait être donné à Mademoiselle Schroeder. Si elle veut retrouver son ancienne vie une fois que tout ceci sera terminé, que nous aurons retrouvé son amie et que nous nous serons occupés des coupables, tu devras la laisser décider.

— Merci de me le dire.

La voix de Lilo était ferme et déterminée.

— J'en sais tellement, maintenant, poursuivit-elle. Je ne sais pas si je pourrai retomber dans l'ignorance et ne pas voir ce qui se trouve juste devant moi. Mais peu importe ce que je finirai par décider, je ne suis d'aucun danger pour vous ou vos secrets.

— J'espère que vous dites vrai, Mademoiselle Schroeder, affirma Samson.

— Y a-t-il autre chose, Samson ? demanda Blake.

— Pas pour le moment. Je vous verrai tous les deux quand nous nous réunirons de nouveau, dans deux heures.

Il marcha jusqu'à son bureau et s'assit.

Blake se retourna et invita Lilo jusqu'à la porte.

— Oh, et Blake, ajouta Samson. Donne un badge visiteur à ta petite amie afin qu'elle ne soit pas embêtée.

— Elle n'est pas ma p—

— Je ne suis pas—

— Bien sûr que non, les fit taire Samson avec ce commentaire sardonique. Au temps pour moi !

Blake fit sortir Lilo du bureau et tira la porte derrière eux.

— Je suis désolé, Lilo. Je sais que ça doit être embarrassant pour toi de te voir constamment rappeler ce qui s'est passé entre nous.

Elle soupira.

— Ça va. Mais je suppose que puisque tes collègues ne semblent pas croire que je ne suis pas ta petite amie, peut-être que nous devrions juste économiser notre salive et les laisser penser ce qu'ils veulent.

Il sentit ses lèvres se recourber vers le haut et afficha un sourire.

— Je n'ai aucun problème avec ça. De toute façon, ils en arriveront à leurs propres conclusions.

Des conclusions qui, au fond, étaient probablement plus proches de la vérité que ce que Lilo et lui soutenaient avec protestation : qu'ils ne sortaient pas ensemble.

— Hé, Blake !

Blake tourna la tête et vit Yvette se diriger vers lui. Cette beauté aux cheveux noirs était liée par le sang à Haven, le frère vampire de Wesley. Elle était vêtue d'un pantalon moulant en cuir et d'un dessus rose accentuant la perfection de ses seins. Haven était un chanceux fils de pute.

— Yvette, que se passe-t-il ?

Yvette hocha la tête à l'intention de Lilo, puis s'adressa à lui.

— Haven voulait que je te dise que l'humain que nous tenons en garde à vue est sorti de son état de confusion. J'y vais maintenant, si tu veux l'interroger.

— Absolument.

Il désigna Lilo.

— Lilo, voici Yvette, la belle-sœur de Wesley. Elle est une de nos meilleurs gardes du corps. Elle est chez Scanguards depuis des décennies.

Yvette lui lança un regard oblique.

— Tu me fais paraître vieille, dit-elle en souriant à Lilo. Ravie de te rencontrer, Lilo. Je connais ton amie. Je l'ai eue plusieurs fois comme chauffeur. Je prie pour qu'elle aille bien.

— Merci.

Lilo soupira et regarda de nouveau Blake.

— Où a lieu cet interrogatoire ?

Yvette et Blake échangèrent rapidement un regard. Blake secoua ensuite la tête.

— Je suis désolé, mais pour des raisons de sécurité, je ne peux pas t'autoriser à entrer dans la salle d'interrogatoire. Pourquoi ne m'attends-tu pas dans mon bureau ?

Un air de déception se répandit sur le visage de Lilo.

— Mais je—

Yvette interrompit sa protestation.

— Le salon V est peut-être une meilleure alternative. Nina et Delilah y sont pour le moment. Je suis certaine qu'elles seront heureuses de converser avec Lilo pendant que nous nous consacrerons à notre affaire.

Elle haussa un sourcil à l'intention de Blake.

— Excellente idée, répondit-il.

Il sourit. Étant humaines et liées par le sang à des vampires, Nina et Delilah devenaient les partenaires de conversation idéales pour Lilo. Elles pourraient répondre à la moindre de ses questions et la gratifier d'une vision différente. Celle d'une humaine qui aimait un vampire.

— Je vais descendre avec toi jusque-là, lui proposa-t-il.

Il hocha la tête à l'intention d'Yvette.

— Je te retrouve dans la salle d'interrogatoire dans cinq minutes.

~ ~ ~

Après l'avoir présentée aux deux femmes assises dans un salon qui semblait appartenir à un hôtel cinq étoiles, Blake s'en alla.

Delilah, une très belle femme aux cheveux noirs et toute en courbes, tapota le coussin du canapé juste à côté d'elle.

— Pourquoi ne pas venir t'asseoir ? Ça va prendre un moment avant que les hommes n'aient fini leur travail.

— Merci.

Lilo s'assit et regarda l'autre femme installée en face d'elle. Était-ce donc Nina, la compagne d'Amaury ? La femme qui tenait son homme par le bout du nez. Elle avait de courts cheveux blonds et une silhouette athlétique.

— Tu dois être épuisée, dit Delilah en faisant signe à une des serveuses.

— Que veux-tu boire ?

La serveuse s'approcha.

— Madame ?

— Un verre de vin rouge, peut-être ? demanda Lilo avec hésitation tout en jetant un œil aux verres posés devant Delilah et Nina.

— De la collection privée de Samson, dit Delilah à la serveuse.

La femme hocha la tête et s'éloigna.

— Ton mari boit du vin ?

Pour quelque raison, Lilo avait supposé que les vampires ne consommaient pas de nourriture ou de boisson humaine.

Delilah gloussa.

— Non, il n'en boit pas, bien sûr.

Elle adressa un clin d'œil à Nina.

— Bien qu'Amaury, j'en suis sûre, ne serait pas contre un verre occasionnel.

Nina sourit.

— Amaury aimerait beaucoup de choses.

Elle fit un clin d'œil à Lilo.

— Il en obtient la majorité, de toute façon. Il n'a vraiment à se plaindre de rien. Mais non, nos hommes ne mangent pas de nourriture humaine et ne boivent rien d'autre que du sang.

Instinctivement, le regard de Lilo se posa sur le cou de Nina.

— À quelle fréquence…, tu vois…, se nourrissent-ils ?

— Quotidiennement, lui dit Delilah, à ses côtés.

Lilo avala sa salive.

— Blake a dit…, enfin, est-ce vrai que… ?

— Qu'est-ce qui est vrai, Lilo ? demanda Delilah.

— Tu ne dois pas être timide avec nous, ajouta Nina. Je suis sûre que tes questions ne sont pas différentes de celles que j'avais quand j'ai découvert qu'Amaury était un vampire.

— Hum, dit Lilo en remuant sur le canapé. Je ne veux pas être indiscrète ou autre.

Soudain, elle sentit la chaleur des mains de Delilah sur les siennes.

— Ma chère, je suis avec Samson depuis environ vingt-trois ans, et il n'y a rien que je ne sache à propos des vampires. Même chose pour Nina. Nous sommes passées par là. Je parie que tu éprouves les mêmes doutes et les mêmes préoccupations.

Était-ce la raison pour laquelle Blake l'avait amenée ici ? Voulait-il que ces deux femmes pussent atténuer ses inquiétudes au sujet des vampires et du fait d'avoir été intime avec l'un d'entre eux ?

— À quoi ça ressemble ? La morsure ? demanda-t-elle finalement en s'étouffant.

Delilah et Nina échangèrent de légers gloussements.

— Tu réponds ou j'y vais ? demanda Delilah à Nina.

Nina fit signe à son amie, une étincelle dans les yeux.

— Vas-y. Je ne sais vraiment pas la décrire.

Un chaleureux sourire se formant sur ses lèvres, Delilah se tourna de moitié vers Lilo, repliant une jambe sur le sofa afin d'être installée plus confortablement.

— Il n'y a rien de comparable dans le monde humain. Dire que c'est comme un orgasme ne lui rend pas justice. C'est plus que cela. Pas seulement un plaisir physique, mais le bonheur qui touche ton âme, qui remplit ton cœur et le réchauffe. C'est une connexion à un profond niveau.

Elle soupira.

— Bien sûr, poursuivit-elle, c'est plus intense quand ça se passe au sein d'un couple lié par le sang, comme dans nos cas.

Elle désigna Nina ainsi qu'elle-même.

— Mais même une morsure ordinaire est quelque chose d'extraordinaire. Et pendant le sexe…

Elle laissa la phrase inachevée.

Blake l'avait dit, mais ces mots, provenant de la bouche d'une femme, une humaine qui avait fait l'expérience de la morsure, avaient bien plus de poids.

— Et ton mari, il te mord tous les jours ?

— Oui, il en a besoin. Tu vois, il ne peut boire que mon sang et pas celui d'un autre humain. Cela le rendrait malade.

— Mmm, murmura Lilo en méditant ces paroles. Mais s'il ne peut boire que le tien parce que vous êtes liés par le sang, comment est-ce que ça fonctionne quand deux vampires sont liés par le sang ? Ne peuvent-ils plus boire de sang humain ? Comment survivent-ils ? En buvant l'un de l'autre ?

Delilah se mit à rire sans faire de bruit.

— Voilà beaucoup de questions, mais laisse-moi voir si je peux t'expliquer tout ça sans t'ennuyer.

L'ennuyer ? C'était fascinant.

— Donc, quand deux vampires sont liés par le sang, comme Yvette et Haven, ou comme Eddie et Thomas, ils ont bien sûr besoin de boire du sang humain pour survivre. Le changement qui s'opère chez un vampire qui se lie à un humain ne s'opère pas quand deux vampires s'unissent. Ne te méprends pas, leur lien est tout aussi fort, leur dévouement tout aussi profond, mais ils sont physiquement capables de boire du sang qui ne provient pas de leur compagne ou compagnon. Ce qui, bien sûr, ne les empêche pas de se mordre mutuellement.

Delilah fit un clin d'œil.

— Surtout pendant le sexe…

Fascinée, Lilo la regarda bouche bée. Mais Delilah n'avait pas encore terminé.

— C'est différent pour un vampire lié à une humaine. Sa survie dépend entièrement d'elle. Il a besoin d'elle. Bien sûr, durant mes grossesses, Samson se limitait à boire mon sang seulement une fois tous les deux ou trois jours. Il voulait s'assurer que je garde mes forces.

Nina souffla d'un air désapprobateur.

— Ouais, parce que Samson est un gentleman. Amaury ? Pas autant. Il était plus excité qu'un marin quand j'étais enceinte de Damian et Benjamin. Il disait que je rayonnais. Il ne me laissait aucun moment de répit.

Quoiqu'à en juger par ses joues rougissantes, Nina ne s'était pas beaucoup opposée aux avances de son mari.

Lorsque Delilah commença à rire, Lilo ne put s'empêcher de glousser.

— Eh bien, nous connaissons toutes Amaury, dit Delilah en adressant un clin d'œil à Lilo. Tu l'as déjà rencontré ?

— Je l'ai percuté dans le couloir du dernier étage. Il n'était pas très content de me voir. Il a dit qu'aucun humain n'était autorisé là-haut.

Delilah haussa les épaules.

— Ouais, enfin, cette règle a été enfreinte plus souvent que je ne peux le compter sur mes deux mains. Il s'en remettra.

Lilo remua la tête d'un côté à l'autre.

— Toutes deux semblez ne pas avoir du tout peur d'eux. Est-ce que ça ne vous inquiète pas, qu'un jour, ils changent et se déchaînent sur vous? Ils sont tellement plus forts. Tellement plus puissants.

— Ils sont juste comme tous les autres hommes, affirma Nina. Ils veulent la même chose. Une femme qui les aimera et ne regardera jamais un autre homme. Une fois qu'ils en ont la certitude, ils feront tout ce qui est en leur pouvoir pour exaucer chacun de ses vœux.

Nina sourit de manière malicieuse.

— Cela délègue vraiment des pouvoirs.

Lilo en demeura bouche bée.

— Es-tu en train de dire que tu manipules Amaury ?

Nina se mit à rire.

— Je ne dirais pas ça comme ça. Tout ce que je fais, c'est lui donner tout ce dont il a envie et, par chance, cela coïncide exactement avec ce dont j'ai envie, moi aussi. Et s'il me comble de cadeaux en plus de tout ça, qui suis-je pour me plaindre ? J'ai deux beaux garçons intelligents et un mari qui tuerait pour me protéger. Qui pourrait vouloir davantage de la vie ?

— N'oublie pas la partie où on ne vieillit pas, intervint Delilah.

— Oh oui, ce n'est pas trop mal non plus. J'avais vingt-sept ans quand j'ai rencontré Amaury.

Elle balada les mains tout le long de son corps.

— Et regarde-moi maintenant, vingt-deux ans plus tard. Pas trop moche pour une cougar.

— Nina, je ne pense pas que tu sois une cougar. Il faudrait que tu sortes avec un homme plus jeune pour cela. Et malgré son apparente jeunesse, Amaury a dépassé depuis longtemps les quatre cents ans.

Lilo haleta.

— Quatre cents ?

Nina lui fit un clin d'œil.

— Et avant que tu ne te le demandes : non, la pulsion sexuelle d'un vampire ne diminue pas avec l'âge.

Lilo sentit ses joues chauffer.

— Allons, allons, faut pas être timide, dit Delilah. Scanguards est comme une petite ville où tout le monde est au courant des affaires de tout le monde, et les rumeurs circulent vite. J'ai parlé avec Rose, il y a quelque temps. Elle m'a dit qu'elle t'avait rencontrée chez Blake. Donc, comme tu peux l'imaginer, tout le monde est curieux à ton sujet. Blake n'est pas le genre de gars à se laisser aller à des amourettes.

— Ne l'est plus, tout du moins, ajouta Nina. Il a fait les quatre cents coups quand il avait la vingtaine mais, ensuite, il est devenu sérieux.

— Pour lui, avoir une femme qui loge chez lui, eh bien… hésita Delilah. Il doit se soucier de toi.

— Je loge seulement chez lui pour qu'il soit plus facile de travailler ensemble dans notre recherche d'Hannah. Tu dois avoir entendu parler…

Delilah fit un geste dédaigneux de la main.

— Oui. Et si quelqu'un peut retrouver ton amie, ce sera Scanguards.

Nina acquiesça.

— Mais le fait que tu loges chez Blake n'a rien à voir avec ça. Il t'a invité à loger chez lui parce qu'il veut que tu sois là.

— Et tu loges chez lui, ajouta Delilah, parce que tu veux être près de *lui*. Aurais-tu accepté son invitation s'il n'était pas aussi beau et charmant ?

Lilo ouvrit la bouche afin de répondre, mais le mensonge ne put franchir sa bouche. Delilah avait raison : elle avait accepté l'invitation de Blake parce qu'elle appréciait sa compagnie et était attirée par lui.

Delilah sourit délibérément.

— Et maintenant, ma chère ? Ressens-tu toujours la même chose, maintenant que tu sais qui il est ?

Le regard de Lilo rencontra les yeux verts de Delilah, et elle médita la question. Mais elle n'était pas prête à y répondre, que ce fût à Delilah, Nina, ou elle-même. Trop d'émotions contradictoires s'opposaient en elle, et elle était trop épuisée pour les analyser.

27

Étant resté plus longtemps au quartier général de Scanguards qu'il ne l'avait prévu, Blake avait repris sa voiture et se dirigeait en direction de Presidio Heights. Le lever du soleil était proche.

L'interrogatoire de l'humain capturé n'avait donné aucun résultat. Bien qu'il dût toujours découvrir la composition du mélange à base d'Höllenkraut, Wesley avait relevé que son effet dopant privait tout humain du souvenir de ses agissements. La capacité de Gabriel à fouiller dans la mémoire d'une personne afin de savoir ce qu'elle avait vu n'avait même été d'aucune aide. Le cerveau humain ne pouvait visiblement pas afficher de souvenirs précis lorsqu'il était sous l'effet de la drogue et, dès lors, il ne pouvait les faire apparaître à Gabriel.

Lors de la seconde réunion exigée par Samson, plusieurs bonnes idées avaient été partagées quant à la manière de retrouver Hannah et les vampires qui se cachaient derrière cette drogue dangereuse. Des équipes avaient été formées et, lorsque la nuit avait touché à sa fin, tous les vampires étaient rentrés chez eux, laissant aux hybrides l'exécution de la partie des plans qui ne pouvait être retardée.

Blake arriva dans sa rue. À ses côtés, sur le siège passager, Lilo était assise, les yeux fermés. Il ne pouvait l'en blâmer. Cela avait été une longue nuit stressante, et elle n'était pas habituée aux horaires des vampires. Il ne pouvait nier avoir besoin de repos lui-même.

Lorsqu'il ralentit à l'approche de sa maison, il remarqua que les poubelles sur le devant de l'allée lui bloquaient l'accès au garage.

Blake jura entre ses dents. Négligente, la femme de ménage de son voisin n'avait visiblement pas remarqué qu'en plaçant les poubelles de la sorte, elles obstruaient l'entrée du garage. L'une d'elles s'était renversée, peut-être suite à une rafale de vent, et son contenu s'était éparpillé dans l'allée.

Lilo se redressa brusquement.

— Qu'est-ce qu'il y a ?

— Rien d'inquiétant. Je ne peux pas entrer dans le garage pour le moment.

Il stationna la voiture au bord du trottoir devant sa maison.

— Ce sera parfait, ici.

Il ne restait que quinze à vingt minutes avant le lever du soleil, et il n'était pas d'humeur à rester dehors. Plus tard, il pourrait faire enlever la poubelle renversée et les ordures par Ryder ou les garçons et faire stationner sa voiture au garage.

Blake coupa le moteur et sortit. Il contourna le véhicule avant que Lilo n'eût eu l'occasion de se glisser hors de son siège. Il lui tendit la main et l'aida à sortir avant de refermer la portière derrière elle.

— Merci.

Elle lui sourit avec reconnaissance et ne sembla pas dérangée par le fait qu'il lui posât une main dans le creux des reins afin de la guider vers le haut des escaliers. Lorsqu'ils arrivèrent sur le pas de la porte, un capteur de mouvement alluma la lampe extérieure située près de la porte d'entrée. Blake fit un pas vers le lecteur d'empreintes digitales, le même genre que celui installé au garage mais, avant qu'il n'eût pu l'atteindre, un bruit provenant de l'autre côté de la rue lui fit tourner brusquement la tête.

Il y eut un flash suivi par une forte détonation.

Blake usa immédiatement de ses réflexes. Il se retourna et se précipita sur Lilo pour la recouvrir de son corps en s'abaissant. Une douleur cuisante lui traversa simultanément l'épaule.

Il cria de douleur. Le genre de douleur qui ne pouvait être causée que par une seule chose : une balle en argent.

Une autre balle siffla à ses oreilles et vint frapper la porte.

Sous son corps, Lilo tremblait.

— Tu es blessée ?

Il l'entendit marmonner un « non » et soupira de soulagement. Mais le danger n'était pas passé. Le tireur se trouvait toujours de l'autre côté de la rue. S'ils n'arrivaient pas à entrer dans la maison, leurs jours étaient comptés. Blake ne portait généralement pas de pistolet sur lui mais, à l'intérieur, dans le hall d'entrée, derrière un des panneaux en bois, il gardait diverses armes pour les cas d'urgence.

— Reste couchée, lui ordonna-t-il avant de tourner lentement la tête en direction du tireur.

Il se trouvait là, de l'autre côté de la rue, caché derrière un arbre. Un vampire, sans aucun doute.

— Lâche ! le maudit Blake.

L'insulte eut l'effet escompté : pendant juste une fraction de seconde, la tête du tireur émergea depuis l'arrière du tronc d'arbre.

— Ronny, dit Blake, les dents serrées.

Lilo haleta, et il sentit la peur monter en elle.

— Reste à terre, quoi qu'il arrive, lui murmura-t-il.

Il se releva d'un bond en se tordant de manière à atteindre le lecteur d'empreintes digitales. Sa main heurta la douce surface et il y pressa le pouce. Mais avant que le scanner n'eût pu l'identifier, la porte d'entrée s'ouvrit brutalement, et quelqu'un déboula à toute vitesse dans l'obscurité.

Blake plongea à terre et roula jusqu'à l'endroit où il avait laissé Lilo. Mais elle n'était plus là. Son cœur s'arrêta.

— Je l'ai, hurla Ryder en lui tendant une main, alors que Damian passait à toute vitesse à côté de lui, un pistolet de petit calibre en main. Le fils d'Amaury savait où Blake cachait ses armes et avait réagi rapidement. Mais Blake n'allait pas laisser l'hybride foncer tête première vers le danger.

— Non, Damian, rentre ! C'est trop dangereux, hurla Blake.

— Je le couvre, lui assura Benjamin qui arrivait à présent en courant, un pistolet en main.

Il suivit son frère en train de poursuivre le tireur.

— Laisse-les aller, Blake, lui conseilla Ryder en le traînant dans le hall d'entrée avant de claquer la porte derrière eux.

À l'intérieur, Blake ne regarda même pas sa blessure en dépit de la douleur qu'elle lui causait. Ses yeux recherchèrent plutôt Lilo.

— Lilo !

Après avoir été, plus que probablement, happée dans la maison par Ryder ou un des jumeaux pour la mettre hors de danger, elle était occupée à se relever. Blake tenta d'aller vers elle, mais il ne put se redresser. L'argent agissait déjà sur son corps et lui causait de sérieux dégâts.

— Tu vas bien ? lui demanda-t-il.

Plutôt que de répondre, horrifiée, elle courut vers lui et s'accroupit à ses côtés, son attention se focalisant sur sa blessure à l'épaule.

— Oh, mon Dieu, il t'a eu !

— Mieux vaut moi que toi.

Lilo rencontra son regard et, pendant un instant, le temps se suspendit. Elle était en sécurité.

— Enlève ça.

Elle l'aida à sortir le bon bras de la manche de sa veste, puis ôta doucement celle-ci du côté blessé.

— Oh mon Dieu !

Elle arracha un bouton en écartant sa chemise, puis examina le dos de Blake.

— Pas d'orifice de sortie.

Lorsqu'elle le regarda, il hocha la tête.

— Je sais. La balle en argent est toujours à l'intérieur.

C'était la raison pour laquelle les vampires préféraient des pistolets de petit calibre à n'importe quelle arme plus puissante : la probabilité qu'une balle demeurât coincée dans le corps de la victime était plus forte avec une arme moins puissante.

— Nous devons arrêter le saignement.

Elle pressa la main contre la blessure.

Soudain alerté par des pas dans l'escalier, Blake souleva la tête. Nicholas et Adam descendaient en courant, les yeux écarquillés.

— Blake, cria Nicholas, horrifié. Tu es blessé !

Blake tourna brusquement la tête vers Ryder.

— Emmène les garçons dans la chambre forte. Maintenant !

Le cœur serré comme si une main glacée le lui comprimait, il regarda ensuite en direction du second étage.

— Où est Sebastian ?

— Ursula est venue le chercher, dit rapidement Ryder.

Soulagé, Blake acquiesçait d'un hochement de tête, lorsqu'une autre vague d'une douleur cuisante le dévasta. Il grinça des dents.

— Maintenant, Ryder ! Mets-les à l'abri.

— Les garçons, magnez-vous ! ordonna Ryder en les dirigeant vers une porte au bout du couloir.

Sachant que ses protégés seraient en sécurité, Blake regarda son épaule pour la première fois afin d'évaluer les dégâts.

— Laisse-moi voir, dit-il à Lilo.

Elle ôta la main de la blessure.

L'orifice d'entrée n'était pas grand, mais lorsqu'il vit que le sang qui en jaillissait était accompagné de petites bulles, il sut que c'était mauvais.

— Tu saignes trop.

Sans la moindre peur, elle pressa à nouveau la main sur la blessure. Sa brave Lilo !

Il tenta de sourire, mais échoua, la douleur augmentant à chaque seconde.

— Il faut sortir la balle.

Dès que possible.

— Nous devons t'emmener à l'hôpital. Immédiatement, le pressa-t-elle.

Il secoua la tête, rencontrant son regard inquiet.

— Je serai mort avant d'y être arrivé.

Il lui restait peut-être dix ou quinze minutes avant que l'argent ne rongeât suffisamment de chair et d'os pour lui empoisonner le sang et ainsi envoyer des particules d'argent dissoutes dans le cœur.

Libérant une respiration étouffée ressemblant davantage à un sanglot, Lilo pinça les lèvres.

— Va chercher un couteau de boucher et une serviette dans la cuisine.

Lilo le dévisagea, la bouche grande ouverte.

— Oh, mon Dieu, tu n'es pas sérieux. Tu ne peux tout simplement pas l'enlever comme ça.

— Non, je ne le peux pas.

Il avala sa salive.

— Mais toi, tu le peux, précisa-t-il.

Il haleta à l'approche d'une autre vague de douleur en tentant, sans le moindre succès, de retenir le cri qui se formait dans sa poitrine.

— Ouuuuh lala ! Va chercher le couteau, Lilo, s'il te plaît.

Il ôta la main de la jeune femme de sa blessure et pressa la sienne par-dessus.

— S'il te plaît, insista-t-il.

Lilo finit par se relever avant de se précipiter vers la cuisine, et Blake perdit le contrôle. Tout devint rouge devant ses yeux, tandis qu'il sentait ses canines s'allonger complètement dans sa bouche. Ses doigts se transformèrent en de mortelles griffes acérées.

La douleur le paralysa, le rendant incapable de bouger. À présent, il ne pouvait qu'espérer que Ryder et Lilo sussent quoi faire. Ou l'argent le dévorerait vivant.

28

Lilo fonctionnait purement à l'adrénaline. La panique lui donnait des ailes. Si elle pensait en avoir bavé durant ces deux derniers jours, elle avait eu tort. Le danger ne faisait que commencer. Et maintenant, il avait atteint le pas de la porte de la maison de Blake.

Elle lui était reconnaissante qu'il lui eût avoué les effets de l'argent sur un vampire. Les mots que Blake avaient employés lui avaient glacé le sang : *Je serai mort avant d'être arrivé à l'hôpital.*

Elle ne pouvait laisser cela arriver. Elle lui était trop redevable. Il l'avait poussée en-dehors de la trajectoire de la balle. C'était sa faute *à elle* s'il était blessé.

Lilo retira un couteau aiguisé du bloc en bois posé sur le comptoir de la cuisine, puis attrapa quelques serviettes suspendues à un crochet. Elles semblaient propres. Elle retourna ensuite précipitamment dans le hall juste au moment où Ryder traînait Blake dans le salon. Tandis que Blake tenait le jeune homme par l'épaule, ce dernier avait enroulé un bras autour de sa taille afin de supporter son poids. Lilo les suivit et observa Ryder asseoir Blake sur le canapé, la tête du vampire venant s'effondrer contre les coussins.

Elle laissa échapper un halètement lorsqu'elle vit le visage de Blake. Il était à présent tout vampire : les yeux rouges, les canines allongées, les doigts transformés en griffes. À sa surprise, ce spectacle ne l'effraya pas, car c'était autre chose qu'elle détectait sur son visage : une lente agonie. Son cœur saignait pour lui. Personne ne devrait subir une telle douleur, pas même un vampire.

— J'ai le couteau, dit-elle.

Ryder se tourna vers elle.

— Donne-le-moi.

Heureuse qu'il s'en chargeât, elle le lui tendit et se glissa à côté de Blake sur le canapé. Elle écarta davantage la chemise endommagée en la déchirant de manière à bien dégager la blessure. Celle-ci semblait à présent plus grande, preuve que l'argent dévorait la chair.

— Incise profondément, dit Blake en grinçant des dents.

Ryder hocha la tête en silence et plaça le couteau au niveau de la blessure. Lilo détourna le visage. Elle ne pouvait regarder. Elle agrippa la main de Blake, se souciant peu que ses doigts fussent des ardillons affûtés pouvant la mettre en pièces. Tandis qu'elle la lui serrait, il tourna la tête pour la regarder. Surpris, il la dévisagea avec reconnaissance.

Un cri perçant se délogea de sa gorge.

— Je suis désolé, Blake ! lâcha Ryder. Mais je n'ai pas fini.

Lilo serra plus fort la main de Blake tout en lui enrobant la joue de l'autre main. Il rencontra ensuite son regard.

— Je ne regrette pas, lui confessa-t-elle, répondant ainsi à la question qu'il lui avait posée quelques heures plus tôt.

— Je ne pourrais jamais le regretter, ajouta-t-elle.

Pendant un bref instant, le rouge dans les yeux du vampire s'atténua, laissant place à la lueur dorée que Lilo avait déjà vue auparavant.

— Lilo, murmura Blake.

— Je n'arrive pas à voir la balle. Elle est trop en profondeur, interrompit Ryder.

Lilo relâcha la main de Blake et se pencha sur la blessure.

— Il y a trop de sang.

Elle attrapa une serviette qu'elle avait apportée et la pressa sur la blessure, tentant d'absorber autant de sang que possible, puis la retira. Du coin de l'œil, elle remarqua que Blake serrait les dents.

— Je suis désolée.

— Je pense que je la vois, dit Ryder. Je vais devoir utiliser mes doigts.

— Non ! protesta Blake en sursautant, tandis que Ryder enfonçait déjà deux doigts dans la blessure. Pas toi ! L'argent…il va te blesser.

Lilo comprit immédiatement. L'argent n'était pas seulement toxique pour les vampires, mais également pour les hybrides.

— Je vais le faire. Pousse-toi.

Ryder ne protesta pas.

— Tiens-le immobile, donna-t-elle pour instructions.

Ryder obéit à son ordre et, des deux mains, tint le bras et l'épaule de Blake. Tout en gratifiant ce dernier d'un regard d'excuse, elle dirigea une main vers la blessure ouverte. Ce n'était que peau déchirée et muscle endommagé recouverts d'une copieuse quantité de sang. À chaque seconde, davantage de liquide se déversait de la blessure. Lilo aperçut également l'os et, juste là, à la coiffe des rotateurs de l'épaule, quelque chose brillait. La balle en argent.

Refoulant la nausée grandissante à la vue de tant de sang, elle s'obligea à demeurer calme. Elle devait le faire. Elle posa la main gauche sur la blessure et l'écarta un peu plus, tandis qu'elle enfouissait l'index et le majeur de la main droite dans la chair de Blake.

Il cria, simultanément, mais elle se força à l'ignorer. Elle ne pouvait se laisser distraire.

Le champ de vision n'étant, à présent, plus dégagé, elle tâtonna dans les multiples et différentes textures : tendon, muscle et sang. C'était chaud, et la viscosité du sang lui enveloppant les doigts lui retourna l'estomac. Mais elle continua de fouiller. Là ! Ses doigts avaient touché quelque chose de dur. Un os ? Vraisemblablement. Du bout des doigts, elle explora cette rigidité sur sa longueur et sentit une bosse.

— La voilà ! cria-t-elle, triomphante. J'ai trouvé la balle.

— Attrape-la ! l'encouragea Ryder.

Lilo surprit le regard inquiet du jeune hybride, puis regarda Blake. Son visage était tordu de douleur, il avait la bouche ouverte et les canines dévoilées comme si elles étaient prêtes à attaquer.

— Il ne pourra plus tenir longtemps. Vas-y ! lui murmura Ryder.

Elle se concentra et recourba le majeur, puis poussa l'index vers la balle en essayant de former une pince afin de l'agripper. Elle tira d'un coup sec et libéra ses doigts de la blessure. Mais à part du sang et des tendons, il n'y avait rien. Aucune balle en argent.

Blake hurla de douleur.

— Elle a glissé, cria-t-elle, la sueur perlant sur son front et le pouls galopant.

Ses mains tremblaient. Combien de temps restait-il ? Et qu'adviendrait-il si elle n'arrivait pas à le faire ?

— Oh mon Dieu !

— Encore, Lilo ! lui dit Blake, les dents serrées. Tu dois l'écoper.

— Écoper ?

C'était cela !

— Juste une seconde, poursuivit-elle.

Elle se redressa en un bond, courut à la cuisine, poussa la porte et se rua vers le comptoir. Elle ouvrit plusieurs tiroirs jusqu'à ce qu'elle eût trouvé ce qu'elle cherchait et se précipita de nouveau dans le salon, trophée en main.

Ryder fixa l'objet.

— Une cuillère ?

Lilo hocha ardemment la tête.

— Ça va marcher. Tiens-le immobile.

Ce fut un Blake haletant que Ryder repoussa sur les coussins, immobilisant son épaule de manière à ce que Lilo pût poursuivre. Avalant sa salive, la main tremblante, elle enfouit la cuillère dans la blessure, la guidant jusqu'à l'endroit où elle avait senti la balle. La cuillère heurta quelque chose.

— Je l'ai entendue, dit Ryder. Tu l'as. Tout doucement, maintenant.

Elle hocha la tête et guida la cuillère jusque dans l'alignement de l'os, là où la balle en argent s'était logée.

— J'y suis. Tiens-le, maintenant. Ça va faire mal.

Utilisant le manche de la cuillère tel un levier, elle exerça une pression dessus et plaça la partie ronde de la cuillère sous la balle. Cette dernière se délogea et, de concert, toute la pression s'atténua, la cuillère ressortant de la blessure en catapultant la balle dans la pièce. Elle atterrit sur la table basse et heurta le bol chinois décoratif qui s'y trouvait.

Jamais elle n'avait entendu son plus doux que la résonnance de l'argent se logeant au milieu du bol.

La respiration lourde, elle regarda de nouveau le visage de Blake. Ses yeux étaient fermés.

Le cœur de Lilo s'arrêta.

— Blake, non !

— Il est vivant, lui assura Ryder en enroulant une serviette autour de la blessure. Mais nous ne pouvons pas encore le laisser dormir.

Avant qu'elle n'eût compris ce qu'il voulait dire, Ryder giflait déjà le visage de Blake.

— Réveille-toi, Blake ! Tu ne peux pas dormir.

Il le gifla à nouveau, mais plus fort, cette fois.

Blake ouvrit les yeux et lança brusquement la tête en avant, canines à découvert.

— C'est ça, regarde-moi, Blake ! C'est moi, Ryder.

Le jeune homme tourna la tête vers Lilo.

— Lilo, dans le garde-manger, tout au fond, il y a un réfrigérateur. Prends-moi deux bouteilles de sang. Vite.

Elle ne le questionna pas, ne lui demanda pas pourquoi il y avait du sang en bouteille, mais courut plutôt aussi vite qu'elle le put et trouva le réfrigérateur, là où il l'avait dit. Elle l'ouvrit. Des rangées et des rangées de bouteilles d'un demi-litre remplies d'un liquide rouge s'y tenaient.

Elle en fut bouche bée. C'était irréel. Les bouteilles étaient étiquetées avec de petits codes *tels AB-Neg* ou *O-Pos*. Les différents groupes sanguins. Elle attrapa deux bouteilles sans se soucier de l'étiquette et se précipita de nouveau à toute vitesse vers le salon, là où Ryder maintenait toujours Blake.

— Voilà.

Elle tourna le bouchon d'une bouteille et la tendit à Ryder.

Le jeune hybride secoua la tête.

— Tu vas devoir le nourrir. Je dois le maîtriser. Il est à la limite de perdre le contrôle.

À la limite ? À en juger par le regard sauvage dans les yeux de Blake, elle aurait dit qu'il l'avait déjà perdu. Mais, pour quelconque raison, elle n'avait pas peur. Blake ne lui ferait aucun mal. D'une façon ou d'une autre, elle le savait.

Lilo se glissa à ses côtés sur le canapé et amena la bouteille à ses lèvres. Les narines de Blake se dilatèrent, et il bascula la tête en avant. Un peu de sang fut renversé, mais elle tenta d'incliner la bouteille de manière à ce que le liquide pût couler dans la bouche ouverte de Blake.

Il avala et, avec soulagement, elle vit que le sang semblait le calmer. Elle plaça donc une main sous son menton et continua à le nourrir jusqu'à ce qu'il eût avidement vidé la bouteille. Elle la lança sur le canapé et ouvrit la seconde.

— Voilà, mon amour, dit-elle tendrement en pressant la bouteille contre ses lèvres.

Blake ne sembla pas l'entendre. Il semblait délirer, mais continuait à boire, engloutissant complètement et rapidement le liquide rouge jusqu'à vider la seconde bouteille.

Elle échangea un regard avec Ryder.

— Et maintenant ?

Ryder leva la tête en direction de Blake et le relâcha lentement. Blake ne bougea pas. Sa tête demeura plutôt reposée sur le coussin, et ses yeux se refermèrent lentement.

— Il ne peut guérir que pendant son sommeil réparateur.

— Combien de temps ?

— Je ne sais pas. Nous devrons le laisser dormir jusqu'à ce qu'il se réveille par lui-même.

Lilo se mit à trembler. Son regard se posa sur le sang qui avait non seulement imprégné les vêtements de Blake, mais également ceux de Ryder et les siens. Partout où elle regardait, il y avait du sang.

— Est-ce qu'il va s'en sortir ?

Les larmes lui montèrent aux yeux, et elle sut qu'elle ne pourrait les retenir plus longtemps. Au moins Blake n'aurait pas à la voir comme cela.

— Il s'en sortira. Grâce à toi.

Ryder la regarda, une évidente admiration dans les yeux.

— Je suis content que tu n'aies pas peur de nous, ajouta-t-il.

Les larmes se mirent alors à couler le long des joues de Lilo, mais elle tenta de sourire malgré elle.

— Comment pourrais-je avoir peur de n'importe lequel d'entre vous quand je vois comment vous vous aimez et vous protégez les uns les autres ? Comme une vraie famille.

Ryder sourit.

— Nous *sommes* une famille.

Il jeta un œil vers Blake.

— Blake est comme un grand frère pour moi et pour tous les hybrides.

Il se leva.

— Je vais l'emmener à l'étage et le mettre au lit. Tu devrais aussi aller te nettoyer.

Mais avant que Ryder n'eût pu extirper Blake du canapé, ils entendirent la porte d'entrée s'ouvrir et se refermer. Une seconde plus tard, de vrais jumeaux pénétrèrent dans le salon.

— Nous l'avons perdu. Désolé, dit l'un d'eux.

— Comment va-t-il ? demanda l'autre.

— Il va s'en sortir. Nous avons extrait la balle. Enfin… en réalité, Lilo a extrait la balle, dit Ryder.

Surpris, les jumeaux la regardèrent.

— Ouah. Elle est exactement comme maman. Tu ne penses pas, Damian ? dit l'un d'eux.

Son frère lui donna un coup de coude.

— Aussi courageuse. Ce qu'on dit au sujet des blondes n'est pas vrai, je te le dis.

Il sourit et hocha la tête à l'intention de Lilo.

— Notre mère est blonde, également. Et très intelligente.

— Hé, les gars, les interrompit Ryder. Pouvez-vous me donner un coup de main ? Il faut emmener Blake à l'étage pour qu'il puisse se reposer.

— Bien sûr, dit Damian. Benjamin peut prendre ses jambes, je prendrai ses bras. Tu devrais suivre le protocole et avertir le QG, puis faire sortir les garçons d'ici.

Ryder acquiesça.

— Protocole, répéta Lilo.

Tandis que Damian et Benjamin soulevaient Blake, toujours inconscient, et le sortaient de la pièce, Ryder se tourna vers elle.

— Quand une attaque comme ceci arrive, le protocole à suivre est assez strict. Nous avons suivi la première étape : sauver la vie du vampire blessé. Maintenant, nous devons mettre tout le reste en route. Je dois évacuer les mineurs de cette maison. Je vais les emmener chez mes parents. Ils y seront en sécurité. Puisqu'il fait jour, le quartier général va envoyer deux gardes humains pour surveiller la maison afin que Blake puisse se rétablir. Et nous monterons un piège pour capturer l'agresseur.

— C'était Ronny, lui dit-elle. Le petit ami d'Hannah. Blake l'a vu. C'est lui qui—

Ryder l'interrompit.

— Je suis au courant de cette affaire. Je vais avertir le QG. Ils le pourchasseront. Il devait avoir une voiture ou un autre mode de transport tout près, sans quoi il n'aurait pas risqué de se retrouver dehors alors que le soleil allait se lever. Damian et Benjamin me diront où ils ont perdu sa trace.

Elle hocha lentement la tête.

— Et que dois-je faire ?

Il laissa échapper un souffle.

— Tu en as fait assez cette nuit. Pourquoi ne pas aller prendre une douche, te changer et te reposer ?

— Mais Blake ? Je dois le surveiller.

— Tu ne peux rien faire pour l'instant. Il va dormir très profondément. Des heures vont passer avant qu'il ne se réveille. Profite de ce temps pour te reposer. Je suis sûr que, dès qu'il sera réveillé, on n'aura plus le temps de souffler jusqu'à ce que nous attrapions ce fils de pute.

Lilo se regarda de bas en haut. Oui, elle avait besoin d'une douche pour faire partir le sang. Le sang de Blake.

— Tu es sûr que je ne peux rien faire ?

Ryder sourit.

— Tu es vraiment comme Nina.

Il désigna le plafond, là où elle pouvait à présent entendre les pas des jumeaux occupés à transporter Blake dans sa chambre.

— Tu es une sacrée femme, précisa-t-il. Blake est un type chanceux.

Elle ouvrit la bouche, mais la protestation automatique affirmant qu'elle n'était pas sa petite amie ne roula pas sur ses lèvres. Elle sourit plutôt.

— Merci.

29

Après le départ de Ryder, des jumeaux et des plus jeunes garçons, le silence s'était abattu sur la maison. Le quartier général de Scanguards avait appelé peu de temps après afin de confirmer la présence de deux gardes humains à l'extérieur de la maison : un positionné à l'avant et l'autre à l'arrière, garantissant que personne ne pût surprendre les occupants. En cas du moindre souci, Ryder avait laissé un numéro d'appel direct à Lilo.

Elle avait pris une douche et s'était changée. Elle portait à présent des vêtements confortables : un t-shirt ample et un pantalon de jogging. Elle s'était sustentée et avait ensuite rangé la cuisine, tout cela afin de tuer le temps. Mais, lorsque l'on était en attente de quelque chose, le temps semblait passer à une extrême lenteur. Finalement, elle avait commencé à somnoler et avait fini par tomber endormie tant son corps et son esprit étaient épuisés.

Il faisait encore jour lorsqu'elle rouvrit les yeux.

Toujours en décubitus sur le canapé, elle se redressa brusquement. Après avoir nettoyé le sang de son mieux, elle avait jeté une couverture sur les taches. Elle écoutait à présent les bruits qui l'avaient réveillée. À l'étage, au-dessus d'elle, une planche craqua. Son cœur battant la chamade, elle se leva et se précipita dans le couloir. Tout y était calme. Personne n'était entré.

Elle gravit les escaliers. Cela faisait trois heures qu'elle était allée voir Blake pour la dernière fois, et il était profondément endormi.

Elle fit une pause devant la porte de la chambre, puis tourna doucement la poignée. S'il dormait toujours, elle ne voulait pas le réveiller prématurément. Elle poussa la porte et fit un pas dans la pièce, puis deux, afin de pouvoir jeter un coup d'œil sur le lit. Il était vide.

Le bruit d'une autre planche en train de craquer la fit se retourner.

Blake se tenait dans l'embrasure de la porte menant à la salle de bain attenante, uniquement pourvu d'une petite serviette enroulée autour de la partie inférieure de son corps, les cheveux et le haut du corps humides. Jamais il n'avait paru aussi viril aux yeux de Lilo.

— Tu es réveillé.

Sans réfléchir, elle se dirigea vers lui, les yeux focalisés sur son épaule. Là où, seulement quelques heures plus tôt, une plaie avait marqué son corps, une peau presque parfaite avait poussé. Lilo put toutefois distinguer que la blessure n'était pas encore complètement guérie.

Elle tendit un bras et laissa courir la main sur la lésion. Blake frissonna à ce contact.

— Est-ce qu'elle n'aurait pas dû être complètement guérie ?

Elle leva les yeux vers son visage.

Les yeux bleu-azur de Blake l'épinglèrent, et le regard consumant dont il la gratifia la désarçonna. Lorsqu'il lui avait fait l'amour, il avait arboré cet air-là. Et ce souvenir enflamma ses entrailles, formant un liquide à la jointure de ses cuisses.

— Ça prend plus de temps avec du sang en bouteille. Il n'est pas aussi puissant.

Sa voix était à nouveau forte. Mais ses paroles attisèrent la curiosité de Lilo.

— Je pensais que les bouteilles contenaient du sang humain.

— Effectivement. Mais lorsqu'il est mis en bouteille, il perd un peu de sa puissance. En cas de blessure grave, le sang puisé directement sur une source humaine est préférable.

Blake haussa les épaules.

— Mais comme tu le vois, poursuivit-il, je me suis rétabli. Et c'est grâce à toi.

Lilo secoua la tête.

— Pourquoi n'as-tu rien dit ? J'aurais pu te donner—

Un doigt sur ses lèvres l'arrêta.

— C'est exactement pour cette raison que je ne l'ai pas fait. Je veux ton sang, mais pas par charité. Je ne voulais pas que tu te sentes obligée de me le donner.

Elle l'attrapa par le poignet.

— Mais tu m'as sauvé la vie. Tu as pris une balle pour moi !

Il souffla.

— La balle était en argent, Lilo. Elle m'était destinée, pas à toi.

— Tu n'en sais rien. Et quand Ronny a tiré, tu ne pouvais pas savoir que c'était de l'argent. Et pourtant, tu t'es jeté sur moi pour me protéger. Selon moi, c'est me sauver la vie.

Par défi, elle souleva le menton. Cet homme devait-il l'agacer de la sorte ? Ne pouvait-il tout simplement pas accepter la dure et froide vérité, à savoir qu'il était un héros ?

— Femme, dois-tu toujours être aussi têtue ?

— Je ne suis pas têtue. Je suis—

— …courageuse.

Il lui sourit.

— Ma courageuse Lilo, ajouta-t-il avant de soupirer. Je pouvais sentir la balle dans mon os. J'ai toujours su qu'elle y était logée. J'avais une chance sur un million de survivre. Mais tu l'as fait.

Il gloussa en dodelinant de la tête.

— Avec une cuillère.

Il enroula un bras autour de sa taille et l'attira à lui.

— Tu m'as donné de la force quand j'en avais besoin. Tu as dit ce que j'aspirais à entendre.

Une lueur dorée commença à apparaître dans ses yeux lorsqu'il la regarda.

— Ou est-ce que j'hallucinais quand je t'ai entendu dire que tu ne regrettais pas ?

D'une main, elle lui caressa le biceps sur toute sa longueur, jusqu'à l'épaule.

— Non. C'est la vérité. Je ne regrette pas d'avoir couché avec toi.

— D'avoir fait l'amour, la corrigea-t-il, doucement.

— D'avoir fait l'amour, répéta-t-elle, sentant la chaleur lui monter dans les joues. Je voulais que tu le saches parce que je ne savais pas si tu t'en sortirais, et je ne me serais jamais pardonnée de ne pas te l'avoir dit.

— Ah, ma belle et courageuse Lilo. Et maintenant ? Tu m'as vu dans mes pires moments. Une bête incontrôlable. Peu de gens m'ont vu comme ça. Cela n'a pas dû être un beau spectacle. Et pourtant, tu es toujours là. Tu ne t'es pas enfuie.

— Pourquoi m'enfuirais-je ? Avec toi, je suis plus en sécurité que je ne l'ai jamais été de toute ma vie. Et maintenant que je sais à quoi ressemble vraiment le monde et ce qui se cache dans l'ombre, j'ai besoin de savoir qu'il y a quelqu'un qui peut me protéger.

Elle sourit.

— De plus, poursuivit-elle, je dois encore te remercier de m'avoir sauvé la vie.

Feignant d'être agacé, il roula des yeux.

— Je pensais que nous avions clarifié cela. Je ne t'ai pas sauvé la vie. Tu as sauvé la mienne.

— Bien, concéda-t-elle, réalisant qu'elle n'aurait pas le dernier mot avec lui. Alors, peut-être devrais-*je* recevoir un petit merci de ta part.

Il haussa un sourcil.

— Qu'avais-tu à l'esprit ?

— Promets-moi d'abord que tu me donneras tout ce que je demande.

Considérant la requête, il inclina la tête sur le côté.

— Étant donné que je ne serais pas ici sans ton ingéniosité, je ne peux vraiment rien te refuser. Tu peux avoir ce que tu veux. Ma voiture ? Ma maison ?

Elle le libéra de son étreinte et recula d'un pas en désignant son ventre.

— J'aimerais cette serviette, s'il te plaît.

Blake se regarda.

— *Cette* serviette ?

Réprimant un sourire, elle acquiesça. Elle était parvenue à le surprendre.

— Oui, *cette* serviette. Et j'aimerais l'avoir tout de suite. Tu ne peux pas me refuser un cadeau aussi peu coûteux.

— Non, je ne le peux pas.

Il saisit la serviette, là où les bords étaient rentrés et la défit. Il l'ôta et la lui tendit.

Elle la prit et la lança derrière elle en la regardant à peine.

— Merci.

— Déjà lassée par ton cadeau, je vois, commenta-t-il en désignant la serviette jetée à terre.

— Je n'ai jamais été une fan d'emballages, dit-elle en s'agenouillant.

Elle attrapa son sexe déjà en demi-érection et enroula la main tout autour, le sentant grossir à chaque seconde.

— J'ai toujours aimé ce qu'il y avait à l'intérieur, précisa-t-elle.

Elle leva les yeux vers lui et se délecta de son regard passionné.

— Lilo, j'espère que tu sais ce que tu fais, la prévint-il.

— Ne t'inquiète pas, murmura-t-elle. Je pense que je fais ça bien.

Elle rapprocha le visage et guida l'érection jusque dans sa bouche, sa langue léchant la tête en forme de bulbe.

— Putain, Lilo !

— Shut.

Elle souffla sur la chair échauffée.

— Laisse-moi le faire, poursuivit-elle.

Elle leva les yeux afin de regarder Blake, puis enroula les lèvres autour du bout de son sexe et glissa le long de son membre, jusqu'au bout.

~ ~ ~

S'il ne l'avait pas su, il aurait dit qu'il était mort de la blessure par balle et était monté au ciel ! Car Lilo, à genoux devant lui, tenant son sexe dans sa bouche, était mieux que ce qu'il avait espéré dans ses rêves les plus fous. Aussi rapidement, du moins. Après avoir confessé être un vampire moins de vingt-quatre heures plus tôt, il s'était attendu à ce qu'elle eût besoin de temps pour l'accepter pour ce qu'il était. Et pas qu'elle voulût immédiatement le sucer et le vénérer de sa divine bouche.

Mais le plaisir intense qu'elle déclenchait en lui avec ses douces lèvres et sa langue diabolique était trop réel pour être le fruit de son imagination. Non, il était bien éveillé, et Lilo lui faisait l'amour avec sa bouche. Elle avait les yeux fermés et soupirait doucement, sa respiration titillant sa chair engorgée, lui envoyant une sensation de picotement dans le membre et dans les testicules. Ils se tendirent en réaction.

— Lilo, bébé, gémit-il en fourrant une main dans les cheveux de sa partenaire, non pas pour s'enfoncer plus profondément en elle, mais pour reculer un peu.

— Doucement, ou tu vas me faire jouir trop vite.

Elle ouvrit alors les yeux et souleva le regard tout en prenant à nouveau son membre dans sa bouche, le suçant tout en se retirant doucement.

Il n'avait jamais rien vu de plus érotique que cette scène qui se déroulait devant lui. Les lèvres de Lilo, pulpeuses et rouges, s'enroulaient fermement autour de son érection. La chaleur et l'humidité de sa bouche lui donnaient l'impression de plonger au paradis. Alors qu'elle le suçait avec tant de dévotion, elle n'était que douceur féminine.

— Si belle, murmura-t-il.

Comme pour le remercier de ce compliment, elle amena une main sur ses testicules et les berça.

Une pointe de chaleur incandescente le transperça, le privant presque du peu de contrôle qui lui restait, soit pas beaucoup pour un début, et forçant un gémissement à franchir ses lèvres. Si elle poursuivait de la sorte, il se répandrait dans sa bouche en trente secondes. Mais il veillerait à ce que cela ne se produisît pas.

Désireux de davantage de friction, il ne put résister à l'irrépressible envie de pousser les hanches en avant lorsque Lilo plongea à nouveau la bouche vers le bas. Elle enroula ensuite une main plus fermement autour de la base du sexe tout en lui caressant les testicules de l'autre et glissa la langue le long de la face inférieure du membre, titillant ainsi la sensibilité de la chair.

— Putain !

Il se libéra violemment de son emprise et la redressa.

— Déshabille-toi. Maintenant ! Et va sur le lit !

— Mais je n'avais pas terminé, dit-elle, de manière aguichante.

— Oh, si, tu avais terminé, insista-t-il.

Il n'aurait aucunement pu supporter une seconde supplémentaire de cette sensuelle torture.

— Maintenant, déshabille-toi, répéta-t-il.

Car s'il était amené à le faire, il lui mettrait les vêtements en lambeaux.

Tout en souriant, Lilo se passa le t-shirt par-dessus la tête et le lança à terre. Elle ne portait pas de soutien-gorge. Automatiquement, Blake tendit les mains vers ses seins, enrobant les globes parfaits et se délectant de leur poids dans la paume de ses mains. Mais Lilo recula, lui tourna le dos et se dirigea vers le lit, s'arrêtant à trente centimètres de celui-ci. Il l'observa en train d'accrocher les pouces dans la ceinture de son pantalon de jogging et le baisser jusqu'en bas des jambes, le laissant étalé à ses pieds avant de s'en libérer complètement.

Ce jour, elle portait un fin string en dentelle qui ne cachait rien à la vue affamée de Blake. Tel un tigre, il se précipita vers elle. Et comme si elle connaissait ses intentions, elle glissa à quatre pattes sur le lit, son alléchant postérieur pointé vers lui. La bouche de Blake devint sèche, et il perdit toute capacité à parler. Il ne put même pas lui dire à quel point elle était sexy tant son cerveau ne fonctionnait plus. Tout le sang s'était précipité dans son sexe et l'amenait au point de rupture.

Il se mit derrière elle, attrapa le string et, sans un mot, le lui arracha. Elle ne sursauta même pas, ne montra aucun signe d'objection à ce traitement brutal. Et même lorsqu'il lui agrippa les hanches des deux mains et vint reposer un genou sur le matelas tout en demeurant debout derrière elle, elle ne tenta pas de s'enfuir. Elle s'offrait à lui en dépit de tout ce qu'elle avait vu : ses canines affûtées, ses yeux menaçants et ses griffes mortelles.

— Ne me fais pas attendre, murmura-t-elle, à présent, en regardant par-dessus son épaule.

— La façon dont elle le dévisagea, avec passion et désir dans les yeux, l'anéantit presque. Il poussa vers l'avant et plongea dans la moiteur de sa chaleur, s'installant dans le centre de son intimité. Lilo était telle qu'il se souvenait d'elle, et plus encore. Et cette fois, tout était différent. Cette fois, il savait qu'il n'avait pas à cacher ses désirs, n'avait pas besoin de se retenir. Car à présent, Lilo le comprenait.

Savourant chaque seconde, il se retira en un lent mouvement, s'extirpant entièrement de son fourreau. Il prit une inspiration afin de rassembler ses forces et retourner en elle, cette fois plus doucement, en essayant de prendre son temps. Il ne voulait pas que ça se terminât trop rapidement. Car être en Lilo, ressentir ses muscles internes se cramponner à lui comme si elle ne voulait pas le laisser partir chassait l'horreur subie un peu plus tôt, lorsque l'argent avait commencé à le dévorer vivant.

— J'ai besoin de toi, Lilo.

Jamais auparavant il n'avait eu besoin de quelqu'un comme il avait besoin d'elle. En admettant une telle chose, il la laissait prendre le pouvoir sur lui. Mais il s'en moquait.

Il ralentit les coups de reins et se mut en avant et en arrière avec plus de tendresse. Il relâcha une hanche et laissa courir la main le long de son postérieur bien galbé, la caressant et se délectant de la douceur de sa peau. Étalées sur son dos et ses épaules, les boucles blondes de Lilo étaient fouettées d'avant en arrière et d'un côté à l'autre à chaque fois qu'il assénait un coup de rein.

Mais la prendre de cette façon ne lui suffisait plus. Il avait besoin d'une connexion plus profonde avec elle, de la regarder dans les yeux lorsqu'ils jouiraient tous deux. De savoir qu'elle le voyait, lui, le vampire.

Blake se retira doucement de l'étroitesse de son canal et la retourna sur le dos. Elle leva vers lui des yeux assombris par la passion. Sa poitrine se soulevait, son cœur tambourinait si bruyamment que les sens du vampire qu'il était n'avaient aucune difficulté à en capter le son. Un fin voile de transpiration recouvrait tout son corps et la rendait encore plus belle. Une longue boucle s'était enroulée autour du dur mamelon, comme si elle le caressait. Blake tendit la main vers celui-ci et libéra le petit bouton de rose en laissant son doigt glisser par-dessus.

Un gémissement étouffé fut arraché de la gorge de Lilo, et elle arqua le dos.

— S'il te plaît, le pria-t-elle en posant les mains sur les hanches de son partenaire afin de l'attirer vers elle jusqu'à ce qu'il planât au-dessus du centre de sa féminité. Elle prit son sexe dur en main et le caressa sur toute sa longueur.

Il serra les mâchoires.

— Lilo. Oh, mon Dieu, tu me tues.

Elle lui sourit, de la malice plein les yeux.

— Je ne réalisais pas qu'un vampire pouvait être si sensible.

Il poussa la tête de son membre à l'entrée humide de son intimité.

— Tout ce que nous ressentons est amplifié.

Il replongea en elle, observant avec satisfaction la façon dont tout l'air était expulsé de ses poumons et envoyait des gémissements rebondir contre les murs de la chambre.

Désireux de prolonger leurs ébats, il maintint un tempo assez lent. Car, cette fois, il voulait montrer à Lilo à quel point les choses pouvaient être parfaites entre eux. Leurs corps se mouvaient en synchronisation, comme s'ils avaient fait ceci une centaine de fois, parfaitement accoutumés l'un à l'autre. En guise d'invitation à demeurer à l'intérieur de sa délicieuse intimité, le bassin de Lilo s'inclinait vers lui à chaque fois qu'il plongeait plus en profondeur. Elle avait les chevilles croisées sur son postérieur afin de le maintenir tout près d'elle, et il aimait la sensation de ses talons qui s'enfonçaient en lui, tout comme ses ongles s'enfonçaient dans son dos.

— Je veux que tu me voies, dit-il en suspendant son regard au sien.

Il y avait de la compréhension entre eux. Elle savait ce qu'il voulait faire.

— Oui, Blake, mon amour.

Ce mot s'incrusta profondément en lui et l'emplit d'un sentiment de fierté encore inconnu. Il voulut hurler mais, désireux d'allonger ses canines sur toute leur longueur, il ouvrit plutôt la bouche en repliant les lèvres sur ses gencives.

Elle les fixa, tandis qu'il continuait à se mouvoir en elle, en avant, puis en arrière. Lentement, et avec régularité, afin de lui prouver qu'il avait le contrôle.

Le visage tel un masque de fascination, Lilo souleva une main.

Lorsqu'il réalisa ce qu'elle était sur le point de faire, il recula la tête de quelques centimètres.

— Tu es sûre de vouloir les toucher ?

— Oui, s'il te plaît.

Elle rapprocha la main, et Blake cessa ses mouvements.

— Tu devrais d'abord savoir quelque chose.

Elle lui lança un regard curieux.

— Les canines d'un vampire sont la zone la plus érogène. En me touchant à cet endroit, tu me feras jouir très rapidement.

Elle sourit.

— Alors, le rabiot sera pour plus tard.

— J'aime la façon dont tu penses.

Blake demeura complètement immobile lorsque Lilo rapprocha le doigt de sa bouche. De la pulpe de celui-ci, elle lui caressa la lèvre inférieure, la fit ensuite glisser sur les dents, jusqu'à la canine. Ce contact provoqua un coup de fouet à travers tout le corps de Blake, et il enfonça son sexe profondément en elle en un bruyant gémissement.

Le doigt de Lilo glissa de la canine, mais s'empala sur le bout de celle-ci. Blake sentit sa dent lui percer la peau.

— Oh !

Stupéfaite, elle laissa échapper un souffle.

L'odeur du sang s'éleva vers les narines de Blake et fit raidir tout son corps.

— Putain, Lilo !

Il savait que cela avait été une mauvaise idée de la laisser le toucher à cet endroit. Car à présent, il ne pouvait plus résister. Il sortit la langue et lécha la goutte de sang qui s'était formée sur le doigt de Lilo, ce qui eut pour effet de refermer instantanément l'incision.

Tandis que le sang franchissait les papilles gustatives et s'écoulait dans sa gorge, il grogna. Automatiquement, ses hanches commencèrent à bouger en un rythme sur lequel il n'avait plus aucun contrôle. Il commença à la baiser, fermement et rapidement, à rentrer et à sortir son implacable sexe, tandis qu'il tentait de conserver le peu de contrôle qu'il lui restait.

Sous lui, Lilo gémissait en dépit du brutal traitement qu'il lui infligeait. Elle glissa une main sur sa nuque et l'attira vers elle, pressant les lèvres sur les siennes bien que ses canines fussent complètement allongées. Ne craignait-elle pas d'être blessée ?

Il tenta de reculer mais, déjà, elle avait enfoncé la langue entre ses lèvres et la laissait courir le long de ses dents. Lorsque la douce surface de sa chaude langue entra en contact avec une de ses canines, il s'abandonna au plaisir que Lilo lui octroyait et cessa toute lutte.

Ses testicules se tendirent, et une chaude semence fut propulsée le long de son sexe pour exploser en son bout. Mais Blake ne ralentit pas les coups de reins. Il continua à plonger en elle jusqu'à ce que, enfin, il la sentit frémir sous lui, ses muscles internes l'agrippant tel un poing qui le comprimait.

Il rétracta ses canines et poursuivit le baiser, y déversant toute son âme jusqu'à ce que tous deux fussent à bout de souffle.

30

Blake roula sur le dos et attira Lilo à moitié sur lui, adorant la sensation de son poids sur son corps, une jambe enveloppant son entrejambe et une main sur sa poitrine, tandis que sa tête reposait sur son épaule. Pendant quelques instants, il ne put que reprendre sa respiration. Lilo, elle aussi, respirait difficilement.

Il déposa un baiser sur le haut de sa tête.

— Je ne peux même pas te dire ce que ça signifie pour moi de t'avoir dans mon lit.

Elle souleva la tête et le regarda.

— Savoir que tu m'as accepté pour ce que je suis.

Leurs regards se suspendirent.

— Te sentir me lécher les canines. Jamais, je n'aurais osé en espérer tant.

Lilo laissa doucement courir un doigt sur ses lèvres.

— Je n'ai jamais rien vu de plus érotique que tes canines quand tu m'as laissée les toucher.

Cette révélation fit tonner le cœur de Blake.

— Tu n'avais pas peur.

— Tu as dit que tu ne me ferais pas de mal.

— Tu me fais confiance malgré tout ce qui s'est passé.

Il pouvait à peine le croire. Mais il le voyait dans ses yeux. Lilo avait foi en lui.

Il prit son doigt et l'embrassa.

— Je suis désolé de t'avoir piquée avec ma canine.

— Ce n'était pas ta faute.

Elle détourna le regard.

— Tu as aimé ça ? lui demanda-t-elle.

— Ton sang ?

Elle hocha la tête.

— Comment ne pourrais-je pas aimer ? Lilo, tu n'as pas idée de ce que c'est. Mon sens de l'odorat est tellement hypersensible que même maintenant je peux encore sentir ton sang. Et tu sais ce que ça me fait ?

Elle releva les yeux pour rencontrer son regard.

— Qu'est-ce que ça te fait ?

Il lui prit la main et la guida vers son bas-ventre avant de la poser sur son membre en train de durcir.

— Voilà ce que ça me fait.

Elle en fut bouche bée.

— Comment peux-tu à nouveau bander ?

Il gloussa.

— À cause de toi. Cette minuscule goutte de sang que j'ai léchée sur ton doigt me donne encore envie. C'est pour ça que le vampire qui est en moi se prépare à nouveau, se prépare pour toi. À travers le sexe, il veut te séduire jusqu'à ce que tu lui permettes de te mordre.

Blake savait qu'il ne devait pas lui dire cela, mais il ne voulait plus lui cacher quoi que ce soit. S'il avait la moindre chance de la conquérir pour de bon, il devait être honnête à propos de chaque aspect de sa personne. La conquérir pour de bon ? Cette pensée le percuta soudain. Voulait-il réellement d'elle dans sa vie ? Quand avait-il pris cette décision ?

Alors que Lilo s'abstenait de répondre, il glissa la main sous son menton et la regarda profondément dans les yeux.

— Jamais, je ne te forcerai. Je veux que tu le saches. Mais tu dois savoir qu'à chaque fois que nous ferons l'amour, mon envie de boire ton sang grandira.

En guise de réponse, la compréhension scintilla dans les yeux de Lilo.

— C'est pour ça que tu penses qu'Hannah a laissé Ronny la mordre ?

Il lui caressa la tête de la main et l'attira contre sa poitrine.

— Tu as dit qu'ils sortaient ensemble depuis au moins six mois. Aucun vampire, aussi civilisé et maître de lui soit-il, ne restera avec une femme aussi longtemps sans la mordre. Avec ou sans sa permission. Quoique je doute qu'Hannah le lui ait refusé. Elle savait ce que la morsure d'un vampire entraînait, avant même qu'elle rencontre Ronny.

— Elle le savait ? Comment ?

— Parce que je l'ai mordue.

Lilo se rassit brusquement.

— Quoi ?

Sous le choc, ses yeux étaient écarquillés.

— Toi et Hannah ? ajouta-t-elle. Vous étiez amants ?

À son regard consterné, il ne put s'empêcher d'éclater de rire.

— Hannah et moi ?

Il s'assit et attira Lilo vers lui, mais elle le repoussa.

— Hannah et moi n'avons jamais été amants, précisa-t-il. Nous n'avons même jamais été attirés l'un par l'autre. Pas la moindre seconde.

Ne le croyant visiblement pas, elle fronça les sourcils.

— Pourquoi, alors ?

— Tu ne serais pas jalouse, par hasard ?

— Ne sois pas ridicule ! rétorqua-t-elle.

Mais il savait qu'il avait touché un point sensible, et cela fit battre son cœur de manière incontrôlable. Il ne s'était pas attendu à cette féroce tendance à la possessivité qu'avait Lilo. Mais il n'avait pas le temps de s'en délecter, parce qu'il devait d'abord la calmer et lui assurer que cette morsure n'avait rien de sexuel.

— Hannah m'a offert son sang pour me sauver la vie.

~ ~ ~

Toujours sceptique, elle chercha à capter son regard. Disait-il la vérité ? Et pourquoi était-ce si important à ses yeux que Blake eût mordu sa meilleure amie ? Ce n'était pas ses affaires.

Oh, s'il te plaît, admets juste que tu ne peux supporter le fait qu'il ait mordu Hannah et pas toi, lui disait une voix dans sa tête.

— J'ai eu un accident.

Les paroles de Blake transpercèrent ses pensées.

Lentement, elle hocha la tête.

— Que s'est-il passé ?

Il tendit la main vers elle, puis, avant même qu'elle ne pût protester, l'attira sur ses genoux, de manière à ce qu'elle le chevauchât. Enfin, peut-être n'aurait-elle-même pas voulu protester ! Car elle aimait le fait qu'il cherchât une connexion physique avec elle.

Blake lui caressa doucement le dos.

— Chérie, il n'y a jamais rien eu entre Hannah et moi, bien qu'elle m'ait sauvé la vie. Tout comme tu l'as fait la nuit dernière. Et bien que je lui aie été très reconnaissant, je ne l'ai jamais touchée de la façon dont je ne peux m'empêcher de le faire avec toi.

Il lui frôla les lèvres en un baiser aussi léger qu'une plume.

Ensuite, il se pencha en arrière contre la tête de lit.

— Une nuit, à l'approche du lever du soleil, j'étais à la poursuite d'un suspect. La route était humide, et je conduisais trop vite. Je n'avais plus le temps d'appeler des renforts. Je savais que je devais l'attraper avant qu'il ne se soit échappé pour de bon. C'était une route sinueuse dans une région boisée. Je l'ai perdu après un virage. C'était, du moins, ce que je pensais, jusqu'à ce que je réalise qu'il était parvenu à bifurquer dans un sentier de terre pour se cacher. Quand j'ai aperçu les phares dans mon rétroviseur, j'ai su qu'il m'avait dupé.

— Qu'est-ce qu'il a fait ? demanda Lilo, le cœur battant la chamade.

— Il m'a tiré dessus. La vitre arrière a volé en éclats, mais mon siège était revêtu d'acier. Il ne pouvait pas le savoir. Cependant, il a vite réalisé qu'il ne pouvait pas m'éliminer en restant derrière moi. Donc, il est venu se mettre à ma hauteur. Son fourgon était plus gros et plus lourd que ma BMW. Il m'a percuté. J'ai fait tout ce que j'ai pu pour garder le contrôle de la voiture, mais après le virage suivant, il y avait des travaux sur la route. Le fourgon a réussi à les éviter, mais ma voiture s'est retournée et a dévalé la colline en faisant plusieurs tonneaux.

Lilo haleta.

— Oh, mon Dieu !

— J'aurais pu tenir en attendant les secours, même lorsqu'il aurait fait jour, car les vitres de ma voiture avaient un revêtement spécial anti-UV. Quelque chose que Thomas, un de nos génies, a inventé. Mais la vitre arrière était brisée. Et d'après la position dans laquelle la voiture s'était immobilisée, le soleil levant m'aurait grillé. Je me retrouvais à la merci de la nature.

Blake laissa courir une main dans ses cheveux, puis la replaça sur le dos de Lilo et continua à la caresser.

— Pourquoi n'es-tu pas sorti de la voiture pour t'abriter quelque part ?

— Je ne pouvais pas bouger mes jambes. L'avant de la voiture était défoncé et le moteur était pratiquement sur mes genoux. Je saignais. J'ai essayé de me libérer, mais je n'étais pas assez fort. Mes blessures me drainaient de toute ma force. Alors que, d'ordinaire, j'aurais été en mesure de me dégager, dans cet état, j'étais impuissant.

Lilo sentit les larmes lui monter au bord des yeux.

— Si Hannah n'avait pas été en train de sortir son chien, je ne serais pas là aujourd'hui. Francfort a trouvé ma voiture et a alerté Hannah. Lorsqu'elle est arrivée, elle a tenté d'appeler le 911, mais elle n'avait pas de réseau. Mon téléphone avait le même problème. On ne pouvait appeler personne, et le soleil était sur le point de se lever. Je n'avais pas d'autre choix que lui dire la vérité. De toute manière, j'étais à l'article de la mort.

— Ne dis pas ça !

— C'est la vérité. Je n'avais aucun moyen de savoir comment Hannah réagirait.

Il secoua la tête.

De plus, il avait été trop faible pour exercer la moindre tentative de contrôle de l'esprit sur Hannah afin qu'elle lui vînt en aide.

— Mais tout ce qu'elle a dit, c'était *Comment puis-je aider ?* Imagine ma surprise. Elle n'avait pas peur. En fait, elle semblait excitée.

Involontairement, Lilo dut glousser.

— C'est Hannah. Elle est partante pour n'importe quelle aventure. Elle l'a toujours été. Elle a besoin de cette excitation dans sa vie. Cette montée constante d'adrénaline.

Blake lui sourit en retour.

— C'était ma chance. Quand je lui ai dit que j'avais besoin de sang humain pour me guérir et retrouver assez de force pour me libérer les jambes et m'échapper de la voiture, elle n'a pas hésité. Je n'ai pris que la quantité nécessaire. Le sang humain puisé directement de la veine est bien plus puissant que n'importe quel sang en bouteille. Mais bien sûr, je n'ai pas eu le temps d'avertir Hannah des effets secondaires. L'excitation sexuelle. Le fait que ma morsure serait érotique, bien que le sexe ait été la dernière chose que j'avais à l'esprit.

Il soupira.

— Avec son sang, j'ai été capable de récupérer assez de force pour pouvoir me libérer. Mais déjà, le soleil était en train de se lever. Donc, Hannah a pris une couverture trouvée dans mon coffre, et on a réussi à atteindre une vieille cabane qu'elle avait aperçue durant sa promenade avec Francfort. On s'est abrité là.

— Et Hannah ? Comment a-t-elle réagi à la morsure ?

— Elle était abasourdie, comme prévu. Et accro. Mais je ne l'ai pas remarqué pendant un moment.

— Accro ? Tu veux dire qu'elle est tombée amoureuse de toi ?

Du revers des doigts, Blake lui caressa la joue. Ce geste la réconforta.

— Non. Elle était accro à la morsure. À la sensation qu'elle lui avait procurée. Pendant qu'on attendait la tombée de la nuit, nous avons discuté. Je lui ai parlé de Scanguards, de ce que je faisais. De qui j'étais.

Et je lui ai dit que je lui donnerais tout ce qu'elle voulait pour m'avoir sauvé la vie.

— Et que voulait-elle ?

— Très peu. Elle est vraiment trop bonne pour ce monde. Tout ce qu'elle voulait, c'était un travail. Tu sais, elle avait été licenciée la veille. C'est pour ça qu'elle avait fait tout ce chemin dans les bois avec Francfort. Pour réfléchir à ce qu'elle voulait faire de sa vie. C'est le destin qui l'a menée là.

— Donc, tu lui as offert un job.

Blake acquiesça.

— J'aurais pratiquement pu lui trouver n'importe quel boulot de son choix, dans cette ville. Scanguards a beaucoup de relations. Mais elle ne voulait pas travailler pour une compagnie humaine. Elle voulait travailler pour des vampires. Je ne pense pas que Ronny ait été son premier petit ami vampire. Je pense qu'elle est sortie avec plusieurs de ceux qu'elle a connus dans son travail. Je suspecte qu'elle ait toujours couru après cette sensation de planer qu'elle a ressentie quand je l'ai mordue.

Il glissa les doigts dans les cheveux de Lilo.

— C'est pour ça que je me sens responsable d'elle et que je ferai tout pour la secourir, ajouta-t-il. Pas seulement parce qu'elle m'a sauvé la vie, mais parce que je suis celui qui l'a poussée dans le monde des vampires. Tout ce qui lui est arrivé s'est produit parce que je l'ai introduite dans cette vie, alors que j'aurais pu lui effacer la mémoire. Tant de l'accident que de la manière dont elle m'avait sauvé.

— Pourquoi ne l'as-tu pas fait ?

— Parce qu'elle m'avait prié de ne pas le faire. Elle voulait se souvenir de tout.

Blake lui caressa tendrement le visage, et la chaleur se répandit en elle.

— Et toi ? poursuivit Blake. Tu veux te souvenir, maintenant que tu sais dans quel danger tu pourrais te retrouver ?

La décision était simple.

— Je veux me souvenir de tout. De chaque petit détail.

Elle remua et se redressa sur les genoux en alignant le centre de sa féminité sur le sexe de Blake.

— Je veux me créer encore plus de souvenirs, ajouta-t-elle. Tu veux m'aider ?

— Il lui effleura les lèvres avec les siennes.

— Je pensais que tu ne le demanderais jamais.

31

Lilo s'accroupit sur son sexe et le prit en elle. Blake pensa ne jamais pouvoir s'en rassasier. Tel un cocon, la chaleur et l'humidité de l'intimité de Lilo l'engloutirent, faisant instantanément passer tout le reste au second plan.

Tout en lui mordillant la lèvre supérieure, Blake poussa les hanches vers le haut et s'installa encore plus profondément en elle. Elle haleta de plaisir et lança la tête en arrière, exposant ainsi la vulnérabilité de sa gorge. La tentation envahit Blake. Mais il n'y réagirait pas. Lilo n'avait pas encore pris la décision de lui accorder le plaisir de la mordre. Et il ne l'y pousserait pas car, s'il le faisait, elle lui en voudrait.

Il baissa plutôt le visage vers ses seins, captura un mamelon bien dur dans sa bouche et le suça. Cette caresse fit frémir Lilo. Oui, c'était la manière avec laquelle il l'aiderait à prendre sa décision : en l'inondant de passion et de plaisir, de tendresse et d'attention. Et d'amour. Il se figea. D'amour ? Ce sentiment qui contrôlait son corps et son esprit était-il de l'amour ? Était-ce possible ? Pouvait-ce arriver après si peu de temps ? Comment pouvait-il en être certain ?

La voix de Lilo ramena son attention vers elle.

— Oh, oui, Blake, s'il te plaît, juste comme ça, dit-elle en le chevauchant à présent plus rapidement.

Il l'aida en lui agrippant les hanches et en la soulevant à chaque fois qu'elle se relevait sur les genoux, puis en la tirant vers le bas lorsqu'elle replongeait sur lui. En dépit de l'abondante lubrification produite par leur excitation mutuelle, la friction augmenta, et Blake sentit l'approche de son prochain orgasme.

Il continua à lui sucer les seins, un mamelon après l'autre, tandis qu'il plongeait profondément son membre en elle.

— Ouais, chevauche-moi violemment, marmonna-t-il contre la chair ferme.

Il leva la tête afin de regarder son visage, un visage qui scintillait de passion. Leurs regards se croisèrent et se fondirent l'un dans l'autre.

Lilo souleva soudain une main et dégagea ses cheveux d'un côté de son cou tout en inclinant la tête sur le côté. Il regarda fixement cette peau délicate et put voir la veine pulser par-dessous, au rythme de leurs ébats. À combien d'autres tentations allait-il devoir résister ?

Lilo se pencha plus près, puis laissa descendre une main tout le long du côté exposé de son cou, comme pour lui montrer le chemin.

Il grogna à haute voix.

— Bon sang, Lilo. C'est suffisamment dur comme cela.

Elle ne rompit pas le contact visuel.

— Je sais. Je peux le sentir.

Comme pour mettre l'accent sur son affirmation, elle redescendit sur lui rapidement, s'empalant presque sur son sexe dur comme de la pierre.

Il écarta la tête et toucha la tête de lit.

— Si tu n'arrêtes pas de me taquiner—

Elle l'interrompit en écrasant la bouche sur la sienne. Elle lécha la jointure de ses lèvres et, incapable de résister, il les écarta. Lorsqu'elle lécha la rangée de dents afin d'inciter ses canines à descendre, il sut qu'il avait perdu.

Une sonnerie parvint à ses oreilles. Délirait-il déjà en sachant que, dans quelques secondes, il serait en train de percer la peau de Lilo et enfoncerait ses canines en elle ? Était-il déjà si loin ?

La sonnerie ne s'arrêta pas. Il réalisa enfin de quoi il s'agissait : son portable. Il était posé sur sa table de chevet. Et cette sonnerie, il ne pouvait l'ignorer.

Il arracha sa bouche de celle de Lilo.

— Désolé, mais je dois répondre.

Un gémissement de déception parvint aux lèvres de Lilo, mais elle stoppa ses mouvements ascendants et descendants auxquels elle se livrait sur lui. Il attrapa le téléphone.

— Fais-moi confiance, lui dit-il avant de répondre, je suis plus déçu que toi par cette interruption.

Les yeux de Lilo étincelèrent à ces mots. Tout en prenant l'appel, Blake lui serra la hanche en guise de réconfort.

— John ?

— Content d'entendre que tu es éveillé, répondit son collègue. Tu as complètement récupéré ?

— À cent pourcent, répondit-il, en dépit du fait que son épaule fût encore un peu endolorie.

— Bien, parce que nous avons une piste solide.

Lilo, laquelle se rapprochait pour entendre ce que John disait, inspira.

— Oh mon Dieu !

— Laisse-moi te mettre sur haut-parleur. Je suis avec Lilo.

Il appuya sur le bouton du haut-parleur.

— Salut, Lilo. Donc, voici ce que nous avons : nous avons retrouvé le chien d'Hannah dans un refuge pour animaux. Et écoutez ceci : selon vous, qui y a déposé le chien la nuit de la disparition d'Hannah ?

— Qui ? demanda Lilo.

— Ronny.

— Pourquoi a-t-il—

Blake l'interrompit.

— Tu es sûr que c'est lui ?

— Certain. L'employé de service cette nuit-là l'a reconnu sur la photo que nous lui avons montrée.

— Est-ce qu'il a également vu comment il est parti ? À pied, en voiture ? Est-ce que quelqu'un l'attendait dehors ?

— Non, dit John. Mais devine quoi : il y a une station- service située à l'angle opposé par rapport à l'endroit où se trouve le refuge pour animaux. Et ils ont des caméras de surveillance. Une d'elles a capté Ronny en train de monter dans un vieux pick-up.

— Un pick-up ? Je pensais que la voiture qu'on recherchait était une Toyota Corolla.

— C'est vrai. Mais il ne conduisait pas cette voiture-là.

— S'il te plaît, dis-moi que la caméra a capté le numéro de plaque.

— Oui. Nous l'avons déjà identifiée. Elle semble être enregistrée à une adresse à Napa. Nous l'avons recherchée sur Google Maps. C'est un coin plutôt retiré, au fonds des bois. Idéal pour abriter des activités illégales. Région plutôt retirée.

— Rassemblons une équipe, maintenant, ordonna Blake.

— Déjà fait. On n'attend que toi.

Il regarda le réveil digital sur sa table de nuit. Non seulement il indiquait l'heure actuelle, mais il était également programmé pour servir de compte à rebours jusqu'au lever et coucher du soleil.

— Lever du soleil dans une heure. Je serai au QG avant ça.

— Bon. On t'attend.

Blake mit fin à l'appel et regarda Lilo.

— Je regrette de devoir écourter ceci, mais—

Elle posa un doigt sur ses lèvres.

— Tu n'as rien à expliquer. Il faut y aller. Habillons-nous.

— Nous ?

Il secoua la tête.

— Oh non, ajouta-t-il. Cette fois, tu ne viens pas avec moi.

— Mais—

— Pas de mais ! On ne sait pas ce qui nous attend, là. Tu dois être folle de croire que je te laisserais te mettre toi-même en danger.

Les mains sur les hanches, elle souffla d'un air désapprobateur.

— Tu me traites de folle ?

— Seulement de la meilleure façon possible.

— Il n'y a pas de putain de meilleure façon possible.

Il l'attrapa par les hanches.

— Même si ça m'excite quand tu jures comme ça, j'ai bien peur que tu n'aies pas le dernier mot. Tu restes là. Et pour m'assurer qu'il en soit ainsi, je vais demander à ma famille de te tenir compagnie.

— Tu ne peux pas faire ça !

— Je peux et je le ferai !

Furieux qu'elle désobéît, il poussa les hanches vers le haut, enfonçant son membre profondément en elle.

Elle battit des paupières, et il put entendre son pouls battre à toute allure. Peut-être s'assurerait-il ainsi de sa soumission. Il n'était pas au-dessus d'une petite ruse. Et personne n'en serait blessé.

Glissant la main entre leurs deux corps, il trouva le clitoris bien lubrifié par le mélange du produit de leur excitation et frotta son doigt par-dessus.

— Ce n'est pas juste, dit-elle, entre les dents, en laissant tomber la tête en arrière.

— La vie n'est pas juste. Maintenant, sois une gentille fille et jouis pour ton grand méchant vampire.

Tandis qu'il allait et venait en elle, il continua à frotter le clitoris du doigt, augmentant le tempo à chaque seconde jusqu'à ce qu'il sentît Lilo se raidir dans ses bras. Une seconde plus tard, un frisson la dévasta, et elle s'effondra contre lui, tandis que ses muscles internes se resserraient autour de son érection. Mais il ne s'autorisa pas à jouir. Il souleva plutôt Lilo et l'étendit sur le lit.

Il déposa un baiser sur son nombril.

— Gentille fille.

— Tu es un vilain vampire, murmura-t-elle, sans la moindre colère derrière cette accusation. Il était parvenu à l'épuiser. Suffisamment longtemps, du moins, pour pouvoir se préparer à partir.

Il se leva et lui sourit de toute sa hauteur.

— Exactement comme tu l'aimes, chérie.

32

Blake avait laissé son Aston Martin dans le parking de Scanguards et se trouvait dans un des fourgons à vitres teintées en compagnie de Samson et John. Amaury, Wesley ainsi qu'Oliver les suivaient dans un second fourgon, tandis qu'Haven et Yvette avaient pris leur voiture. Ces temps-ci, il était inhabituel pour Samson de prendre part à une mission mais, étant donné les lourdes conséquences des effets d'une drogue capable de contrôler les humains, il avait décidé de s'impliquer personnellement dans tous les aspects de l'affaire. Il avait été briefé des moindres détails et en savait à présent tout autant que Wesley et Blake.

Il y avait du trafic sur le pont qui traversait la baie et, tandis que John se concentrait sur la circulation en cette heure de pointe, Samson se tourna vers Blake. Il avait insisté pour que tous deux fussent assis à l'arrière.

— Mademoiselle Schroeder tient le coup ?

— Je pense que tu peux commencer à l'appeler Lilo.

Samson haussa un sourcil.

— Alors, je ne m'étais pas trompé.

— Elle a vu le pire de moi-même quand on m'a tiré dessus. Je ne pouvais contrôler la bête qui était en moi. Elle n'a pas bronché. Elle ne s'est pas enfuie.

Blake sourit en repensant à la manière dont elle s'était occupée de sa blessure bien qu'il se fût comporté comme un animal sauvage.

— Elle est courageuse, ajouta-t-il.

Et c'était la chose qu'il admirait le plus chez elle.

Samson gloussa.

— Ça me rappelle quelqu'un que je connais.

Il marqua une pause.

— En réalité, ça me rappelle plusieurs femmes que je connais. Des femmes très spéciales, précisa-t-il.

— Moi aussi.

— Tu lui fais confiance ?

Il n'eut même pas à réfléchir à sa réponse.

— Je lui confierais ma vie. Est-ce que Ryder t'a dit comment elle a sorti la balle en argent ?

Samson sourit.

— Très ingénieux. Je suis content que tu ailles bien.

Il redevint ensuite sérieux.

— Certaines choses dans cette affaire n'ont encore aucun sens à mes yeux.

— Seulement certaines ?

Dans l'esprit de Blake, beaucoup de choses n'avaient aucun sens.

— Il y a quelque chose d'incohérent avec ce Ronny. Nous pensons qu'il est derrière la disparition de sa petite amie et dans la fabrication et distribution de la drogue. Mais ce qui est incompréhensible dans cette histoire, c'est ceci : pourquoi se donner la peine de déposer le chien d'Hannah dans un refuge pour animaux ?

— Je me le suis demandé également.

Blake haussa les épaules.

— Peut-être qu'il aime les animaux, ajouta-t-il.

— C'est possible. C'est juste que je ne le vois pas comme étant quelqu'un du genre à se soucier de qui que ce soit. Tout particulièrement parce qu'il t'a tiré dessus. Ce qui, d'ailleurs, est encore une chose qui n'a aucun sens. Pourquoi t'attaquer ?

Involontairement, Blake se frotta l'épaule à l'endroit où la balle avait pénétré.

— Je me demandais la même chose. D'abord, j'ai pensé qu'il en avait peut-être après Lilo. Mais puisque la balle était en argent, je crois qu'elle m'était destinée. Peut-être qu'il nous a suivis après notre départ de l'appartement d'Hannah. Peut-être qu'il le surveillait ?

— À quelle fin ? Son associé, Norwood, y était déjà allé plus tôt.

— Exact. Mais il était reparti les mains vides. Enfin, il avait le portable de Lilo. Mais de ce que j'ai pu voir, il n'avait pas trouvé ce qu'il cherchait. Sinon, pourquoi aurait-il demandé à Lilo où *elle* était ? Je ne peux que supposer qu'il voulait la clé USB. Peut-être pour brouiller les pistes.

— Cela signifierait qu'il savait qu'elle existait. Comment l'aurait-il découvert ? demanda Samson en se frottant la nuque.

— En supposant que Ronny n'était pas au courant pour la caméra dans l'appartement d'Hannah, la seule personne qui pourrait en avoir parlé à Norwood ou Ronny, c'est Hannah.

Ce qui pouvait, en fait, être une bonne nouvelle. Samson semblait le penser également.

— Ils ne l'ont pas tuée. Ils n'ont peut-être aucune intention de le faire, dit son patron.

— Tu penses qu'ils l'utilisent ? Comme ils utilisent les autres humains pour leurs crimes ?

À cette pensée, un frisson lui parcourut toute la colonne vertébrale et le glaça jusqu'aux os.

— Cela signifie qu'ils la droguent, ajouta-t-il.

— Pour la rendre docile, oui, c'est possible. Bien qu'ils puissent également se servir du contrôle de l'esprit. Pas besoin de gaspiller de la drogue en l'utilisant sur elle, dit Samson.

Blake acquiesça et redevint silencieux. Dans les bois de Napa, il espérait non seulement trouver Ronny, mais également Hannah. Ronny n'était pas retourné chez lui, dans le quartier de l'Excelsior, depuis que Wes, Lilo et lui-même avaient fouillé sa maison. Il devait donc se terrer ailleurs. Et quel autre meilleur endroit pour garder la victime d'un kidnapping que dans une cabane isolée où personne ne pourrait entendre ses appels à l'aide ?

— Encore combien de temps, John ? demanda Blake.

— D'après mon GPS, nous y sommes presque.

Blake jeta un œil par la fenêtre. Une végétation assez dense bordait l'étroite route des deux côtés.

— Où sommes-nous ?

— À la frontière entre le comté de Napa et celui de Sonoma. Ce n'est que faiblement peuplé. D'après ce que j'ai entendu, il y a beaucoup de marginaux par ici, l'informa John. C'est probablement pour ça que Ronny a choisi cette région.

Samson hocha la tête.

— Il y a vingt, trente ans, il y avait beaucoup de cultivateurs de marijuana, ici. Les fédéraux y ont mené une tonne de raids. Mais ils n'ont pas toujours eu beaucoup de succès. Les cultivateurs choisissaient des endroits plutôt retirés. C'était avant la légalisation du cannabis, bien sûr. Maintenant, ces fermes secrètes ne sont plus d'aucune utilité. La place est libre pour d'autres opérations illégales.

Blake grogna.

— Eh bien, allons débusquer ce salaud.

~ ~ ~

Le GPS ne les guida que jusqu'à un chemin de terre se terminant en cul-de-sac, à une centaine de mètres après être sortis de la route asphaltée qu'ils avaient empruntée. Il n'y avait aucun signe de maison ou de tout autre bâtiment habitable bien que, selon une carte récente, l'adresse fût censée correcte. Quoiqu'aucun postier ne pût jamais la trouver : aucun numéro n'était affiché nulle part, et il n'y avait aucune boîte aux lettres non plus.

Blake sortit de la voiture et regarda autour de lui. Ses collègues le rejoignirent jusqu'à ce que tous les huit fussent rassemblés. Peut-être était-ce exagéré de se retrouver à autant de gardes du corps qualifiés mais, sans connaître le nombre de complices que Ronny avait, excepté celui qui avait été identifié comme étant un certain Norwood, Samson avait insisté pour avoir les meilleurs et les plus solides hommes (et femmes) à son service. Il était dommage que Zane fût toujours à la Nouvelle Orléans. Gabriel dirigeait le QG en l'absence de Samson, tandis que Quinn avait accepté de surveiller Lilo. Accompagné de Rose, ils étaient tous deux arrivés chez Blake juste après le départ de celui-ci. On pouvait le traiter d'exagérément prudent, mais il ne prendrait aucun risque quand la sécurité de Lilo était en jeu.

— Déployez-vous en éventail, ordonna Samson. Si vous voyez un bâtiment, avertissez le reste de l'équipe par texto. Le portable de tout le monde en silencieux. Maintenant.

Blake vérifia son téléphone, puis ses armes. Un pistolet de petit calibre dans son étui était attaché à sa hanche, un couteau en argent était caché dans sa botte et un pieu était dissimulé dans la poche intérieure de sa veste. Il espérait toutefois ne pas avoir à utiliser ce dernier. Néanmoins, il n'était pas contre le fait d'infliger une petite douleur à l'aide de son couteau en argent, histoire de montrer à quoi ça ressemblait dans un langage que Ronny comprenait.

Tous les sens en alerte, Blake s'avança d'un pas raide dans l'obscurité, attentif aux collègues présents autour de lui. Tous faisaient toutefois attention à l'endroit où ils mettaient les pieds et tentaient de demeurer aussi silencieux que possible.

À environ un kilomètre et demi de la route principale, Blake aperçut une faible lumière. Il s'approcha prudemment, les yeux scrutant le sol à la recherche de possibles pièges susceptibles d'alerter Ronny. Il s'arrêta à environ cent mètres du bâtiment ressemblant à une vieille cabane délabrée et envoya les données de sa positon par texto à ses collègues.

L'acuité supérieure de sa vision nocturne les repéra quelques instants plus tard, tandis qu'ils encerclaient le bâtiment en se rapprochant. Blake leva une main afin de leur signaler de demeurer là où ils se trouvaient, puis se rapprocha de l'endroit d'où provenait le filet de lumière. C'était une fenêtre. Et bien que les tentures fussent tirées, quelqu'un de négligent avait laissé une ouverture de quelques centimètres. Blake rapprocha la tête de la vitre et scruta attentivement l'intérieur.

Un salon. Vide.

Blake se déplaça afin de modifier son angle de vue, mais ne put apercevoir qu'une porte. Il ne pouvait ni distinguer où elle menait ni s'il y avait quelqu'un. Ils allaient donc juste devoir risquer le tout pour le tout. Soudain, un bruit provint de l'intérieur. Le cœur de Blake s'arrêta, et son esprit tenta d'analyser ce qu'il avait entendu : un bruit métallique semblable à un bruit de couverts. Soit quelqu'un mangeait, ce qui signifiait qu'il ne pouvait s'agir de Ronny, soit quelqu'un tentait de donner l'alerte.

Il se retourna et fit des signes de mains afin de prévenir ses collègues qu'une personne au moins se trouvait dans la cabane. Il fit signe à Wes, et le sorcier le rejoignit. Cette fois, Wes ne prononça pas le sortilège destiné à ouvrir la porte, car dans cette région sauvage où il n'y avait aucun bruit ambiant, Ronny aurait pu les entendre. Si, du moins, il était à l'intérieur. Wes avait plutôt emmené une potion capable d'ouvrir n'importe quelle serrure sans faire le moindre bruit. Il la déversa sur la poignée de porte, remit la bouteille vide dans son petit sac à dos, puis recula comme pour dire, *C'est tout à toi.*

Blake fit signe à ses collègues de surveiller les fenêtres au cas où Ronny s'enfuirait, puis hocha la tête à l'intention de John qui le couvrait. Blake sortit son arme et, sans plus attendre, ouvrit la porte d'un coup de pied et entra en trombe.

Un bruit provint d'une des pièces, et Blake se dirigea dans cette direction. Ce faisant, il entendit son ami le suivre dans la maison. Il asséna un coup de pied dans la porte donnant sur une grande cuisine et, avec son pistolet, mit en joue la personne présente.

— Merde !

— Ronny !

Le pauvre type laissa tomber les ustensiles avec lesquels il travaillait et se précipita vers la porte menant à la pièce suivante.

— Ne m'oblige pas à te tirer dessus, l'avertit Blake, calmement, sachant que ses collègues lui couperaient la route. L'argent fait un mal de chien.

Mais Ronny ne s'arrêta pas. Il fonça droit sur Amaury, lequel l'attrapa et le claqua contre le mur le plus proche avant de l'y maintenir suspendu.

— Laisse-moi partir ! Bon sang ! cria Ronny en se débattant.

Mais Amaury était plus fort.

— Tu veux être le premier, Blake ? lui proposa son ami à la taille de footballer.

— Avec plaisir, grogna-t-il en balançant son poing dans le visage de Ronny, de façon telle que la tête de ce dernier vint claquer si violemment contre le mur que les lattes de plâtre se fissurèrent.

— Ça, c'est pour la balle en argent que tu as laissée dans mon épaule.

Il balança à nouveau le bras et, cette fois, délivra un uppercut dans le menton du gredin.

— Et celui-ci, c'est pour Hannah !

Du sang s'échappa du nez de Ronny, et les canines de Blake s'allongèrent automatiquement. Ses doigts se transformèrent en griffes et, prêt à délivrer un autre coup, il leva une main. Mais ses griffes n'entrèrent pas en contact avec le visage de Ronny : quelqu'un l'en empêchait.

Blake fouetta la tête sur le côté.

— Ça suffit. Il nous le faut vivant, dit Samson avant de lui relâcher le poignet.

Blake prit une inspiration et fit un pas en arrière. Il se tourna ensuite vers les autres qui étaient entrés dans la cuisine.

— Vous avez trouvé Hannah ?

Ils secouèrent la tête.

— Pas la moindre trace, dit Haven.

Blake se retourna sur Ronny et plissa les yeux.

— Où est-elle ?

— Je ne sais pas !

— Mon cul, ouais ! rétorqua Blake. Je repose la question : où est Hannah ? Où la retiens-tu ?

— Je ne la retiens pas, hurla Ronny. Ce sont eux qui l'ont. Je ne sais pas où elle est.

— Toi, sac à merde ! Menteur !

— Je ne mens pas. S'il te plaît, laisse-moi partir. S'ils savent que vous m'avez trouvé, ils la tueront.

— Qui sont-ils ?

Il désigna la grande table de la cuisine où, un peu plus tôt, il avait été occupé à manipuler quelques bols et quelques herbes.

— Les vampires qui se cachent derrière tout ça.

Blake souffla d'un air désapprobateur.

— Es-tu en train de me dire que tu es juste un pion ? Tu crois que je suis stupide à ce point ?

— C'est la vérité ! Ils l'utilisent pour me faire faire ce qu'ils veulent. Mais s'ils découvrent que je ne leur suis plus d'aucune utilité, ils n'auront plus aucune raison de la garder en vie.

Blake se rapprocha en affichant ses canines.

— Tu ferais mieux de dire la vérité.

Il se tourna vers Samson.

— Emmenons-le au QG pour l'interroger, dit-il à son patron.

— Non ! protesta Ronny. Je dois terminer ce paquet. S'il n'est pas fait quand ils en auront besoin—

— Partons, mon pote, l'interrompit Amaury en le hissant hors de la pièce.

— Je vais rester, annonça Wes, soudainement. Hav, tu peux me laisser ta voiture ?

— Qu'est-ce que tu vas faire ? demanda Blake.

Wes pointa la table du doigt.

— Je vais vérifier ce qu'il faisait. Ça pourrait m'aider à comprendre comment la drogue fonctionne.

— Tu t'en sortiras tout seul ? demanda Haven, l'inquiétude gravée sur le visage. Tu veux que je reste avec toi ?

— Je peux rester, également, proposa Yvette.

Wes secoua la tête.

— Ça va vous ennuyer à mourir. Alors, non. Rentrez à la maison. Ça va aller.

— Si tu le dis, concéda Haven.

— Ne t'inquiète pas.

Wes désigna son sac à dos.

— J'ai toute la protection dont j'ai besoin avec moi, ajouta-t-il. Je fermerai à clé quand j'aurai terminé.

Oliver haussa un sourcil.

— Fermer à clé ? Fais plutôt brûler cet endroit, j'ai envie tôt dire.

— Pas encore, répliqua Wes. Il se pourrait qu'on en ait encore besoin plus tard. De plus, si Ronny nous a dit la vérité, alors on ferait mieux de laisser les choses comme elles sont jusqu'à ce qu'on ait retrouvé Hannah. Je lancerai un sortilège de verrouillage sur la maison quand je partirai.

— Ça me semble bien, agréa Samson.

— On y va, dit-il ensuite aux autres.

Blake hocha la tête à l'intention de Wes, puis suivit Samson et les autres à l'extérieur. Il ne pouvait qu'espérer que Ronny eût dit la vérité et qu'Hannah fût toujours en vie. Et qu'elle le demeurerait aussi longtemps que ses ravisseurs croiraient que Ronny se conformait à leurs ordres. Mais jusque-là, Blake ne croyait pas Ronny. Il avait besoin de preuves.

33

Wesley attendit que ses collègues fussent partis et que le silence régnât dans la maison. Un rapide regard lui confirma qu'il faudrait attendre un petit moment avant de quitter cet endroit. Il y avait beaucoup de choses à examiner. Mais au cas où les associés de Ronny arriveraient à l'improviste, il décida de mettre en place des protections destinées à l'avertir de toute intrusion. Dès que les cristaux magiques furent en place, un du côté extérieur de la porte et un à l'extérieur de chaque fenêtre, il se mit au travail. Seul un autre sorcier pourrait détecter les protections. Un humain ou un vampire ne remarquerait les cristaux que lorsqu'il serait trop tard.

Wes se tourna vers la table où Ronny avait mélangé les différentes herbes. Il y avait plusieurs sacs remplis d'étranges feuilles séchées, de cuillères à mesurer ainsi que divers contenants et autres ustensiles. Du regard, il fit le tour de la cuisine en reniflant. Sur la cuisinière se trouvait un grand pot en terre rehaussé d'un couvercle.

Il se dirigea vers celui-ci, souleva le couvercle, mais recula instantanément. Une odeur pestilentielle émanait de la dégoûtante bourbe noire. Et les odeurs nauséabondes ne lui étaient pas étrangères. Bien qu'il eût brassé suffisamment de potions puantes dans sa vie, cette concoction remportait la palme.

Il n'y avait aucune manière de tester cette infusion sur place. Il lui fallait ramener des échantillons au labo. Il ouvrit son sac à dos, en sortit une fiole, attrapa une cuillère propre dans un des tiroirs de la cuisine et mit un peu de bourbe noire dans la fiole. Ensuite, il la referma hermétiquement et la déposa dans un petit récipient en plastique afin qu'elle ne subît aucun dégât dans son sac.

— Bon, alors… se murmura-t-il en commençant à examiner individuellement chaque herbe étalée sur la table.

Il reconnut immédiatement l'Höllenkraut. Durant les dernières vingt-quatre heures, il avait lu tout ce qu'il avait pu trouver sur cette plante. Et plus il en apprenait, plus il était inquiet. Il put identifier certaines des autres herbes, visuellement ou à leur odeur. Il répertoria chacune d'entre elles dans son bloc-notes et ensacha des échantillons.

Mais il y en avait plusieurs qu'il ne reconnaissait pas. Heureusement, il avait anticipé et avait emporté son livre intitulé *Guide des plantes* dans son sac à dos. Il l'en sortit.

Il le feuilleta et put identifier toutes les herbes que Ronny avaient utilisées. Certaines semblaient plutôt innocentes : la camomille, par exemple. Il secoua la tête. Quel effet une herbe inoffensive comme la camomille pouvait-elle avoir dans cette dangereuse concoction ? Elle en avait visiblement un, mais il ne pouvait le découvrir en simplement la regardant. Il devait trouver le livre de recette de Ronny. Quelque part, ce bandit devait avoir écrit les proportions exactes de chaque herbe qu'il utilisait pour préparer la drogue.

Mais bien qu'il ouvrît de nombreux tiroirs, retournât beaucoup de choses et feuilletât beaucoup de livres, il ne put rien trouver nulle part qui pût, même de loin, ressembler à une recette. Ce qui s'en était le plus rapproché avait été les notes en ligne que Matt avait découvertes dans l'ordinateur de Ronny. Mais il avait assez rapidement été évident que ces notes concernaient une version prématurée de la drogue, et qu'elles étaient incomplètes. Inutiles, mis à part le fait qu'elles lui avaient fait prendre conscience des dangers de l'Höllenkraut.

Il était en train de ranger les différents échantillons qu'il avait rassemblés dans son sac à dos lorsque, soudain, un flash apparut à travers la fenêtre de la cuisine. C'était la protection qu'il avait posée qui l'avertissait de la présence d'un visiteur. D'un bond, Wesley s'activa immédiatement. Il sortit son pistolet de l'étui et déboula dehors. Mais le temps qu'il eût fait le tour de la maison en courant, celui qui avait déclenché la protection avait disparu.

Wesley se figea un instant et scruta l'obscurité. Il ne possédait pas la sensible ouïe ou l'acuité visuelle d'un vampire mais, en tant que créature surnaturelle, il pouvait percevoir les auras. C'était à cela qu'il pouvait reconnaître les vampires. Tout comme les vampires pouvaient le reconnaître en tant que sorcier.

Et en tant que tel, il put sentir la faible empreinte de l'aura d'une personne qui planait toujours. Une créature surnaturelle, sans aucun doute. Quoiqu'il ne pût dire s'il s'agissait d'un vampire. Néanmoins, il commença à courir dans l'espoir que ce qu'il percevait pût durer assez longtemps pour lui permettre de rattraper le visiteur.

Wes se rua à travers la forêt sans se soucier de ressembler à un troupeau entier d'éléphants en train de fouler les bois. Cela n'avait aucune importance. À chaque minute qui s'écoulait, la traînée de l'aura devenait plus forte. Ce qui signifiait que son entraînement d'endurance au sein de Scanguards payait enfin. Qui que fût l'étranger, Wes gagnait du terrain sur lui.

Cependant, bien que le clair de lune brillât à travers une moins dense végétation, il ne pouvait toujours voir personne. Mais il pouvait à présent l'entendre. Les sèches brindilles cassaient sous les pieds de cette personne. Wes utilisa ces bruits et la traînée de l'aura afin de demeurer proche de sa cible, gonflant davantage ses poumons d'air, tandis qu'il continuait à la poursuivre.

L'étranger se mit à gravir la colline en courant et, selon ce que Wes put entendre, il venait juste d'en atteindre le sommet. Le clair de lune illuminant cet endroit aurait dû refléter sa silhouette, mais Wesley ne vit rien. Absolument rien.

— C'est impossible, se murmura-t-il en gravissant la colline à toute vitesse.

Lorsqu'il atteignit l'endroit où l'intrus s'était trouvé juste quelques secondes plus tôt, il regarda l'autre versant de la colline. Il aperçut des brindilles et des feuilles voler, comme si quelqu'un le dévalait. Mais il n'y avait personne. Personne de *visible*, en tout cas.

Wes descendit la colline à toute allure en prenant soin de ne pas tomber. S'il venait à se casser le cou, cela n'aiderait personne.

En bas, il aperçut finalement la chose vers laquelle cette personne se dirigeait. Une cabane en bois. La porte claquait. L'inconnu venait certainement d'y entrer. Wes s'y précipita et ouvrit la porte d'un coup de pied tout en pointant son arme vers le centre de la bâtisse.

Mais il réalisa immédiatement que ce n'était pas une cabane ordinaire.

À l'extrémité opposée, se trouvait un mur de pierre doté d'une ouverture bien plus grande que celle d'une porte ordinaire. Au-delà de celle-ci, il aperçut finalement la personne qu'il avait poursuivie. L'inconnu fit volte-face et leurs regards se suspendirent pendant un instant. Le mur de pierre disparut.

— Détruis-la, dit l'inconnu.

— Détruire quoi ? demanda automatiquement Wes, stupéfait, quoique pointant toujours son arme vers l'homme pourvu de vêtements et d'un long manteau noirs.

— La drogue. Elle ne fera que le jeu des démons.

Wes hésita.

— Qui es-tu ? Décline ton identité !

Car cet homme n'était pas un vampire.

— Nous sommes du même côté, sorcier !

Il leva ensuite les mains comme s'il se rendait et, soudain, le mur de pierre apparut à nouveau, séparant les deux protagonistes.

— Merde !

Wes s'y précipita et appuya les mains dessus, mais la roche était bien solide. Comment, bordel, ce type avait-il fait cela ? Ce ne pouvait pas être de la sorcellerie car, pour sûr, l'inconnu n'était pas un sorcier. Et pourtant, il avait reconnu Wesley comme tel. Il était surnaturel. C'était une certitude.

Mais qu'était-il ?

Tandis qu'il baissait la tête, Wes eut son attention attirée par quelque chose. Il fixa la pierre devant lui et se concentra sur les sillons à la surface de celle-ci. C'est alors qu'il la vit : quelqu'un avait taillé une dague dans le rocher. Une parfaite et belle dague ancienne. Des doigts, Wes en traça le contour et sentit la pierre chauffer. Simultanément, elle commença à briller.

— Putain !

Il poussa dessus, mais la chaleur et la lueur faiblirent. La pierre redevint froide. Cependant, la dague s'y trouvait toujours. Et il savait qu'il avait déjà vu cette dague par le passé. Quelque part dans un livre.

34

Lilo écouta impatiemment pendant que Quinn parlait à quelqu'un au téléphone.

Blake était parti quelques heures plus tôt en la laissant chez lui malgré son désir de l'accompagner. Il avait utilisé ses prouesses sexuelles pour la forcer à se soumettre à ses désirs. Et elle en rageait toujours. C'était exactement ce qu'elle n'aimait pas chez les hommes : leur domination. De plus, elle s'en voulait d'y avoir cédé si rapidement.

Et pour couronner le tout, Blake avait demandé à Quinn et Rose de la babysitter. Non pas qu'elle n'aimât pas le couple— en fait, elle les aimait beaucoup— mais elle n'aimait pas être manipulée de la sorte. Que ses souhaits ne fussent pas pris en compte. Et elle le dirait à Blake dès qu'il serait de retour.

Quinn mit fin à l'appel et glissa le téléphone dans sa poche avant de revenir dans le salon.

— C'était Oliver.

— Et ? Que s'est-il passé ? demanda Lilo avec impatience.

— Ils ont Ronny.

Ses battements de cœur accélérèrent.

— Et Hannah ? Elle va bien ?

Elle sentit soudain la main de Rose sur son avant-bras. Lilo lui lança un regard, puis se tourna à nouveau vers Quinn. Une expression de regret lui traversa le visage.

— Je suis désolé. Ils ne l'ont pas trouvée. Elle n'était pas là.

Un sanglot lui déchira la poitrine.

— Oh, non ! Il l'a tuée, n'est-ce pas ?

Il était trop tard.

— Oh, non, trésor, lui dit tendrement Rose tout en lui caressant le bras.

— Elle est vivante, ajouta Quinn en s'approchant.

Lilo rencontra son regard. Mais elle ne put émettre le moindre mot.

— Mais nous ne savons pas où ils la retiennent. Pas encore, du moins.

— Mais alors, comment savent-ils qu'elle est vivante ? demanda Lilo en s'étranglant.

Quinn soupira.

— Elle est en vie parce qu'ils ont besoin d'elle.

Il échangea un regard avec son épouse.

— Je pense que nous devrions aller au quartier général, ajouta-t-il. Ils y emmènent Ronny pour l'interrogatoire. Nous aurons plus de détails à ce moment-là.

Lilo hocha la tête. Elle était impatiente de se retrouver face à Ronny afin de lui dire ce qu'elle pensait de lui.

Le temps d'arriver aux bureaux de Scanguards situés dans le district de la Mission, un quartier ouvrier très animé aux influences principalement latinos, Quinn avait déjà été prévenu de l'arrivé de Blake et de son équipe, ainsi que de leur prisonnier.

— Ils commencent juste l'interrogatoire, dit Quinn.

Il guida Rose et Lilo à travers un long couloir avant d'ouvrir une porte à l'aide de sa carte d'identité.

— Nous pouvons tout observer d'ici.

Il lui fit signe d'entrer. Ce qu'elle fit. La pièce ressemblait à une salle de contrôle depuis laquelle un ingénieur du son dirigeait un studio d'enregistrement. L'ensemble était disposé sur deux niveaux, celui du bas étant vide, exception faite d'une chaise et une table. Une grande fenêtre permettait aux occupants de la salle de contrôle d'observer les allées et venues au niveau inférieur, là où plusieurs hommes s'affairaient. Des micros et des haut-parleurs assuraient la transmission du son vers la salle de contrôle.

Lilo entendit la porte se refermer derrière elle.

Quinn s'adressa à un homme assis à la table de contrôle.

— Thomas, tu connais Lilo, n'est-ce pas ?

L'homme blond en pantalon en cuir et en t-shirt noir acquiesça et sourit à la jeune femme. Elle se souvint de lui comme du compagnon de sang-mêlé d'Eddie.

— Je t'ai vue à la réunion, la nuit dernière. Prends un siège. Ils commencent.

Il augmenta le volume.

Lilo prit le siège à côté de Thomas, tandis que Quinn et Rose demeurèrent debout derrière elle.

Elle regarda la pièce du bas. Ronny était assis sur l'unique chaise, pendant que John et un autre homme se tenaient près de lui. Elle avait vu ce dernier à la réunion, mais il ne lui avait pas été présenté.

— Qui est-ce ?

Rose se pencha vers elle.

— C'est Oliver, notre fils.

Quinn serra la main de Rose et lui adressa un ravissant sourire.

— Eh bien, en fait, il est mon protégé. Je l'ai transformé, ce qui fait de moi son créateur, son père, peu importe le nom. Et Rose l'a gracieusement accepté comme son fils. Ursula, sa femme, leur fils et lui vivent avec nous.

— Oh, j'ai rencontré Ursula et Sebastian.

— Ne sont-ils pas merveilleux ? Tu sais, ils parlaient d'acheter leur propre maison. Oliver peut certainement se le permettre, mais Sebastian me manquerait tellement s'ils déménageaient. C'est tellement un gentil gamin. Et de toute façon, notre maison est trop grande pour juste nous deux, dit Rose.

Lilo réprima un rire. Un gentil gamin qui s'attirait des ennuis dès l'instant où il trainait avec ses potes.

— Oui, il est gentil.

La porte de la salle d'interrogatoire s'ouvrit soudain, et Blake, suivi par Samson, entra et vint rejoindre ses collègues. Elle ne put s'empêcher de laisser les yeux errer sur Blake. Il représentait le mâle dans toute sa splendeur, le pouvoir, la confiance. À la façon dont il marchait à grands pas dans la salle en s'approchant de Ronny, il semblait presque inaccessible. Supérieur fut le mot qui lui vint à l'esprit.

John et Oliver s'écartèrent afin de laisser la place à Blake. Il faisait à présent face à Ronny et tournait le dos à la fenêtre par laquelle Lilo et les autres observaient.

— Parlons, Ronny, d'homme à homme.

Ronny le regarda furieusement.

— Si elle meurt parce que vous me retenez ici, je t'arracherai le cœur !

— Alors, tu ferais mieux de répondre sincèrement à toutes nos questions et peut-être que—

Ronny souffla d'un air désapprobateur.

— Et peut-être que quoi ? Nous avons déjà perdu trop de temps. Si je n'ai pas le dernier paquet quand ils m'appelleront, les jours d'Hannah seront comptés.

— Alors, pourquoi ne pas commencer à parler ? Depuis le début.

Blake se pencha.

— Je veux connaître le moindre putain de détail, ajouta-t-il. Tu m'entends ? Ou c'est moi qui t'arracherai le cœur.

Comme pour souligner sa menace, Blake leva une main.

Lilo prit une profonde inspiration. Les doigts de Blake s'étaient transformés en griffes et, au cas où il aurait réellement voulu arracher le cœur de ce type, Lilo ne doutait point que ce fût une tâche facile avec de tels arguments tranchants.

— Ce n'était pas ma faute, grogna Ronny, les yeux grands ouverts et furieux lorsqu'il regarda Blake.

Ce dernier recula et croisa les bras sur sa poitrine.

— Vraiment ?

— Non ! Je voulais me sortir de ça.

— Te sortir de quoi ?

— De la fabrication de ces substances. Je suis chimiste. Au début, je faisais juste des expériences. Tu vois, préparer des substances qui font planer.

Lilo se tourna vers Rose.

— Pourquoi ne faisait-il pas simplement de la coke ?

— Les drogues conventionnelles humaines ne fonctionnent pas sur un vampire. L'alcool, la nicotine et n'importe quel autre médicament sur ordonnance ou en vente libre n'a aucun effet sur nous.

Surprise, elle concentra de nouveau son attention sur l'interrogatoire.

— Qu'est-ce qui s'est passé, ensuite ?

— Eh bien, ça n'a pas marché, aboya Ronny. Aucune des substances que j'ai obtenues ne me faisait planer. Je voulais tout jeter parce que je n'aurais jamais pu vendre ça à un vampire vu que ça ne marchait pas.

— Alors, tu as voulu créer une drogue qui marcherait sur les vampires et tu as voulu la vendre dans la rue pour te faire de l'argent ?

Ronny haussa les épaules.

— Il faut bien vivre. Ce n'est pas comme si j'avais beaucoup d'opportunités d'emploi.

Lilo roula des yeux. C'était reparti : pour Ronny, tous les prétextes étaient bons.

— Mais tu n'as pas détruit la drogue, le poussa Blake à avouer.

— Je suis tombé sur un vieil ami. Il venait juste de sortir de prison.

— Steven Norwood, renchérit Blake.

L'effet de surprise se lut dans les yeux de Ronny.

— Donc, vous êtes déjà après lui.

Mais Blake ne le renseigna pas davantage.

— Qu'est-ce que Norwood voulait ?

— Il avait également besoin d'argent, tout comme moi. Et il connaissait quelques types qui n'étaient pas contre de faire tout ce qu'il fallait pour réussir. Quand je lui ai parlé de la drogue pour vampires que j'avais tenté de fabriquer, il a eu une idée. Il a pensé qu'elle marcherait peut-être sur des humains et qu'on pourrait la leur vendre plutôt qu'à des vampires.

Blake souffla d'un air désapprobateur.

— Tu essaies de me dire que tu as vendu ces drogues à des humains et, qu'ensuite, ils ont commis ces cambriolages tous seuls ? Tu crois que je suis stupide ?

Ronny leva les mains.

— Non, ce n'est pas ce que je dis. Au début, c'était le plan, mais ça ne s'est pas passé comme ça. La drogue ne faisait pas planer les humains. Mais elle les plaçait dans un quasi état de catatonie qui leur faisait pratiquement faire tout ce qu'on leur disait.

Il déglutit, puis poursuivit.

— Steven y a vu du potentiel. Et dès que j'ai eu testé la manière de contrôler un humain à grande distance, on a mis le plan en marche.

— Attends, l'interrompit Blake. Quelle certitude avais-tu que les vampires pouvaient contrôler les humains à grande distance ?

— Tous les paquets de drogue sont identiques mais, avant qu'on ne l'administre à l'humain, le vampire qui en a la charge mélange la drogue à son propre sang. Cela crée un lien de courte durée par le biais duquel le vampire peut contrôler l'esprit de l'humain qui, dès lors, n'écoutera que son maître, puisque son sang est en lui. C'est garanti. Personne d'autre ne peut lui donner d'ordres. Du coup, le contrôle de l'esprit effectué par n'importe quel autre vampire ne fonctionnera pas.

— Et si on n'y mélange pas le sang ?

— Sans ça, l'humain tombe en état catatonique et peut être contrôlé par n'importe qui. Même par un autre humain. Nous avons dû éliminer cette possibilité, ou nous aurions perdu tout contrôle sur les humains que nous utilisions.

Ronny se passa une main tremblante dans les cheveux.

— Continue, le força Blake. Qu'est-ce qui s'est passé quand tu as compris que tu pouvais contrôler les humains avec ta drogue ?

— Steven a pensé qu'on pourrait leur ordonner de cambrioler des magasins pour nous, ainsi que des maisons. De cette manière, nous n'avions pas à nous salir les mains. Et on pouvait agir pendant la journée. Mais je n'avais pas vraiment eu l'occasion de tester les effets à long terme de la drogue, et j'ai commencé à remarquer quelque chose…

Il refoula visiblement ce qui ressemblait à un sanglot.

— On a continué à utiliser les mêmes humains, et j'ai commencé à voir ce que la drogue provoquait, au bout du compte, poursuivit-il.

— Des effets secondaires ? demanda Blake.

— On peut dire ça. L'effet à long terme sur un humain est dévastateur. Plus l'exposition est longue, plus l'esprit de l'humain se meurt. Comme avec un patient atteint d'Alzheimer. Au début, c'est progressif, mais c'est inévitable.

Ronny regarda Blake droit dans les yeux.

— Je n'avais pas signé pour ça. Je n'ai plus voulu le faire. J'ai voulu tout arrêter. Mais—

— Norwood ne l'entendait pas ainsi, devina Blake.

Ronny hocha lentement la tête.

— J'étais le seul à pouvoir fabriquer cette substance. Les autres sont des nouilles. Mais Norwood, il savait comment maintenir la pression sur moi. Il connaissait l'existence d'Hannah.

Le cœur de Lilo se contracta douloureusement.

— Il m'a tenu tête et a dit qu'il ferait du mal à Hannah si je ne voulais pas faire ce qu'il voulait.

Lilo se souvint de la vidéo. Les deux hommes s'y disputaient.

— J'ai essayé de convaincre Hannah de partir, mais elle était têtue et voulait savoir pourquoi, poursuivit Ronny.

— Elle ne savait pas ce que tu faisais ?

Il baissa la tête et la secoua.

— Non. Alors, je n'ai pas eu d'autre choix que de le lui dire. Je n'ai jamais vu une personne aussi déçue. Elle m'a jeté dehors. Oh mon Dieu, qu'elle était fâchée ! Maintenant, je pense qu'elle me hait pour ce que j'ai fait. Pour ce que j'ai laissé arriver.

Il renifla.

— Je suis parti en espérant qu'elle se calmerait. Mais quand je suis rentré, quelques heures plus tard, elle n'était plus là. Son chien errait autour du building.

— Et tu l'as emmené dans un refuge pour animaux.

Ronny acquiesça.

— Elle aime ce chien, et je ne pouvais pas m'occuper de lui parce que je devais la retrouver. Je n'ai pas dû chercher longtemps. Steven m'a téléphoné. Il me l'a passée pour que je comprenne qu'il l'avait capturée.

— Alors, tu sais où ils se terrent, demanda Blake.

Ronny leva les paupières, les larmes au bord des yeux. Des larmes rouges.

— Juste après notre dispute, Steven et les autres avaient déjà changé de cachette. Ils pensaient ne plus pouvoir me faire confiance. J'ai vérifié l'ancien endroit. Ils étaient partis. Je ne sais pas où ils sont allés et où ils retiennent Hannah.

Lilo sentit les larmes lui monter aux yeux. Si Ronny ne savait pas où Hannah était, comment pourrait-on la retrouver, maintenant ?

— Mais ils ne la tueront pas, ajouta Ronny. Pas tant que je continuerai à fournir la drogue.

35

Blake se frotta le cou en faisant les cent pas devant Ronny. Disait-il la vérité ? Son comportement semblait plutôt sincère. Même ses larmes paraissaient réelles. Mais Blake devait en être certain.

Il se tourna vers Samson.

— Je veux que Gabriel plonge dans les souvenirs de Ronny pour savoir s'il nous dit la vérité.

Samson leva la tête et adressa un hochement de tête en direction de la vitre sans tain.

— Thomas, dis à Gabriel de descendre.

— OK, répondit Thomas via le haut-parleur.

— Je dis la vérité, hurla Ronny.

— Ouais ? Eh bien, j'espère que ça ne te dérange pas si je vérifie ça, d'accord ? Parce que si tu es un tel enfant de chœur, alors, putain, pourquoi as-tu tiré sur moi ? Ça ne colle pas avec ta jolie petite histoire.

Et Blake était toujours furieux d'avoir presque perdu la vie à cause d'une balle en argent.

— Je ne voulais pas le faire, mais j'ai été obligé, balança Ronny.

— Laisse-moi deviner : Norwood te l'a fait faire.

— Il a dit que quelqu'un était après nous, et que si je ne vous tuais pas, toi et la femme qui t'accompagnait, ils feraient du mal à Hannah.

Blake grogna tout bas de manière sinistre.

— Tu voulais également tuer Lilo ? Pas seulement moi ?

Il bondit pratiquement sur le type en lui montrant ses canines, les mains s'enroulant déjà autour de son cou. Il le décolla ensuite de sa chaise.

— Rien que pour avoir eu cette pensée, je devrais t'ouvrir la gorge. Si toi ou tes copains lèvent jamais la main sur elle, vous regretterez de ne pas être morts car ce que je vous ferai sera si douloureux que vous me supplierez de vous tuer. Tu piges ça ? Elle est à moi ! Personne ne touche ma femme !

— Blake, lâche-le ! ordonna Samson. Gabriel est là.

Blake tourna la tête vers la porte que Gabriel était juste en train de refermer derrière lui. Il n'avait même pas entendu le chef adjoint de

Scanguards entrer, tant il avait été furieux d'apprendre qu'une des balles de Ronny avait été destinée à Lilo. Elle n'aurait, au moins, pas à le découvrir. C'était une chose qu'il devrait lui cacher afin de ne pas la bouleverser à nouveau.

Il relâcha la gorge de Ronny et, sans aucun tact, le laissa retomber sur sa chaise. Ronny se frotta immédiatement la gorge et se mit à tousser.

Blake fit un pas sur le côté.

— Fais ce que tu as à faire, Gabriel, avant que je ne perde mon calme.

— Ça alors. Et dire que je pensais que tu l'avais déjà perdu, répondit ironiquement Gabriel, lequel demeura aux côtés de son patron. Attends une minute, Samson me briefe rapidement.

Impatiemment, Blake attendit que Samson eût relayé tous les renseignements pertinents à Gabriel.

— Je suggère que tu remontes deux semaines en arrière afin de vérifier ce qu'il manigançait, dit ensuite Blake.

La démarche arrogante, Gabriel s'approcha du prisonnier, s'arrêta devant lui et s'adressa directement à lui.

— Ça ne fera pas mal.

— Malheureusement, grogna Blake, dans sa barbe.

Mais ses supérieurs l'avaient entendu. Tant Samson que Gabriel lui lancèrent un méchant regard. Cependant, il n'eut aucunement l'intention de se rétracter.

— Tant qu'*il* ne me touche plus…, marmonna Ronny.

— Maintenant, détends-toi, exigea Gabriel. Je vais plonger dans tes souvenirs pour vérifier si ce que tu nous as dit est vrai.

Gabriel demeura complètement immobile et ferma les yeux. Blake l'avait déjà vu pratiquer son art. Pensant qu'il s'agissait là d'une atteinte à la vie privée, le chef-adjoint ne s'y adonnait pas souvent mais, à l'occasion, lorsque la vie d'une personne était en jeu, il faisait usage de ce don.

Il n'y avait aucun signe extérieur trahissant ses agissements, ce qui rendait cette pratique si dangereuse. Et personne ne pouvait s'en prémunir. Le contrôle de l'esprit fonctionnait sur n'importe quel humain ou créature surnaturelle.

Quelques minutes passèrent, puis Gabriel se retourna subitement vers ses collègues.

— Il dit la vérité. Il a essayé de sortir du gang de Norwood qui se compose de cinq autres membres en plus de lui. Il a essayé de prévenir Hannah, mais ne l'a pas enlevée. Il l'a cherchée partout jusqu'à ce que Norwood l'appelle et lui laisse lui parler. Il s'est aussi rendu à l'ancienne cachette de Norwood. Elle est déserte.

Gabriel secoua la tête.

— Il ne sait pas où ils se cachent maintenant, ajouta-t-il.

— Et en ce qui concerne le fait qu'il ait tiré sur Lilo et moi ? demanda Blake.

— Il nous a dit la vérité, Blake. Ce n'était pas son idée. Il voulait à tout prix qu'Hannah demeure en vie.

Gabriel soupira.

— J'ai le sentiment qu'il fera n'importe quoi pour elle, précisa-t-il.

Pour la première fois, Blake regarda au-delà des crimes commis par Ronny et ne vit qu'un homme. Un homme qui aimait tellement une femme qu'il tuerait pour elle. Et bon Dieu comme il le comprenait, à présent !

— Bon sang, Ronny, pourquoi n'es-tu pas venu nous voir immédiatement ? Tu savais qu'Hannah travaillait pour Scanguards ; tu savais quel genre de boulot nous faisions. Nous aurions pu t'aider ! grogna Blake.

— Je craignais qu'ils ne me surveillent. Je ne pouvais prendre ce risque. J'aime Hannah.

Cela, Blake pouvait également le comprendre. Ses battements de cœur ralentirent légèrement.

— Et quoi, maintenant ? Quand es-tu censé livrer ces drogues ?

— Ils m'appelleront sur mon téléphone prépayé pour me donner l'heure et l'endroit.

Blake hocha la tête et se tourna vers la fenêtre sans tain de la pièce d'observation.

— Thomas, peux-tu cloner le téléphone de Ronny et le mettre sous surveillance ?

— Certainement.

Par-dessus son épaule, il regarda de nouveau Ronny.

— Tu sais quand ?

Les yeux de Ronny se ruèrent sur l'horloge murale.

— Dans environ deux heures.

— OK.

Blake regarda ses collègues.

— Mettons le service informatique sur l'affaire. On va se préparer à toute éventualité.

Ils avaient une multitude de protocoles en place à ces fins.

— Et quand ils appelleront Ronny, notre ami ici présent exigera qu'ils amènent Hannah au lieu de rencontre.

— Ça va les rendre suspicieux, avertit Ronny.

— Il faut qu'elle soit là pour qu'on puisse la libérer. Tu veux la récupérer, non ?

Ronny acquiesça.

— Alors, tu feras comme je dis.

Blake inspira et se frotta une main sur le visage.

— Préparons-nous, ajouta-t-il.

John posa une main sur l'épaule de Blake et la serra.

— On s'en occupe. Pourquoi ne prendrais-tu pas une pause ?

— Bonne idée, dit Samson, avant toute protestation de Blake. C'est un ordre.

— Oh, euh, Blake, dit Thomas via le haut-parleur.

Bien qu'il ne pût pas apercevoir Thomas, Blake leva les yeux vers la fenêtre.

— Lilo est ici.

— Où ?

— Ici, dans la salle d'observation.

Oh, merde ! Depuis combien de temps était-elle là ? Avait-elle entendu les paroles de Ronny ? Qu'une des balles qu'il avait tirées cette nuit-là lui avait été destinée ? Il ne pouvait qu'imaginer comment elle se sentait.

— J'arrive dans une seconde.

~ ~ ~

Silencieusement, Lilo suivit Blake, tandis qu'il l'emmenait dans son bureau et refermait la porte derrière eux. De trop nombreuses pensées productrices de trop d'émotions contradictoires grouillaient dans la tête de la jeune femme. Une certaine rancune résiduelle d'avoir été abandonnée par Blake courait toujours dans ses veines mais, maintenant, quelque chose d'autre accompagnait ce sentiment. Cependant, les choses importantes d'abord !

— Comment allons-nous sauver Hannah ? demanda-t-elle. J'ai entendu tout ce que Ronny a dit. Mais je n'ai pas entendu quel était le plan de Scanguards, maintenant que nous savons que Ronny ne la retient pas. Qu'est-ce qu'on va faire ?

Blake tendit la main vers elle, mais elle pressa une main sur son torse afin de le repousser. Une certaine réticence s'afficha sur le visage de Blake.

— Laisse-nous faire notre boulot. Fais-moi confiance à ce sujet. Tout le monde travaille déjà dessus. Quand Norwood appellera Ronny, nous serons préparés à toute éventualité. Nous avons déjà fait cela à de nombreuses reprises par le passé. Nous sommes bons dans ce domaine.

Elle respira afin de se calmer. Oui, elle avait vu Scanguards en action. Mais elle souhaitait faire quelque chose.

— Je sais que tes collègues et toi êtes bons dans ce que vous faites. Mais je dois également agir, j'en ai besoin. Je dois aider.

Il secoua la tête et sourit.

— Il n'y a rien que tu puisses faire. Je sais que tu détestes attendre, mais peut-être que je peux t'occuper jusqu'à ce qu'on reçoive l'appel ?

Il sourit et se pencha.

Elle le repoussa.

— Pas si vite !

Il recula en fronçant les sourcils.

— J'ai l'impression d'avoir dit ou fait quelque chose que tu n'approuves pas.

Elle souffla.

— Par où commencer ?

Elle se plaqua les mains aux hanches.

— Tout d'abord, poursuivit-elle, tu ne peux tout simplement pas utiliser le sexe pour m'amadouer et partir sans moi ! Je voulais venir avec toi.

— Je t'ai dit que c'était trop dangereux.

— Conneries ! Quinn m'a dit que vous étiez huit contre un. M'emmener ne vous aurait causé aucun souci. Mais non, parce que je suis une femme, tu penses que tu peux m'écraser.

— Eh bien, apparemment, j'en paie les frais maintenant… remarqua-t-il sèchement.

— Tu penses que c'est tout ? Je n'ai même pas encore commencé !

Il croisa les bras sur la poitrine.

— Qu'ai-je fait d'autre ?

— Tu es dominant et imbu de ta personne !

— C'est sévère. Je ne pense pas que tu aies eu la moindre protestation quant à ma domination, tout à l'heure. Si je me souviens bien, tu as énormément apprécié quand j'ai—

— Je ne parle pas de sexe !

Désapprouvant, elle souffla.

— Je parle de toi ! De la façon dont tu t'es comporté dans cette salle d'interrogatoire.

— La façon dont j'interroge les prisonniers me regarde.

Il plissa les yeux, à présent visiblement agacé.

Eh bien, tel était donc le caractère de Lilo !

— Tu as dit à Ronny de ne pas toucher à *ta* femme. Bon sang, Blake, tu n'as aucun droit de parler de moi comme ça ! Tu lui as dit que je t'appartenais. Comme si j'étais ta propriété !

La bouche de Blake se tordit soudain en un sourire, et il laissa retomber les bras.

— C'est donc ça ton problème ? Que j'ai dit à Ronny que je le tuerais s'il te faisait du mal ? C'est cela qui t'offense ?

Il se mit à rire.

Comment osait-il rire ?

— C'est sérieux ! Je ne veux pas être traitée comme une de tes possessions ! Juste parce que tu es un vampire et plus fort que moi, tu penses que tu peux me commander ! Je ne l'accepte pas !

— Ah, comme j'aime les femmes fougueuses.

Il tendit la main et ferma la porte à clé.

Elle lui lança un regard étonné.

— Qu'est-ce que tu fais ?

— Je m'assure d'avoir de l'intimité pendant que nous avons cette discussion au sujet de notre relation.

La gorge sèche, elle déglutit.

— Relation ?

Il se rapprocha, la forçant à reculer jusqu'à atteindre le mur.

— Ouais, notre relation. Donc, tu penses que je suis plus fort que toi parce que je suis un vampire ? Je suppose que tu as oublié que j'étais à ta merci, il n'y a pas vingt-quatre heures de cela. J'ai remis ma vie entre tes mains, ai compté sur toi pour que tu me protèges. Tu ne te souviens pas ? Et quand nous avons fait l'amour ? Tu ne te souviens pas du pouvoir que tu avais sur moi alors ?

— Du pouvoir ? Moi ?

— Oui, toi, ma courageuse Lilo. Tu as du pouvoir sur moi.

Il lui prit la main et la pressa à l'endroit où son cœur battait à toute vitesse.

— Je n'ai pas planifié tout ceci. Mais dès l'instant où je t'ai embrassée pour la première fois, j'ai su que je ne pourrais rester loin de toi. Tu as plus de pouvoir que tu ne le penses, parce que tu tiens mon cœur dans ta main.

Elle secoua la tête. Lorsque Blake avait tenu Ronny par la gorge, elle avait vu quelque chose qu'elle n'aimait pas.

— Tu es possessif.

— Je sais.

— Ça me fait peur.

— Pourquoi ?

— Parce que je ne veux pas qu'on me dise ce que j'ai à faire. Je ne veux pas être étouffée ou dominée. Je ne veux pas être contrôlée.

— Oh, Lilo, chérie. Tu penses que je ferais tout ça juste parce que je suis possessif ?

Il secoua la tête en souriant légèrement.

— Un vampire est possessif de nature, ajouta-t-il. Mais c'est uniquement pour protéger ceux qu'il aime et veiller sur eux.

Il lui balaya une mèche de cheveux derrière l'oreille et, de l'index, lui souleva le menton.

— Le seul endroit où je pourrais occasionnellement montrer ma domination sera au lit. Et seulement dans le but de te donner plus de plaisir.

Il plongea la bouche au creux du cou de Lilo et déposa un chaleureux baiser sur sa peau.

— Tu veux une démonstration ? murmura-t-il en l'attirant dans ses bras.

— Blake…

Comment pouvait-elle être si furieuse contre lui, alors qu'il semblait si raisonnable ? Après tout, il avait raison : elle avait vu plus d'une de ses facettes. Pas seulement la dominatrice, mais également la vulnérable. Et la douce. Et c'était tout cela qui la faisait à présent frissonner. Car elle devait bien s'admettre qu'elle aimait toutes les facettes de Blake, et pas seulement la douce. Elle aimait ses petits défauts et sa domination. Même si cela pouvait avoir des répercussions négatives.

— Lilo, je suis amoureux de toi.

Il souleva la tête afin de rencontrer son regard.

— Je ne sais pas comment c'est arrivé, mais c'est arrivé, poursuivit-il. Tout ce que je veux faire, c'est te protéger et te rendre heureuse. Est-ce mal ?

Amoureux ? Le cœur de Lilo s'arrêta. Ce grand mauvais vampire qui était parvenu à l'agacer comme personne n'avait réussi à le faire par le passé était amoureux d'elle ?

— Blake, murmura-t-elle en pressant les lèvres contre les siennes.

Il répondit à son baiser, l'attirant plus près et la dérobant de son souffle jusqu'à ce qu'il la relâchât quelques instants plus tard.

— Maintenant, en ce qui concerne cette démonstration... dit-il en haletant.

Il la souleva et la transporta à l'autre bout du bureau. Il appuya sur l'interrupteur au mur. Au début, elle n'entendit qu'un fort grincement. Puis, elle aperçut quelque chose du coin de l'œil. Elle tourna brusquement la tête dans cette direction. Le mur de lambris blancs était en train de s'abaisser.

— Tu as un lit pliant dans ton bureau ?

Incrédule, elle le regarda, bouche bée.

— Nécessaire, dans mon boulot. Surveiller treize hybrides n'est pas vraiment un travail de bureau. Parfois, quand je le peux, je dois dormir un peu. Samson a donc approuvé son installation.

Il sourit malicieusement.

— Mais je ne l'ai encore jamais utilisé pour le sexe. On pourrait le baptiser ensemble. Qu'en penses-tu ?

— Tu n'es pas sérieux ! C'est ton bureau.

— Je sais que c'est mon bureau. Samson m'a dit de faire une pause. J'obéis juste à ses ordres.

Du doigt, Lilo pointa le lit qui était à présent complètement abaissé. Des draps propres et bien repassés recouvraient le matelas.

— Je ne pense pas que Samson pensait à cela quand il t'a dit de te reposer.

En dépit de ces mots, Blake étendit Lilo sur le matelas et commença à se déshabiller devant elle.

— Fais-moi confiance, chérie, ceci me procurera plus d'énergie que plusieurs heures de repos.

— On ne peut pas faire l'amour maintenant ! Nous devons nous préparer à libérer Hannah. Nous devrons être prêts quand Ronny recevra l'appel—

— … ce qui ne sera pas avant au moins une heure et demie, peut-être deux. Mon équipe s'occupe déjà de tout. Il n'y a rien d'autre à faire qu'attendre.

Il lui fit un clin d'œil.

— Tuons le temps.

— Tu es incorrigible.

Il haussa les épaules.

—Un autre de mes défauts. Je suis sûr que tu t'y habitueras. Maintenant, déshabille-toi, bébé !

Lorsque Lilo commença à se dévêtir, Blake était déjà nu devant elle.

Elle le trouvait donc possessif ? Elle n'avait encore rien vu. Dès qu'elle serait sienne, elle serait tout aussi possessive avec lui. Et il était impatient de voir cela. Était impatient qu'elle se le revendiquât. Mais chaque chose en son temps. Il devait d'abord la courtiser et lui montrer à quoi cela ressemblait d'être aimée par un vampire.

Il l'observa se déshabiller, se délectant de la voir s'effeuiller, couche après couche, jusqu'à parfaite exposition de sa peau crémeuse avant de s'allonger sur les draps. Elle écarta une jambe et, par-dessous ses longs cils, leva timidement les yeux vers lui, les cheveux drapés sur les épaules jusqu'au niveau de ses mamelons roses. Elle ressemblait à une pinup, et il était résolu à être le seul à pouvoir la voir telle quelle, à l'avenir. Il devait juste bien mener sa barque.

Il l'épingla du regard, puis baissa lentement les yeux sur son membre, amenant Lilo à en faire de même. Il était à présent en pleine érection, de telle sorte que son sexe, dur sur toute sa longueur, se recourbait vers son nombril. Ses testicules s'étaient également tendus.

— Regarde ce que tu me fais, lui dit-il, avec insistance.

Il enroula la main autour de son érection et tira rapidement dessus. Du liquide pré-éjaculatoire suintait déjà en son extrémité.

Lilo prit appui sur les coudes, et ses seins remuèrent en réaction à ce mouvement soudain.

— Est-ce la démonstration de ta domination dont tu parlais ?

Un côté de la bouche de Blake se recourba involontairement.

— Tu te moques de moi ?

— Et si c'était le cas ?

Il courba le doigt.

— Assieds-toi. Je pense que tu as besoin d'une petite leçon sur la manière de traiter ton homme.

Elle pinça la lèvre inférieure entre ses dents, mais se décala au bord du lit. Blake combla la distance qui le séparait d'elle en un pas et amena le bas-ventre à hauteur de la tête de Lilo.

— Maintenant, sois une gentille fille et suce-moi jusqu'à ce que je te dise d'arrêter.

Il poussa son sexe contre les lèvres de sa partenaire.

La langue de Lilo émergea et vint s'aplatir sur la tête de son érection. Lilo leva les yeux afin de rencontrer le regard de Blake.

— Comme ça ?

— Tu vas donc jouer à la fille naïve, n'est-ce pas ? Alors que nous savons tous les deux quelle femme au sang chaud tu es.

À nouveau, il poussa son membre contre ses lèvres. Celles-ci s'écartèrent en un gémissement et l'autorisèrent à entrer. Il s'avança, lentement, et en douceur, afin de lui laisser le temps de s'adapter.

— C'est ça, Lilo, la totale.

Il glissa une main dans les cheveux de sa partenaire et lui massa doucement le crâne.

Elle prit le sexe de Blake un peu plus en profondeur en le faisant glisser sur sa langue.

— Bon sang, tu es bonne à ce jeu-là, la félicita-t-il avant de se retirer tout aussi lentement.

Lilo expira, et son souffle heurta le sexe échauffé de Blake. Il en frissonna de plaisir.

— Encore, murmura-t-elle en le saisissant à nouveau, enroulant une main autour de la base de son érection.

Blake lui tint la tête immobile, tandis qu'il s'enfonçait une fois de plus dans la caverne humide de sa bouche. Cette fois, il voulait que ce fût lent, très lent, afin de pouvoir savourer chaque seconde de leurs ébats et prolonger leur plaisir.

— Regarde-moi, ordonna-t-il.

Elle leva à nouveau les yeux.

— Je n'ai jamais vu spectacle plus érotique que toi tenant mon sexe dans ta bouche.

Il ne put réprimer le gémissement qui se formait dans sa poitrine.

Elle soutint son regard et commença les mouvements ascendants et descendants le long de son érection, enroulant fermement les lèvres autour de son membre, le suçant plus ardemment que ce qu'il ne lui avait autorisé jusqu'à présent. Frisson après frisson le parcourent à toute vitesse, annihilant dès lors toute la raison dont il eût jamais pu faire preuve.

Lilo le transformait en une créature uniquement guidée par le désir et la passion. Rien d'autre ne comptait. À chaque seconde qui passait, son corps s'échauffait davantage, et il savait que s'il voulait garder le contrôle, il devait la stopper.

— Assez !

Avant qu'il ne fût trop tard, il recula et se retira de sa bouche.

Elle leva les yeux vers lui, les lèvres boudeuses.

— Tu me fais toujours arrêter quand ça commence à être bon.

Il gloussa.

— Bien essayé, bébé, mais c'est moi qui dirige en ce moment. Peut-être qu'un autre jour, je ne t'arrêterai pas. Mais pour le moment, j'ai d'autres plans.

Il la poussa doucement par les épaules afin de la faire s'allonger sur le matelas. Il se positionna au-dessus d'elle, alignant son sexe avec le centre de sa féminité et plongea en elle.

— Oui ! cria-t-elle en arquant le dos, poussant dès lors ses seins contre lui.

Incapable de résister à cette délicieuse offrande, il enfouit la tête et captura un mamelon entre ses lèvres. Il téta et passa la langue par-dessus.

— Encore ! exigea-t-elle en ondulant des hanches.

Il s'enfonça en elle en un rythme régulier, la comblant avant de se retirer, tandis qu'il continuait à se délecter de ses seins, en titillant successivement l'un, puis l'autre, alors qu'elle se tortillait sous lui.

Elle haletait lourdement. Son excitation envahissait la pièce, dilatant ainsi les narines de Blake et faisant pulser son sexe. Mais il ne voulait pas jouir déjà. Prenant une profonde inspiration, il ralentit le tempo, ondulant en elle avec plus de douceur.

— Blake…

Il leva la tête et la regarda fixement. Un sentiment d'inquiétude le percuta.

— Quelque chose ne va pas ? De quoi as-tu besoin, Lilo ?

Il la vit déglutir avant d'entrouvrir les lèvres.

— Je veux que tu me mordes.

Le cœur de Blake s'arrêta, et son corps se figea en pleine action.

— Quoi ?

Il ne pouvait avoir correctement entendu. Sans doute hallucinait-il.

— Mords-moi, murmura-t-elle. À l'endroit de ton choix. Je veux savoir à quoi ça ressemble.

Ses yeux bleu myosotis brillaient d'un désir farouche.

Il leva la main et laissa courir les doigts le long de ce cou gracieux.

— Tu le penses vraiment ?

Elle hocha la tête.

— Je dois être en train de rêver.

— Non, tu ne rêves pas, dit-elle. S'il te plaît, montre-moi ce que c'est.

Il reprit ses mouvements et s'enfouit lentement et profondément en elle, avant de se retirer tout aussi doucement. Leurs regards se suspendirent. Il autorisa ses canines à descendre et entrouvrit les lèvres afin de lui montrer ce qui lui percerait la peau, un instant plus tard.

— Ça ne fera pas mal, lui promit-il.

Mais il hésita.

— Où je veux ?

— N'importe où.

Le choix fut aisé. Il pourrait toujours prendre la veine du cou une autre fois mais, pour leur première morsure— et il espérait que ce fût la première d'une longue série— il voulait quelque chose de spécial.

Poursuivant toujours ses va et vient dans la chaleur de sa féminité, il baissa la tête sur un sein et frotta ses canines de chaque côté du mamelon. Elle trembla et, instinctivement, il lui attrapa les poignets et lui immobilisa chaque bras de chaque côté de son corps.

— Vas-y, l'encouragea-t-elle.

Il déposa le bout de ses canines sur sa peau et appuya. Tels des scalpels, elles s'enfoncèrent profondément dans la chair et s'y logèrent avant qu'il ne pût puiser la première goutte de sang. Le riche liquide rouge coula le long de son arrière-gorge et emplit tous ses sens avec admiration et émerveillement. Il avait mordu d'autres humains, par le passé, mais enfoncer ses canines dans le corps de Lilo était différent. Il venait soudain de trouver ce qu'il avait cherché toute sa vie.

Avant cela, rien ne lui avait paru aussi bon et, après cela, plus rien ne serait meilleur. Maintenant qu'il buvait à volonté à même ce sein magnifique, il ne put imaginer reboire un jour du sang en bouteille.

Son corps de vampire prit alors le dessus, augmentant le tempo à chaque fois qu'il s'enfouissait en elle. Il la prit de plus en plus fort et de plus en plus rapidement, tandis qu'elle gémissait et soupirait, de concert avec l'accélération de ses battements de cœur.

Il la maintenait toujours par les poignets et ne pouvait s'astreindre à la libérer. Savoir qu'elle était à sa merci l'excitait davantage, faisait gonfler encore plus son sexe. Lilo était en parfaite synchronisation avec lui, comme s'ils avaient fait cela un millier de fois, par le passé, son bassin venant claquer contre celui de Blake à chaque coup de rein qu'il assénait.

De plus en plus de sang remplit la bouche de Blake, et il sut qu'il était temps d'arrêter avant d'en puiser une trop grande quantité. Lentement, il retira ses canines et lécha les minuscules incisions, les refermant instantanément. Lorsqu'il leva la tête pour la regarder, il vit une femme en extase, le visage scintillant, les lèvres entrouvertes sur lesquelles roulaient des gémissements, et les yeux brillants de désir. Elle était proche de l'orgasme. Tout comme lui.

Il plongea plus fortement et plus profondément en elle, son os pelvien venant claquer, encore et encore, contre le clitoris de Lilo. Jusqu'à ce que, enfin, elle se raidît. Un coup de rein de plus, et il la rejoignit, basculant tous deux à toute vitesse dans le vide. De la bouche, il captura le gémissement de délivrance qu'elle libéra et l'avala, le laissant rebondir contre son cœur.

Il ne put dire combien de temps il lui fallut pour s'extirper de cette extase mais, à un certain moment, il roula sur le côté, emmenant Lilo avec lui, et la berça tout contre sa poitrine. Ce faisant, il prit soin de se draper la cuisse d'une des jambes de Lilo afin de ne pas glisser hors de la moiteur de son intimité.

— Je ne peux même pas te dire ce que ça signifie pour moi, murmura-t-il tout contre ses lèvres avant de l'embrasser à nouveau.

— Je croyais flotter sur un nuage. Je n'ai jamais rien ressenti de si… si incroyable.

Elle ouvrit les yeux.

— C'est toujours comme ça ? demanda-t-elle.

Il sourit.

— Ça l'est, entre amants. La morsure d'un vampire excite, mais elle ne devient vraiment érotique que lorsqu'on fait l'amour. Ce n'est qu'à ce moment qu'elle peut pleinement dévoiler toutes ses facettes.

— Maintenant, je comprends pourquoi un humain veut se faire mordre par un vampire.

Il bascula sur le dos et l'attira avec lui, réajustant son bas-ventre afin de se loger à nouveau complètement en elle.

— Merci de m'avoir laissé boire ton sang, dit Blake en lui passant les doigts dans les cheveux. J'aimerais pouvoir t'expliquer ce que cela m'a procuré de te prendre comme ça. De te sentir te donner à moi si librement. Sans la moindre réserve.

Il déposa un baiser sur ses cheveux.

— Mais ce ne doit pas être nouveau pour toi. Tu dois déjà l'avoir fait beaucoup de fois avant.

Il glissa une main sous son menton et lui souleva la tête pour la forcer à le regarder.

— Lilo, je n'ai jamais mordu une femme pendant l'acte sexuel. Je n'en ai jamais fait l'expérience par le passé. Bien sûr, j'ai déjà mordu des humains, mais jamais comme ceci. Aucune morsure n'a été comparable à ce que je viens d'expérimenter avec toi. C'était extraordinaire. Lilo, j'ai bien peur d'en devenir accro, comme à toi.

Un sourire presque timide s'afficha sur les lèvres de Lilo.

— Donc, il se pourrait que tu veuilles le refaire ?

Il reposa la tête sur l'oreiller et ferma les yeux pendant un instant.

— Lilo, tout comme je pourrais te faire l'amour jour et nuit, j'adorerais chaque fois enfoncer mes canines en toi.

Des doigts, il lui caressa la joue et traça le contour de ses lèvres.

— Et je serais l'homme le plus heureux du monde si tu m'autorisais à te mordre à nouveau.

Il roula et l'amena de nouveau sous lui.

— Et maintenant, j'aimerais te remercier pour ton généreux cadeau.

Il commença à se mouvoir en elle, à pousser d'avant en arrière.

Lilo haleta.

— Mais tu viens juste de—

—… jouir ? Oui, mais j'ai ton sang en moi et, devine ce que ça me fait ?

Il sourit d'un air suffisant et désigna son bas-ventre.

— Ça, c'est ta faute pour m'avoir demandé de te mordre. J'ai bien peur que de vilaines femmes comme toi aient besoin d'une leçon.

Elle gloussa.

— Comment ?

— Nous discuterons de ça après ton prochain orgasme.

37

— Lilo.

La voix de Blake était toute proche de son oreille. Elle ouvrit les yeux et s'assit brusquement. Elle trouva Blake assis sur le bord du lit pliant, tout habillé.

— Je me suis assoupie ?

Du revers de la main, il lui caressa la joue et sourit.

— Juste quelques minutes. Tu en avais besoin. Je t'ai pris beaucoup de sang.

En se remémorant la sensation que cela lui avait procuré, elle sentit comme de la chaleur lui monter aux joues. Rien sur terre n'était comparable à la morsure d'un vampire. Elle comprenait à présent pourquoi Hannah avait recherché un vampire comme petit ami. Cela garantissait pratiquement d'avoir une vie sexuelle épanouie.

— Tu rougis ? lui murmura-t-il à l'oreille.

Elle leva le menton.

— Quelle sera ta réaction si je te réponds par l'affirmative ?

— Alors, je le prendrai comme un compliment. Et comme une invitation à recommencer.

Un coup à la porte et le cliquetis de la poignée lui fit tourner la tête dans cette direction.

— Blake ?

La voix de Wesley se fit entendre.

— Qu'est-ce que tu veux ? répondit Blake en se levant.

— Pourquoi est-ce que cette putain de porte est verrouillée ? Ouvre, je dois te parler. C'est important !

— Donne-moi une minute.

Blake lança un regard confus à Lilo.

— Désolé, bébé.

Il se dirigea vers le mur adjacent au lit pliant et poussa dessus. Une porte ressemblant à un panneau s'ouvrit.

— C'est juste une minuscule salle de bain, mais tu peux t'y habiller pendant que je vois ce que Wes veut.

Étonnée, Lilo se leva et regarda à l'intérieur de la petite pièce.

— Tu es plein de surprises.

Il haussa les épaules.

— Une idée de Rose. Elle a grandi durant la période de la Régence anglaise, et il y avait toujours des cloisons secrètes qui donnaient sur des pièces cachées. Elle a pensé que ce serait bien d'avoir un endroit où me rafraîchir quand il m'arrive de dormir ici.

— Tu en mets du temps !

De l'autre côté de la porte, Wes grogna tout en frappant à nouveau.

Blake grimaça.

— Je ferais mieux de lui parler avant qu'il ne pète un câble.

Il marqua une pause.

— Oh, et sors quand tu seras prête. Je n'ai nullement l'intention de te cacher dans le placard.

Lilo attrapa ses vêtements jonchant le sol, se glissa dans la salle de bain et referma la porte derrière elle. Elle ne mit que quelques minutes pour se rafraîchir et s'habiller. Elle n'avait jamais été du genre à prendre beaucoup de temps pour se préparer. En outre, les nouvelles importantes dont Wesley était porteur attisaient sa curiosité.

Lorsqu'elle ouvrit la porte et pénétra de nouveau dans la pièce, Wesley et Blake étaient penchés sur le bureau, un vieux grand livre ouvert devant eux. Wes leva les yeux et ne sembla pas surpris de la voir. Du coin de l'œil, elle vit que le lit pliant avait regagné son emplacement, et cela la décontracta.

— Hé, Lilo.

— Salut, Wesley. Du nouveau ?

— Plein.

— Vas-y, l'encouragea Blake. Tu disais…

— Donc, quand je suis arrivé à la cabane jusqu'où je l'avais poursuivi, il est apparu. Je savais que ce n'était pas un vampire, mais un être surnaturel. Je ne savais vraiment pas dire ce qu'il était. Il m'a dit de détruire la drogue parce qu'elle ne ferait que le jeu des démons. Tu peux imaginer ma surprise. Mais je n'ai pas eu le temps de lui poser de questions. Soudain, cet énorme rocher s'est déplacé devant lui, et il a disparu.

— Quel rocher ?

— Une énorme pierre. Et ceci était gravé dedans, ajouta-t-il en désignant quelque chose dans le livre. Je te dis que c'était un portail. Une sorte de moyen de transport. Ici, Francine en parle aussi.

Curieuse, Lilo les rejoignit près du bureau et se plaça près de Blake. Il lui laissa de l'espace afin qu'elle pût regarder le livre. Ce faisant, il enroula un bras autour de sa taille.

Le livre semblait avoir été publié à l'époque de Gutenberg. Le dessin d'une dague était imprimé sur une page intitulée *Les Gardiens de la Nuit.*

— Les Gardiens de la Nuit ? Qui sont-ils ? demanda-t-elle.

Wes la regarda.

— C'est ce qu'on essaie de savoir. Nous ne les avons encore jamais rencontrés.

— Tu penses qu'ils ont quelque chose à voir avec Ronny et ses amis ?

— Non, répondit fermement Blake. S'ils avaient été de mèche avec Ronny et ses gars, celui que Wes a rencontré ne lui aurait pas demandé de détruire la drogue.

Il regarda Wesley.

— Tu es sûr d'avoir bien entendu ?

— Je n'ai peut-être pas la fine ouïe d'un vampire, mais je ne suis pas sourd, mec.

Surprise et confuse, Lilo leva les yeux vers lui.

— Mais pourquoi n'as-tu pas la fine ouïe d'un vampire ? Tous les vampires ne la possèdent pas ?

Wes gloussa.

— Oh, si. Mais je ne suis pas un vampire.

— Tu n'en es pas un ? Mais je pensais—

Wes regarda Blake.

— Tu ne lui as pas dit ? Je pensais que tu n'avais aucun secret pour elle.

Blake attira Lilo plus près de lui.

— Je n'en ai pas. Mais il y avait beaucoup de choses à lui dire. Et j'ai bien peur que tu n'aies pas figuré sur ma liste de priorités.

— Je suppose que je devrai m'en souvenir la prochaine fois que tu auras besoin d'un service.

— Mais qu'es-tu, alors ? interrompit Lilo, trop curieuse que pour attendre une seconde de plus.

— Je suis un sorcier, bien sûr.

La fierté résonnait dans sa voix.

— Un des meilleurs, précisa-t-il.

Elle demeura sans voix. Tout était-il tellement si farfelu ? Si les vampires existaient, pourquoi pas des sorciers, des loups garous et des gargouilles ? Pourquoi pas des anges et des démons ?

— Un sorcier, se murmura-t-elle, avant de hausser les épaules. Quoi d'autre encore ?

— Eh bien, un peu plus d'admiration aurait été chouette, dit sèchement Wes. Mais peut-être que j'en demande trop.

— Je ne voulais pas—

Blake la serra contre lui.

— Ne te plie pas à ses exigences, Lilo. Il va juste à la pêche aux compliments.

Il pointa ensuite le menton en direction de Wesley.

— Je ne sais pas ce que tu veux faire de cette info, Wes, mais je ne pense pas que ça va nous aider à sauver Hannah.

— Je le comprends bien. Mais ces types, ces Gardiens de la Nuit, ils possèdent des pouvoirs que nous n'avons pas. Ils peuvent se rendre invisibles et traverser les murs.

— À cette révélation, Lilo demeura bouche bée.

— J'ai pensé qu'on pourrait en faire nos alliés puisqu'ils semblent être de notre côté en ce qui concerne la drogue, poursuivit Wesley. Avec leurs pouvoirs—

— Quand bien même, comment les trouverais-tu ?

Blake secoua la tête.

— Nous n'avons ni le temps ni les ressources à consacrer à cela dans l'immédiat, précisa-t-il.

— Mais ça pourrait juste aider.

— Ça se pourrait. Et dans le cas contraire ? Nous ne savons pas qui ils sont. Nous ne connaissons pas leurs intentions ni même s'ils sont bien disposés envers les vampires. Tu es le seul à en avoir rencontré un. Et tu es un sorcier. Qu'en serait-il s'ils n'étaient pas aussi pacifiques vis-à-vis des vampires ?

Blake secoua à nouveau la tête.

— Avec Hannah toujours entre les mains de Norwood, je ne vais pas risquer de m'égarer et d'éventuellement commencer une guerre contre une espèce dont nous ne connaissons rien.

— Je n'ai besoin d'aucune aide. Je peux le faire seul. Personne, au sein de Scanguards, n'aurait ainsi à délaisser son service pour rechercher les Gardiens de la Nuit.

— Faux !

Blake enfonça l'index dans la poitrine de Wesley.

— *Toi, tu* le devrais ! Et nous avons besoin de toi. Tu es le seul à savoir comment lancer un sort ou fabriquer une potion. Et si jamais nous ne pouvions pas battre Norwood avec des armes conventionnelles ? Nous avons besoin de toi, Wes. *J'*ai besoin de toi.

Pendant quelques secondes, Wes sembla lutter contre lui-même, mais la supplication de Blake, agrémentée de compliments qu'il semblait apprécier, le persuada.

— Bien. Je vais rester. Mais dès qu'Hannah sera sauve, je les rechercherai.

Lentement, Blake hocha la tête.

— Et je te soutiendrai quand tu en parleras à Samson. Au bout du compte, il devra approuver.

— Il le fera.

Sans que l'on eût préalablement frappé, la porte s'ouvrit, et John apparut.

— Que le spectacle commence, annonça-t-il, Ronny vient juste de recevoir l'appel. On n'a pas beaucoup de temps. Ils veulent qu'il amène la drogue à Fort Mason dans trente minutes.

— Est-ce qu'ils lui ont assuré d'amener Hannah au rendez-vous ?

Blake relâcha Lilo, se rua vers une armoire et en ouvrit violemment la porte. Plusieurs revolvers, couteaux et pieux se trouvaient à l'intérieur.

John hocha la tête.

— Ronny a joué au petit ami en souffrance de manière plutôt convaincante. Il les a priés de le laisser la voir. Ils ont accepté.

Blake saisit plusieurs armes et se retourna vers son collègue.

— Alors, allons-y.

Son regard se dirigea ensuite vers Lilo.

— Reste ici.

— S'il te plaît, emmène-moi avec toi.

— Non, Lilo. Nous avons à peine le temps de nous y rendre. Nous n'avons pas le temps de mettre en place des mesures de sécurité pour toi. Reste près du téléphone.

Il désigna son bureau.

— Je t'appellerai dès que nous saurons quelque chose. Promis.

Il avait raison, bien sûr. Elle le savait.

— OK. Je vais attendre.

Un rapide sourire, et Blake était parti, accompagné de ses collègues. Maintenant, tout ce qu'elle pouvait faire, c'était patienter.

38

Ils avaient garé les voitures et les fourgons à l'extrémité d'un cul-de-sac entouré de végétation. Au-delà de celui-ci, un talus tapissé d'arbres et d'arbustes menait vers trois larges quais où se trouvaient de vieux entrepôts reconvertis depuis longtemps en centres pour l'art et la culture. Ils accueillaient des expositions régulières, des espaces de travail pour artistes et de grands événements privés.

Blake et ses collègues dévalèrent le talus en utilisant les arbres et les arbustes comme couverture tout en ayant une vue globale sur les entrepôts et les environs. En plus des trois entrepôts des quais, il y avait une petite caserne de pompiers juste au pied du talus. Cinq autres bâtiments, chacun presque aussi grand que les entrepôts, reposaient sur la terre ferme non loin de l'eau.

À mi-parcours, Blake s'arrêta. Il demanda à John d'en faire de même et donna le signal de dispersion à ses autres collègues. Il avait emmené un grand contingent d'hommes avec lui : pour chaque gars de Norwood, Scanguards en avait amené trois. Beaucoup d'entre eux étaient de fins tireurs pouvant éliminer une cible à longue distance. Tout le monde devait toutefois demeurer caché jusqu'à ce que l'ennemi se montrât.

John demeura à côté de Blake, observant, sur son portable, un point rouge circuler sur une carte.

— Ronny vient juste de passer la première barrière.

Blake observa au loin.

— Qu'est-ce qu'il conduit ?

— Son camion personnel. Nous avons pensé que Norwood aurait moins de soupçons si tout semblait normal. Nous avons placé un traceur dans sa chaussure afin de pouvoir garder un œil sur lui au cas où il devrait laisser le véhicule quelque part et continuer à pied.

— Et la drogue ?

— Il nous a dit qu'elle se présentait sous forme liquide. Alors, nous avons rempli des bouteilles en plastique avec de l'eau colorée.

— Tant qu'ils ne la reniflent pas, je suppose que ça ira.

— Et d'ici à ce qu'ils la sentent, ajouta John, nous les tiendrons déjà par les couilles.

Blake entendit un crépitement dans son écouteur.

— Vos positions ?

— Ici, Wes. Mon équipe est à l'extrémité sud, en face des bâtiments B et C.

— Ici Oliver. Nous devrions être à l'extrémité nord du bâtiment A dans environ six secondes.

Il y eut une pause.

— Amaury ?

— Ouais. Désolé, j'ai dû ajuster le volume. Mes gars et moi sommes postés derrière des caisses à l'entrée du passage entre les bâtiments D et E. Nous avons une belle vue sur le parking. Ronny est en train de se garer.

— Bien. John et moi avons vue sur le pavillon Festival et on peut aussi voir l'entrée du pavillon Herbst.

Plusieurs ombres en approche depuis l'arrière de la caserne de pompiers se glissèrent derrière le massif d'arbustes présent à cet endroit.

— Merde, je peux voir des gens approcher depuis l'Est. Est-ce que quelqu'un a vue sur eux ?

Il échangea un regard avec John pour lui signifier qu'ils devraient tous deux essayer de les surprendre par l'arrière au cas où personne ne se trouverait plus près.

Trois silhouettes se figèrent.

— C'est nous, dit soudain Samson à travers l'écouteur. J'ai Yvette et Haven avec moi. Je t'ai envoyé un texto t'avertissant de notre arrivée.

Juste à ce moment, Blake sentit son portable vibrer et y jeta un œil. Le texto de Samson apparut à l'écran.

— Je viens juste de le recevoir. Content que vous soyez là.

Pendant quelques minutes, tout le monde demeura silencieux. Blake regarda le point représentant Ronny sur son portable.

— Amaury ? demanda-t-il dans son micro. Que fait Ronny ?

— Il attend, près de la voiture.

— Ils sont en retard, dit Blake.

— Ouais, ou autre chose, dit John, à ses côtés. Je n'aime pas ça.

— On est deux, alors.

Trente minutes n'avait pas été suffisant pour préparer l'opération. Ils improvisaient, et Blake ne pouvait qu'espérer que tout le monde pût demeurer les pieds sur terre afin de prendre les bonnes décisions au moment venu.

— J'entends quelque chose, dit soudain Oliver. Je pense que c'est un bateau.

— Samson ? Tu vois quelque chose de là où tu es ? demanda Blake.

— Un bateau en approche, incontestablement. Un petit bateau à moteur, confirma Samson.

— Combien de personnes à bord ?

— Suis pas certain. Un au volant. Mais il pourrait y en avoir davantage qui se cachent dans l'embarcation.

Blake commença à dispatcher ses ordres.

— OK. Les tireurs d'élite, préparez-vous ! À toutes les équipes : intervention.

Il fit signe à John, et tous deux entamèrent la descente de la seconde moitié du talus, jusqu'à la zone pavée. Communiquant à présent par signes afin de ne pas être entendus par leurs ennemis, ils se rapprochèrent en utilisant les bâtiments et les voitures en stationnement comme couverture.

Blake put entendre le moteur du bateau tourner au ralenti. Cela signifiait que l'embarcation s'arrêtait quelque part entre les bâtiments A et B.

Un grand bruit le fit soudain tressauter.

— Qu'est-ce que c'est que ça ? dit-il dans son micro.

— Si je le savais, putain, jura Amaury.

— J'y vais, grogna Blake.

— Attends ! l'avertit Samson.

Mais Blake était déjà en train de courir.

— Couvrez-moi !

~ ~ ~

Lilo arpentait le bureau de Blake dans les deux sens. Une fenêtre aurait pu l'aider à passer le temps, mais il n'y en avait même pas. Chose qu'elle n'avait remarquée qu'au départ de Blake. Toutes les deux minutes, elle jetait un œil à l'horloge murale, laquelle comprenait, en réalité, trois horloges. Une affichait l'heure actuelle, la seconde, le compte à rebours avant le lever du soleil et, la troisième, le compte à rebours avant le coucher du soleil. Et plus le temps diminuait avant le lever du soleil, plus elle devenait nerveuse.

Elle aurait aimé que quelqu'un lui dît ce qui était en train de se passer. Les associés de Ronny avaient-ils emmené Hannah avec eux ? Que se passait-il en ce moment même ? Étaient-ils tous sains et saufs ?

La sonnerie du téléphone de Blake la fit sursauter. De crainte de ne pouvoir l'atteindre avant qu'il ne s'arrêtât de sonner, elle se précipita vers celui-ci et attrapa le cornet.

— Blake ?

— Lilo ? Oh, Dieu merci, c'est toi.

Cette voix féminine ne pouvait réellement appartenir à la personne à qui elle pensait.

— Hannah ?

— Oui, Lilo, c'est moi. Oh, mon Dieu ! C'est terrible. Je suis libre mais, Lilo, il est gravement blessé. Blake est très grièvement blessé et certains autres sont morts. Je ne sais pas quoi faire.

Une poigne de fer s'enroula autour du cœur de Lilo et le compressa.

— Blake ? Oh non ! S'il vous plaît, non !

Elle ne pouvait encore revivre cela. Elle l'avait déjà presque perdu une fois. Elle n'y survivrait pas une seconde fois.

— Écoute, Lilo. Je suis dans la voiture de Blake. Il est avec moi. Nous serons au QG dans une minute. Mais je n'ai pas la force de le transporter. Il est trop grièvement blessé et ne peut pas bouger tout seul. Aide-moi !

— Je vous attends en bas. S'il te plaît, Hannah, dépêche-toi. Je ne veux pas le perdre.

Elle raccrocha brutalement et se précipita vers la porte, l'ouvrit violemment et courut vers l'ascenseur. Elle pressa le bouton plusieurs fois avant l'ouverture des portes. Elle bondit à l'intérieur. La descente vers le premier étage ne pouvait prendre plus de quinze secondes, mais lui parut une éternité. Seul Blake occupait toutes ses pensées. Il était blessé. Il avait besoin d'elle.

Oh Dieu, que s'était-il passé à Fort Mason ? Qu'avaient fait ces monstres aux hommes de Scanguards ? Combien d'entre eux étaient-ils morts ? Un sanglot se forma depuis le fond de son estomac et remonta jusqu'à sa gorge. Elle tenta de le refouler. Blake avait besoin d'elle. Elle devait demeurer forte.

Lorsqu'elle atteignit le premier étage, elle vola presque à travers le hall d'entrée, ignorant le regard interrogateur de la réceptionniste.

Un garde se tenait près de la porte de sortie vitrée. Il jeta un œil à son badge visiteur et hocha la tête lorsqu'elle passa tel un coup de vent et déboula sur le trottoir.

Elle chercha l'Aston Martin de Blake, mais ne put l'apercevoir. Hannah n'était-elle pas encore arrivée ?

S'il vous plaît, s'il vous plaît !

Elle pria en silence. *Ne le laissez pas mourir.*

— Lilo ! Ici !

Elle tourna la tête et aperçut Hannah lui faire signe depuis le coin de la rue.

— Il est ici, ajouta son amie.

Lilo courut vers elle.

— Hannah !

Elle n'avait jamais été aussi soulagée de voir son amie. Hannah paraissait épuisée, à bout de force. Elle avait de sombres cernes sous les yeux, ses cheveux roux étaient en pagaille, et ses vêtements étaient fripés.

Lorsque Lilo arriva à sa hauteur, Hannah se mit immédiatement à courir vers la voiture, laquelle était stationnée un peu plus bas, vers le milieu de la rue.

— Tu aurais dû te garer en double file juste devant le bâtiment ! cria Lilo, les larmes au bord des yeux. Comment allons-nous porter Blake ?

— Aide-moi, Lilo ! lui répondit Hannah tout en ouvrant la portière passager de la voiture. Vite ! Il ne lui reste plus beaucoup de temps.

Lilo se précipita, et Hannah fit un pas de côté afin de la laisser s'occuper de Blake. Lilo tendit les mains et se pencha vers l'intérieur du véhicule. Mais personne n'était assis sur le siège passager.

— Où est-il ?

Elle tourna la tête vers Hannah, mais il était trop tard.

Son amie pressa un chiffon sur son visage. Lilo haleta de surprise et inspira les vapeurs émanant de l'étoffe : du chloroforme.

— Non ! À l'aide !

Mais personne n'entendit ses cris étouffés.

Elle tenta de lutter, mais toute sa force s'évapora de son corps, et elle s'effondra, l'obscurité s'abattant sur elle.

39

Blake dévisagea l'humain arrivé dans le petit bateau à moteur. Il s'était calmement dirigé vers les vampires qui l'attendaient. À l'aide d'un marqueur permanent, quelqu'un avait inscrit *Pour Scanguards* sur son t-shirt blanc.

— Ils ont envoyé un putain de pion ! dit Blake, les dents serrées, tandis que l'homme continuait à regarder dans le vide.

— Complètement drogué, tout comme l'autre gars, confirma Wesley. Ils devaient être au courant de notre présence.

Blake asséna un coup de pied dans une poubelle.

— Putain !

Bien qu'ayant été prudent, il avait toujours su que Ronny risquait d'être épié par Norwood et ses gars. Aucun signe de surveillance n'avait toutefois pu être décelé.

— Comment allons-nous retrouver Hannah, maintenant ?

Plusieurs de ses collègues grognèrent de mécontentement. Au milieu de ce brouhaha, son portable vibra. Il le sortit de sa poche et regarda l'écran.

— Thomas ? dit-il tout en appuyant sur la touche de réception d'appel.

— Tu peux parler ?

— Ouais, ils ne se sont pas pointés. Ils ont envoyé un drogué à la place. Aucun signe d'Hannah.

— J'aurais aimé te faire part de ma surprise, mais on vient juste de m'alerter que la carte d'accès d'Hannah vient de servir pour ouvrir le garage.

— Tu veux dire que quelqu'un a pris sa carte d'accès et est parvenu à pénétrer chez Scanguards ? Comment est-ce possible ?

Il y avait davantage de systèmes de sécurité que simplement la carte d'accès.

— Ils devaient aussi avoir ses empreintes.

— Je sais. C'est pour ça que j'ai sorti les bandes caméras des niveaux auxquels la carte d'Hannah a eu accès. Attends.

Thomas marqua une pause pendant une seconde.

— Merci, Eddie. Blake, tu ne vas pas le croire : Hannah est entrée dans le garage. Il n'y a pas de doute, c'est elle. Elle est allée au parking principal et a eu accès au boîtier contenant la clé de secours.

Cela n'avait aucun sens.

— Si elle s'est échappée d'une manière ou d'une autre, alors pourquoi ne pas être montée jusqu'au service du personnel pour faire son rapport ?

— Blake, je ne pense pas qu'elle se soit échappée. Il y a quelque chose chez elle… Eddie, zoome une nouvelle fois sur son visage… Là ! Blake, je pense qu'elle est droguée.

— Oh, merde, où est-elle allée ?

— C'est bien le problème. Elle a pris une des clés, puis est allée au niveau B2 du parking. Eddie, montre l'enregistrement du niveau B2… Là, elle sort de l'ascenseur et se dirige vers les voitures. Oh non !

— Quoi ? aboya Blake dans le téléphone.

— Elle a pris ta voiture. Voyons…

Qu'avait-elle l'intention de faire avec sa voiture ?

— Elle est partie avec. Je ne sais pas dans quelle direction, mais elle est sortie du garage il y a environ vingt minutes.

— Ça n'a aucun sens. Pourquoi Norwood lui aurait fait voler ma voiture ? Ils doivent savoir que nous pouvons la tracer grâce à ses puces de localisation intégrées. Quelque chose ne va pas.

— Je vais encore repasser l'enregistrement pour voir si nous ne ratons rien ou si elle a laissé entrer quelqu'un d'autre. Mais jusqu'ici, je ne vois rien.

— Blake ! cria soudain Ronny en tenant son portable en l'air. C'est Norwood. Il veut te parler.

— Reste en ligne, Thomas, ordonna Blake.

De l'autre main, il attrapa le téléphone de Ronny et aboya à travers celui-ci.

— Norwood, espèce de petite merde ! Qu'est-ce que tu manigances ?

— Est-ce une manière de saluer l'homme qui détient la chose qui est la plus précieuse à tes yeux ? dit Norwood, la voix traînante.

— Je sais que tu as drogué Hanna, commença Blake avant que Norwood ne l'interrompît.

— Mais je ne parle pas d'Hannah. Je parle de Lilo.

Le cœur de Blake s'arrêta.

— Une si belle femme. Un peu molle, pour le moment, mais elle finira par se réveiller, continua Norwood.

— Tu penses vraiment que je vais croire que tu la retiens ?

Il appuya sur le bouton mettant la conversation en attente et reprit son propre portable.

— Thomas, cours à mon bureau et vérifie si Lilo y est. Maintenant !

— J'y vais.

Sur le téléphone de Ronny, Blake désactiva le bouton de mise en attente et se concentra sur les paroles de Norwood tout en continuant à écouter son propre téléphone.

— J'aimerais les échanger, Hannah et elle, contre Ronny et les drogues. Et cette fois, on ne joue plus, l'avertit Norwood.

Pendant ce temps, la voix de Thomas se fit entendre dans l'autre téléphone.

— Elle est partie, Blake. Disparue.

Les canines de Blake descendirent, et ses mains se transformèrent en griffes.

— Quand je te retrouverai, je t'arracherai la gorge !

— Menaces en l'air ! dit froidement Norwood. Je suppose que tu me crois, maintenant. Alors, voyons ce qu'elle vaut à tes yeux.

~ ~ ~

Blake claqua le poing contre le mur de son bureau, laissant un trou dans la cloison.

— Comment est-ce que ça a pu arriver ?

Il avait manqué à ses engagements envers Lilo. Il ne l'avait pas protégée. Elle se retrouvait entre les mains d'un fou.

— Pourquoi ne l'ai-je pas vu venir ? ajouta-t-il.

Silencieux, John se tenait à coté de Ronny, lequel semblait anéanti par ce revirement de situation.

Wes posa une main sur l'épaule de Blake, mais celui-ci n'y prêta pas attention.

— Personne ne l'a vu venir, dit le sorcier. Ils doivent avoir drogué Hannah pour l'amener, d'une manière ou d'une autre, à piéger Lilo. Le garde a dit qu'elle était sortie en précipitation, mais il n'a pas vu où elle allait.

Blake hocha la tête.

— Lilo est intelligente. Elle ne se serait pas fait avoir si Hannah n'avait pas été convaincante.

— C'est peut-être pour ça qu'Hannah a volé ta voiture, dit Wes, après réflexion. Et si elle en avait eu besoin pour convaincre Lilo que c'était toi qui l'avais envoyée ?

Pendant un instant, Blake médita la question.

— Quelle que soit la manière dont ils l'ont dupée, nous devons découvrir où ils l'ont emmenée. Rapidement.

— Nous avons déjà localisé ta voiture. J'y ai envoyé une équipe, mais je suis presque sûr qu'ils l'ont juste abandonnée. Hannah sait que la voiture est équipée d'un traceur GPS. Elle doit l'avoir bazardée dès qu'elle n'en a plus eu l'utilité, dit John.

Blake se tourna vers Wes.

— Est-ce que tu peux rechercher Lilo en utilisant ton pendule ?

— Comment ? Cela a été suffisamment dur de trouver quelque chose possédant l'ADN d'Hannah dans son appartement. Et le peu que j'ai trouvé ne m'a pas permis de voir quoi que ce soit la concernant. C'est encore plus dur avec Lilo. Donc, à moins que tu n'aies une fiole de son sang, j'ai bien peur que nous ne manquions de chance. Un peu de cheveux ne serait pas suffisamment puissant pour faire fonctionner le cristal.

Wes haussa les épaules en guise d'excuse.

Ronny releva soudain la tête.

— Tu dis que tu pourrais localiser quelqu'un en utilisant du sang ?

— Oui, je le peux.

— Peut-être que tu pourrais trouver Norwood ou un de ses associés. La drogue qu'ils ont injectée à cet humain du bateau à moteur contient le sang de l'un d'entre eux.

Wes s'approcha de lui.

— Que veux-tu dire ?

— Mais tu ne peux pas rechercher les vampires avec ton cristal, ça ne fonctionne pas, interrompit Blake. Tu n'étais pas là durant l'interrogatoire de Ronny. Il nous a déjà parlé du sang des autres vampires.

Wes leva une main.

— Laisse-moi l'écouter. Comment est-ce qu'on fait ça ?

— Eh bien, je leur donne la drogue à l'état brut, mais si on ne l'individualise pas, elle ne fonctionnera pas à distance. On peut également utiliser le contrôle de l'esprit. Donc, si le vampire veut contrôler l'humain sur de longues distances et s'assurer que personne d'autre ne puisse le faire, il doit mélanger un peu de son sang avec la drogue. C'est comme une union, pour ainsi dire. Alors, l'humain ne répondra qu'à son maître et seulement à lui.

Ronny regarda Wes, comme pour vérifier qu'il comprenait.

— Je comprends.

Wes marqua une pause et commença à faire les cent pas.

— Hum. Comme un pigeon voyageur. Intelligent.

Une étincelle apparut dans ses yeux.

— Je pense avoir une idée, ajouta-t-il.

Le cœur de Blake se mit à battre frénétiquement.

— Quel genre d'idée ? S'il te plaît, dis-moi que tu sais comment les trouver.

Wes hocha la tête.

— Il se peut que oui. Mais j'aurai besoin de l'aide de Ronny au labo. Où est ton livre de recettes ? Je ne l'ai pas trouvé à la cabane.

— Livre de recettes ?

— La formule pour la drogue.

Ronny tapota le bout du doigt contre sa tempe.

— Ici. C'est le seul endroit où elle est à l'abri de Norwood. C'est pour ça que je suis toujours en vie.

Wes hocha la tête.

— Bien. Blake, amène-moi le drogué que nous avons trouvé ce soir. Je pense qu'on pourrait utiliser le lien qu'il a avec son maître pour le transformer en système d'autoguidage. Si je peux isoler le sang du vampire de la drogue et en altérer un peu la composition, je pense que je peux le faire.

La poitrine de Blake se gonfla d'espoir.

— Wes, si tu peux faire ça et les retrouver, je te serai très redevable, tu sais.

— Et cette fois, il se pourrait que je profite bien de tous les services que tu me dois.

Blake rencontra le regard de Wesley et hocha la tête. Pour récupérer Lilo, il ferait tout ce qu'il fallait.

40

Les membres raides et affublée d'un mal de tête, Lilo se sentit chancelante. Quelqu'un lui secouait les épaules des deux mains, et elle émergeait du brouillard. Elle parvint difficilement à ouvrir les yeux et éprouva d'abord quelques difficultés à fixer le regard.

— Lilo ! Oh mon Dieu, Lilo !

Cette voix la ramena à la réalité. En un instant, elle se souvint de tout. Elle ouvrit lentement les yeux.

C'était Hannah qui la secouait pour la réveiller. Lilo se redressa brusquement sur l'inconfortable lit de camp.

— Hannah ?

— Qu'est-ce qu'ils t'ont fait ? Comment t'ont-ils attrapée ? Qu'est-ce que tu faisais même à San Francisco ?

Ces questions jaillissaient avec justesse de la bouche d'Hannah. Elle paraissait bouleversée, proche des larmes. Et en même temps, elle semblait différente de tout à l'heure. Plus vivante. Plus animée. Réelle.

— Tu ne sais pas, n'est-ce pas ? demanda Lilo en saisissant et serrant les mains d'Hannah.

— Sais pas quoi ?

— Hannah, tu m'as appelée chez Scanguards, et tu m'as dit de descendre parce que Blake était blessé. Tu as dit qu'il était mourant et que tu avais besoin de mon aide.

Elle secoua la tête.

— Lilo, je suis ici, enfermée depuis je ne sais combien de jours.

— Chérie, ils t'ont droguée. Les hommes qui t'ont enlevée, ils t'ont poussée à me tendre un piège, et j'ai foncé droit dedans.

Des larmes montèrent dans les yeux d'Hannah.

— Oh, non, Lilo ! Je suis tellement désolée !

Lilo enroula les bras autour de son amie et l'étreignit.

— Non, c'est moi qui suis désolée. Si j'avais été là pour toi quand tu as eu besoin de moi, ceci ne serait pas arrivé.

Hannah se mit à sangloter. Lilo la prit par les épaules et la calma afin qu'elle la regardât.

— Ne pleure pas. S'il te plaît. Je suis là, maintenant.

— Tu n'aurais pas dû venir à San Francisco. Maintenant, nous sommes toutes les deux en difficulté. Et c'est ma faute. J'aurais dû écouter Ronny et partir avec lui.

— Ronny nous a tout raconté.

— Tu as vu Ronny ?

Elle écarquilla les yeux.

— Comment ? ajouta-t-elle.

— Blake et ses hommes l'ont capturé.

Hannah plaqua une main sur sa bouche.

— Oh, mon Dieu !

Elle lança ensuite un regard empreint de prudence à Lilo.

— Tu es au courant de quoi ?

Lilo soupira.

— De tout. Ou presque tout. Je suis au courant pour Scanguards, pour les vampires, la drogue que Ronny fabrique pour Norwood, et le danger dans lequel nous sommes tous.

Hannah secoua la tête.

— Je suis tellement désolée de t'avoir traînée là-dedans. Je n'ai jamais voulu que tu aies à affronter tout ça.

— On ne peut plus rien changer, maintenant. Je ne t'en veux pas. Tu le sais, ça, chérie, n'est-ce pas ?

— Oh, Lilo, je ne te mérite pas.

Lilo laissa courir une main dans les cheveux auburn d'Hannah.

— Blake viendra nous chercher.

Hannah força un sourire.

— C'est un homme bon.

Elle renifla.

— Comment as-tu appris pour Norwood et Scanguards ? ajouta-t-elle.

— Je suis allée à ton appartement, et Norwood est entré par effraction.

— Oh, mon Dieu ? Est-ce qu'il t'a fait du mal ?

Lilo secoua la tête.

— Blake est arrivé juste à temps. Il m'a sauvée, et Norwood s'est enfui. Mais il cherchait quelque chose. Je suppose que c'était la clé USB que tu avais cachée.

Hannah soupira de soulagement.

— Tu l'as trouvée ! J'espérais que quelqu'un la trouve. J'avais peur que Norwood me tue, alors je lui ai dit que j'avais des preuves de ses agissements. Je lui ai dit que j'avais la formule permettant de fabriquer la drogue. Je savais qu'il la voulait afin de ne plus avoir besoin de Ronny. Je lui ai dit que s'il me tuait, les autorités la trouveraient.

— Mais il n'y avait rien sur l'enregistrement à part Norwood et Ronny en train de se transformer en vampires. On ne peut même pas dire de quoi ils parlent ; il n'y a pas de son. Et nous n'avons pas trouvé la recette pour confectionner la drogue non plus.

Hannah fit un clin d'œil.

— Parce que je ne l'ai pas. Mais Norwood ne le savait pas.

— Je ne comprends toujours pas. Tu ne pouvais pas savoir que tu serais kidnappée quand tu as caché la clé USB.

— Tu as raison. Mais après avoir accidentellement enregistré Ronny et Norwood en train de se disputer, et que Ronny m'ait dit qu'il voulait se sortir des affaires de Norwood, j'ai éprouvé un sentiment étrange. Alors, j'ai caché la clé. J'ai pensé que si quelque chose m'arrivait, il y aurait au moins quelqu'un qui saurait par où commencer. Scanguards saurait.

— Mais tu n'as pas pensé que Norwood irait à ton appartement pour essayer de trouver les prétendues preuves ? Et s'il avait trouvé la clé avant nous ?

Hannah secoua la tête.

— Je le lui ai dit parce que je voulais qu'il aille à mon appartement. J'espérais qu'à ce moment-là, Scanguards aurait réalisé que j'avais disparu et aurait exercé une surveillance sur mon appartement. Je comptais bien sur la venue de Norwood et j'espérais qu'il se ferait attrapé par Scanguards.

— Tu avais raison. Sauf que Norwood a pu s'échapper.

Lilo soupira.

— Blake est inquiet à ton sujet, poursuivit-elle.

— C'est un bon ami.

— Il m'a dit comment vous vous êtes rencontrés.

Hannah laissa retomber les paupières.

— Tu penses probablement que je suis impulsive et irresponsable, mais même quand il m'a dit qu'il était un vampire, je n'ai tout simplement pas pu le laisser mourir.

Lilo sourit. Elle s'était retrouvée dans pareille situation. Et elle n'en avait pas eu le cœur non plus.

— Merci de l'avoir sauvé. Si tu ne l'avais pas fait, je ne l'aurais jamais rencontré.

Hannah en demeura soudain bouche bée.

— Tu es sérieuse ?

Elle secoua la tête.

— Toi et Blake ? poursuivit-elle. Comment ? Je ne comprends pas. Ce n'est pas toi l'impulsive. C'est moi. Tu es si… si raisonnable… et tu penses à tout.

— Parfois, les choses arrivent, tout simplement. Et il n'y a rien que je puisse y faire. Nos ravisseurs ont, d'une manière ou d'une autre, appris pour Blake et moi. Et ils s'en servent contre moi. Quand tu m'as appelée pour me dire que Blake était gravement blessé, je ne me suis même pas arrêtée pour réfléchir une fraction de seconde. J'ai juste agi. Tu avais sa voiture. Je n'avais aucune raison de croire que tu mentais. J'avais tellement peur de le perdre, Hannah.

Même maintenant, cette pensée lui compressait le cœur tel un étau.

— Il viendra nous chercher, dit Hannah, la voix à présent plus forte. Mais maintenant que tu es là, peut-être pourrions-nous réfléchir à un moyen de sortir d'ici.

Pour la première fois, Lilo laissa errer les yeux tout autour d'elle. C'était une grande pièce avec de hauts plafonds, des murs en béton nu et deux fenêtres haut perchées. Elles étaient peintes en noir. Des renforts en acier, probablement une mise aux normes de sécurité pour tremblement de terre, étaient fixés en croix sur deux des murs. Cela ressemblait à une pièce d'un entrepôt.

Lilo tapota du doigt sur ses lèvres.

— Que ferait Morgan West dans pareille situation ? demanda Hannah en enroulant un bras autour de l'épaule de son amie.

— Je ne suis pas sûre que Morgan West soit assez intelligent pour jouer au plus fin avec une bande de vampires. Il se pourrait qu'on ne puisse compter que sur Blake et Scanguards.

~ ~ ~

— Tout le monde est prêt ?

Blake regarda ses collègues. Tous se tenaient dans une rue transversale, derrière un grand camion, dans le quartier de Potrero Hill. Coincée entre deux autoroutes, la partie nord du district abritait principalement des entreprises : surtout des entrepôts et des grossistes. Au Sud, davantage sur les hauteurs de la colline, la région était bordée par un quartier résidentiel.

L'idée de Wesley d'utiliser le sang de l'humain qu'ils avaient attrapé à Fort Mason avait fonctionné comme un charme. L'humain les avait conduits à un large entrepôt de Potrero Hill tel un pigeon voyageur regagnant son pigeonnier. Tandis qu'un employé de Scanguards l'escortait jusqu'au QG afin de le débriefer— ou plutôt afin de lui effacer la mémoire— Blake et ses hommes se préparaient pour leur mission de sauvetage.

Grâce à leurs contacts avec les autorités de la ville, Thomas avait déjà envoyé le plan de l'entrepôt sur l'ordinateur d'un des fourgons avec lesquels ils étaient arrivés. Mais c'était le sang de Lilo qui les avait réellement aidés à planifier leur stratégie d'approche.

Blake inspira afin de se donner du courage. Il avait mordu Lilo seulement quelques heures auparavant, et dès lors, son sang était toujours très présent. Et dès qu'ils étaient arrivés à un pâté de maisons de l'entrepôt et sortis du fourgon, il l'avait sentie. Il avait ainsi pu identifier la partie de l'entrepôt dans laquelle elle était maintenue.

Blake regarda ses collègues en train d'enfiler leurs lunettes. Elles n'étaient pas destinées à la vision nocturne, les vampires n'en ayant nullement besoin. Elles fonctionnaient plutôt comme dispositifs à imagerie thermique. Blake chargea sur son épaule une corde munie d'un grappin à son extrémité, de même que du matériel d'escalade. Son sac à dos contenait plusieurs pieux, des pistolets de petit calibre et suffisamment de munitions pour approvisionner la moitié d'une armée. Rien n'était laissé au hasard.

— Vous savez quoi faire, dit-il en tournant le dos à ses collègues.

— Certain de vouloir faire ça tout seul ? demanda John.

Blake regarda par-dessus son épaule.

—Il le faut. Si nous y allons toutes armes dehors, ils auront suffisamment de temps pour tuer Lilo et Hannah. Attendez mon texto.

Sans attendre la réponse de John, Blake bifurqua dans la rue suivante et contourna le pâté de maison jusqu'à ce qu'il eût atteint la rue située derrière l'entrepôt dans lequel Norwood et ses potes se terraient. Il savait qu'il ne disposait pas de beaucoup de temps. Le soleil allait se lever dans moins d'une heure, et toute tentative de sauvetage devrait être postposée.

Il lui fut aisé de trouver le bâtiment qui allait lui permettre d'accéder à l'entrepôt. Il se situait juste derrière celui-ci et abritait un grossiste en plomberie. L'immeuble comptait deux étages, tandis que l'entrepôt comptait trois niveaux.

Blake évalua les deux côtés du bâtiment. Aucun escalier de secours. Il allait devoir la jouer à la dure. Il se saisit de sa corde et se prépara. C'était, heureusement, une des nombreuses choses qu'il avait apprises durant son entraînement chez Scanguards, plusieurs années auparavant : comment lancer une corde sur un toit et l'accrocher à la corniche afin de pouvoir y grimper.

Ce n'était pas aussi facile que cela y paraissait dans les films mais, à la seconde tentative, le grappin trouva prise. Il tira sur la corde afin de s'assurer qu'elle tenait bien et grimpa. Sa force de vampire facilita l'ascension. Une fois sur le toit, il décrocha la corde et traversa la plateforme jusqu'au rebord. Il n'y avait aucune fenêtre de ce côté du bâtiment en briques rouges, mais il y avait un espace d'environ deux mètres à franchir. Facile à sauter pour autant que les bâtiments eussent été de même hauteur. Mais le toit de l'entrepôt était situé trois mètres cinquante ou quatre mètres plus haut.

Il s'assura que la corde fût correctement enroulée avant de la balancer à nouveau vers le crochet qui se trouvait sur la corniche du toit de l'entrepôt, comme s'il balançait un lasso sur un veau. Cette fois, il réussit du premier coup. Il tira à nouveau sur la corde afin de s'assurer qu'elle ne se décrocherait pas.

Il enroula ensuite une partie de la corde autour de sa main droite, s'y agrippa un peu plus haut de la main gauche et recula de quelques pas. Il courut et sauta vers le mur de briques rouges, pieds en avant. Lorsque les semelles de ses chaussures heurtèrent le mur, il plia les genoux afin d'absorber l'impact et se stabilisa.

Il prit une inspiration et écouta. Quelqu'un avait-il entendu le claquement contre le mur ? Il attendit quelques secondes de plus, mais n'entendit rien. Il se mit alors à grimper à la corde et atteignit le toit. Sans même prendre une seconde de repos, il enroula la corde et traversa la toiture. Il prit garde à ne pas marcher trop lourdement par crainte de se faire repérer par les occupants de l'entrepôt.

Lorsqu'il atteignit la corniche opposée, il inspira profondément, laissant l'odeur de Lilo le pénétrer. Elle était quelque part en-dessous de lui. Il se mit à plat ventre et avança petit à petit en regardant vers le bas. Plusieurs fenêtres ornaient le mur dont une à environ deux mètres, deux mètres cinquante de lui. Il recula, se redressa et attrapa son sac à dos afin d'en extraire ses lunettes à vision thermique. Il les enfila. Il attacha ensuite la corde à une vieille cheminée à quelques mètres de distance.

Il fixa la corde autour de sa taille en s'accordant suffisamment de longueur pour lui permettre d'atteindre la fenêtre, puis commença doucement à se laisser descendre. Il agrippa fermement la corde et la relâcha de plus en plus jusqu'à ce qu'il fut arrivé sur l'appui de fenêtre. Il regarda par la fenêtre, mais elle était peinte en noir. Par chance, cela ne s'avérait pas être un obstacle pour ses lunettes.

Il perçut deux corps à l'intérieur de la pièce, mais ne put dire s'il s'agissait de vampires ou d'humains, la signature thermique de ces deux espèces étant identique. L'odeur dégagée par Lilo était toutefois très forte à cet endroit. Elle transperçait la fenêtre à simple vitrage. Blake en examina rapidement le mécanisme d'ouverture. Le loquet, situé en haut et au centre de la fenêtre, était verrouillé. Pour ouvrir celle-ci, il fallait l'incliner vers l'intérieur plutôt que sur le côté. Pénétrer par un espace si étroit présentait une légère difficulté, mais n'était pas totalement impossible. Il s'en inquièterait après avoir réussi à ouvrir la fenêtre.

Blake attrapa un couteau dans une de ses nombreuses poches et le coinça dans l'interstice situé entre la fenêtre et la traverse du haut avant de le faire glisser jusqu'au loquet. Lorsqu'il atteignit le verrou, il agita le couteau jusqu'à entendre un clic. Il maintint la lame à cet endroit et, de l'autre main, vérifia que sa corde fût bien attachée. Il poussa alors lentement et silencieusement la fenêtre vers l'intérieur jusqu'à ce qu'elle fût inclinée de quarante-cinq degrés sur les charnières inférieures.

Il ôta ses lunettes et les accrocha à sa ceinture. La pièce était plongée dans l'obscurité mais, même s'il avait été dépourvu de sa vision nocturne, il aurait su qui se trouvait à l'intérieur : l'odeur de Lilo était très forte à cet endroit.

— Lilo, murmura-t-il.

Il entendit quelqu'un remuer, puis les vit, Hannah et elle, apparaître dans son champ de vision. Elles regardèrent vers la fenêtre.

— Blake ! dit Lilo.

— Chuut, l'avertit-il, un doigt sur la bouche en leur faisant signe d'approcher. Il ôta son sac à dos, le passa à travers l'ouverture et le laissa tomber dans les mains de Lilo qui attendait.

Tout en vérifiant une fois de plus l'ouverture de la fenêtre, il se cramponna à celle-ci et prit équilibre sur le rebord, puis lâcha la corde. Dès qu'il fut dépourvu de la sécurité qu'elle lui prodiguait, il passa les mains à l'intérieur de la pièce et s'agrippa à la traverse métallique de la fenêtre, cette dernière étant bien ancrée dans le mur intérieur. Il souleva les genoux et balança les jambes à travers l'ouverture, catapultant ainsi son corps en avant vers le milieu de la pièce où il atterrit. L'impact fut violent mais, d'emblée, il roula à terre.

Il écouta immédiatement s'il y avait du bruit provenant de l'entrepôt, mais personne ne semblait l'avoir entendu.

Lilo et Hannah se précipitèrent sur lui. Lilo le prit dans ses bras, et il la serra tout contre lui pendant un bref instant.

— Tu es vivante.

Il déposa un baiser dans ses cheveux, puis tendit la main vers l'épaule d'Hannah et la serra.

— Nous n'avons pas beaucoup de temps, murmura-t-il.

Lilo leva les yeux vers la fenêtre.

— Comment allons-nous monter là-haut ?

— Ce n'est pas ce qu'on va faire, dit-il.

Il attrapa son sac à dos et l'ouvrit. Il en sortit deux pistolets et en tendit un à Lilo et un à Hannah.

— Vous avez déjà tiré au pistolet avant ?

Lilo hocha la tête. Elle avait fréquenté les ateliers de l'Académie de police pour écrivains qui les aidait à écrire des romans policiers réalistes.

Hannah secoua la tête. Blake lui montra donc rapidement comment manipuler un revolver.

Satisfait, il fouilla à nouveau dans son sac à dos et en sortit une lourde chaine en argent. La double épaisseur de ses gants en cuir ne l'empêcha pas de ressentir les effets du métal, mais il ne fut toutefois pas brûlé. Il la déposa à terre, sortit son portable, envoya un texto préalablement rédigé à John et rangea le téléphone.

— Écoutez attentivement. Dans quelques minutes, Norwood et ses hommes vont débouler ici et essaieront de vous utiliser comme boucliers. Je veux que vous alliez dans ce coin de la pièce.

Il désigna le coin qui, une fois la porte ouverte, se trouverait dans l'angle mort de la personne qui entrerait.

— Tenez-vous prêtes à tirer. Mais ne tirez que si l'un d'eux vient vers vous et que je ne peux pas le mettre KO. Compris ?

Toutes deux hochèrent la tête. Il attrapa ensuite la chaîne traînant à terre et se dirigea vers la porte. À côté de celle-ci, il vit des poutrelles en acier entrecroisées dans le mur. Parfait.

Chaîne en main, il grimpa sur le mur jusqu'à mi-hauteur, prêt à bondir.

Soudain, son ouïe de vampire capta une certaine agitation provenant d'en bas. Scanguards venait juste d'enfoncer la porte. Norwood et ses hommes venaient enfin de prendre conscience qu'ils étaient pris en embuscade.

Quelques instants plus tard, il entendit des pas en approche, puis une clé tournant dans la serrure, et l'ouverture de la porte. Un vampire se précipita à l'intérieur de la pièce.

Blake sauta et, dans sa chute, enroula la chaîne en argent autour du cou de l'ennemi. Le vampire libéra un cri étouffé suffisamment bruyant que pour alerter ses associés et tenta de retirer la chaîne de son cou mais, déjà, Blake s'affairait à l'enrouler et à la nouer autour du cou de l'enfoiré pour la seconde fois. Il lui asséna ensuite un coup de pied dans le dos afin de le pousser à terre et le ligoter avec cette même chaîne en argent. Le vampire lutta et riposta à l'aide de coups de pieds et en criant. Il tourna la tête afin de lui montrer ses canines, permettant ainsi à Blake de réaliser que ce n'était pas Norwood, mais un de ses associés. Ronny avait pu révéler la plupart des noms des hommes de Norwood à Scanguards, et plusieurs d'entre eux se trouvaient dans la base de données. Le vampire présentement ligoté au sol était l'un d'entre eux.

Blake entendit l'agitation du bas. Hurlements. Grognements. Des bruits sourds. Ses collègues étaient bien occupés. Il jeta un coup d'œil vers Hannah et Lilo. Toutes deux étaient sorties du coin où elles se trouvaient.

— Restez ici, ordonna-t-il aux femmes, avant de désigner le vampire cloué au sol. Il n'arrivera pas à se détacher.

Les yeux de Lilo s'écarquillèrent soudain, et elle pointa son arme en direction de Blake.

— Noooooon ! cria-t-elle en appuyant sur la gâchette.

Blake plongea sur le côté et roula avant de se relever une seconde plus tard. Mais Lilo continuait de tirer : non pas à l'endroit où il se trouvait à présent, mais où il s'était tenu précédemment. Blake regarda par-dessus son épaule.

— Oh merde !

Lilo était en train de vider son chargeur sur un vampire écroulé au sol, un pieu s'échappant de sa main. Norwood. Du sang suintait des multiples blessures. Un tir le heurta finalement à la tête et, en quelques secondes, Norwood se désintégra en poussière, la balle en argent ayant atteint le cerveau et ne faisant qu'une bouchée de lui.

Blake se précipita vers Lilo. Il retira le révolver vide de ses mains tremblantes et l'étreignit. Pour la seconde fois, elle lui avait sauvé la vie.

Mais il n'eut pas le temps de la remercier, car un autre bruit provenant de la porte lui fit faire volte-face, pousser Lilo derrière lui et arracher le pistolet des mains d'Hannah. Il visa le vampire qui entrait.

— Du calme ! dit John.

Blake expulsa un souffle et baissa son arme.

— Nous en avons eu quatre. Et toi ?

Blake désigna le vampire ligoté qui gémissait de douleur.

— Deux. Celui-ci et Norwood.

Il inclina la tête vers l'endroit où se trouvait le tas de poussière.

— Nous les avons tous, alors.

— Des blessés ? demanda Blake.

John sourit et secoua la tête.

— Ces amateurs ne faisaient pas le poids contre nous. Un jeu d'enfants.

Blake se tourna vers Lilo et Hannah.

— C'est fini. Rentrons à la maison.

Lilo lui tomba dans les bras, puis il en tendit un afin d'étreindre également Hannah.

— Je ne sais comment te remercier, murmura Hannah.

— Ne me remercie pas. Remercie Lilo. Elle a fait le dur boulot.

Lilo écarta la tête de la poitrine de Blake.

— J'ai eu peur.

— Mais tu l'as fait, néanmoins. C'est ça être courageux.

Et il n'avait jamais rencontré femme plus courageuse que Lilo.

41

Blake jeta un œil par-dessus son épaule afin de voir où Lilo se trouvait, alors qu'elle parlait à Hannah et Delilah. La maison de Samson était bondée : les employés de Scanguards et leur famille y célébraient la libération de Lilo et Hannah, de même que l'élimination de la bande de Norwood.

— Et on m'a envoyé en patrouille alors qu'il se passait tout ça ? se plaignit Grayson après que John eût terminé de raconter les événements qui venaient d'avoir lieu.

Blake se tourna vers son protégé. Toutefois, considérant l'âge de Grayson, il lui fallait envisager de renoncer à ses fonctions de garde du corps quand elles concernaient l'impétueux second-né de Samson.

— Tu voulais ta propre ronde. Tu l'as !

— Ouais, une ronde où il ne se passe rien. Dis-moi la vérité : mon père t'a dit de me confier le quartier le plus sûr, pas vrai ?

Blake leva les mains.

— Je n'ai rien à voir avec ton affectation.

Samson et Quinn s'étaient chargés du programme de patrouille. Et il n'allait pas les jeter tous deux sous un bus.

Grayson souffla.

— Tu es d'une grande aide.

Il se retourna et s'éloigna.

Blake échangea un regard avec John, lequel haussa tout simplement les épaules.

— Il a encore beaucoup à apprendre.

— Il est fou de penser que je le laisserais se joindre à une mission pour sauver ma fe… euh, la vie de Lilo.

John hocha la tête, son petit sourire soudain effacé de son visage.

— Tu as eu de la chance, cette fois. Tout le monde n'a pas toujours ce genre de chance.

Blake hocha la tête et la baissa.

— Je le sais. Je regrette que tu n'en aies pas eu plus.

Il n'eut pas à demander si John pensait encore tous les jours à sa compagne de sang-mêlé.

— Excuse-moi. Il faut que je dise un mot à Amaury, dit John, désireux d'échapper à la conversation.

Blake ne l'arrêta pas. S'il venait à perdre la femme qu'il aimait, il ne voudrait également pas en parler. Blake n'était au courant du malheur de John que depuis le transfert de ce dernier au sein de Scanguards, quatre ans auparavant, lorsque Cain avait informé la direction de cette tragédie qui l'avait frappé.

Se retrouvant soudainement seul au milieu de l'assemblée, Blake se retourna et chercha Lilo.

Mais Wesley et Samson le rejoignirent avant qu'il ne l'eût trouvée. Samson hocha la tête à son intention, puis lança le pouce en direction de Wes.

— Wes a dit que tu le soutenais dans son idée farfelue de poursuivre ces Gardiens de la Nuit dont nous ne savons vraiment rien du tout.

Blake acquiesça. Il avait conclu un marché avec Wes, et il tiendrait ses promesses.

— Si quelqu'un peut les trouver et éventuellement conclure une alliance, c'est bien Wes. J'ai confiance en lui. Il faut qu'on le fasse.

Samson les regarda l'un et l'autre et fit la grimace.

— Donc, les gars, vous avez décidé de tirer dans la même direction, cette fois. Eh bien, alors, je pense ne pas avoir le choix.

Il s'adressa ensuite directement à Wesley.

— Je veux que tu prennes toutes les précautions possibles quand tu commenceras. Nous ne voulons pas te perdre.

Wes sourit de manière triomphale.

— Vous ne me perdrez pas. Je suis impatient de le dire à Haven.

— Me dire quoi ? demanda la voix grave d'Haven.

Alors que Wes traînait son frère vers un autre coin de la pièce, Samson se rapprocha.

— Je suis très fier de toi. La menace est contenue, et nous sommes à nouveau en sécurité.

— Pour l'instant, concéda Blake. Qu'allons-nous faire de Ronny ?

— Décision difficile. Les deux membres survivants du gang de Norwood sont sur la route de Grass Valley, et ils ne seront pas dehors avant plusieurs années. Luther s'en assurera.

Luther, lequel était uni à Katie, la sœur de Wesley, avait autrefois été détenu dans ce même établissement. Après avoir été relâché, il était ensuite entré par effraction dans la prison afin de suivre une piste dans le cadre d'un kidnapping, et le Conseil avait décidé de l'engager afin d'améliorer la sécurité de la prison. Il partageait à présent son temps entre le pénitencier et Scanguards.

— Mais Ronny est un cas différent, poursuivit Samson. Je n'ai pas encore décidé ce que j'allais faire de lui. Il a fait preuve de remords et, pour finir, il nous a aidés. Néanmoins, c'est également lui qui connaît la formule de la drogue et la manière de la fabriquer. La même chose pourrait se reproduire.

— C'est une décision difficile. Heureusement, ce n'est pas moi qui dois la prendre, répliqua Blake.

— Ouais, les avantages d'être le patron.

— Je ne voudrais pas être à ta place.

Blake marqua une pause et fit un geste en direction d'Hannah, laquelle était en grande discussion avec Roxanne.

— Ou à celle d'Hannah, ajouta-t-il. La nuit dernière, elle a rendu visite à Ronny en prison.

— Elle va se réconcilier avec lui ?

— Je ne lui ai pas demandé.

Samson hocha la tête.

— Eh bien, même si elle le fait, ça n'influencera pas ma décision. Quelle qu'elle soit. Nous devons penser au bien collectif. C'est notre mission.

— Oui, il y a tellement de personnes qui comptent sur nous.

— Ne les décevons pas, dit Samson en souriant, avant de faire demi-tour et s'éloigner.

Blake fut enfin libre de rejoindre Lilo. Il l'avait à peine vue depuis leur arrivée à la fête, deux heures plus tôt. Lorsqu'il l'aperçut enfin, elle était coincée par Nicholas et Adam. Tous deux parlaient avec enthousiasme. Zane et Portia, rentrés ce même jour de la Nouvelle Orléans, les observaient, un sourire sur le visage.

Blake se dirigea vers Lilo et, par derrière, glissa un bras autour de sa taille tout en se penchant afin d'amener la tête près de la sienne.

— Est-ce que ces voyous t'ennuient ?

Elle tourna la tête vers lui en souriant.

— Ils sont juste—

— Regarde ce que Lilo nous a donné ! interrompit Adam, la voix empreinte d'admiration. Il tenait un livre que Blake reconnut. C'était un roman de Morgan West, le chasseur de primes.

— Et alors ?

Il haussa les épaules, surpris qu'Adam pût être si excité par un livre.

— Enfin, je l'ai lu, ajouta-t-il. C'est super, mais je n'avais pas réalisé que tu aimais les livres. Si j'avais su—

— Mais Lilo l'a dédicacé !

Adam ouvrit le livre à la page titre et la désigna du doigt.

— Regarde ! poursuivit-il. *Pour Adam et Nicholas, gros bisous, Maxim Holt.*

Blake regarda fixement la page. Pourquoi Lilo avait-elle dédicacé un livre au nom de Maxim Holt ? Il la retourna, face à lui.

— C'est *toi* Maxim Holt ?

Elle gloussa, une étincelle dans les yeux.

— Pourquoi ne me l'as-tu pas dit ? ajouta-t-il.

— Nous avons tous nos secrets.

— Touché, dit-il en secouant la tête. Et moi qui me sentais mal d'avoir loué l'écriture de Maxim Holt devant toi. Tu as dû bien rire dans mon dos.

— Je suis sûre que tu t'en remettras.

 Nicholas les interrompit.

— Quand vas-tu écrire le suivant ?

Elle se tourna afin de regarder l'adolescent.

— Dès que je pourrai me remettre au travail.

Ces mots secouèrent profondément Blake. Lilo avait des responsabilités, une carrière prospère, des fans qui l'adoraient. Et elle voulait reprendre le travail. Cela signifiait-il qu'elle voulait retourner au Nebraska ? Ou pourrait-il la convaincre de rester ? Rien n'avait encore été décidé. Et en dépit de l'alchimie qui régnait entre eux, tant au lit qu'en dehors de celui-ci, Lilo n'avait pas dit une seule fois ce qu'il avait besoin d'entendre. Il lui avait confessé son amour quelques heures avant son enlèvement, mais elle n'en avait pas fait de même.

N'était-elle pas prête ?

42

Uniquement vêtue d'une fine et courte chemise de nuit, Lilo éteignit la lumière de la salle de bains et entra dans la chambre de Blake. Son regard se posa sur le lit où Blake l'attendait déjà, les jambes allongées, la tête et les épaules reposées contre la tête de lit. Il avait la poitrine dénudée, et elle savait qu'il ne portait rien sous les draps non plus, car cela avait été son habitude durant les quelques jours qu'ils avaient passés ensemble après le sauvetage. Chaque jour avec Blake semblait meilleur que le précédent. Mais elle savait également que ni lui ni elle n'avait évoqué le sujet relatif aux prochains événements. Comme si tous deux avaient peur d'en parler, de crainte de détruire ce qu'ils avaient construit. Tel était certainement le cas en ce qui la concernait.

Lentement, son regard se dirigea vers le visage de Blake. Ses yeux étaient comme des braises, arboraient déjà la lueur dorée autour de ses iris. Le vampire qui était en lui se réveillait. Elle pouvait à présent dire quand il était prêt à montrer son côté surnaturel, car elle avait assisté plusieurs fois à cette transformation. Une semaine auparavant, elle en avait eu peur mais, maintenant, elle la vivait avec plaisir. Non : elle la désirait ardemment. Et tout comme elle avait terriblement envie de ses baisers, elle se languissait de sa morsure. Elle comprenait ce besoin, car elle le ressentait physiquement. Elle ressentait le pouvoir qu'il avait sur elle, un pouvoir qu'il pouvait libérer d'un simple regard consumant, d'une simple caresse ou d'un calme murmure. Ce genre de pouvoir l'aurait effrayée peu de temps auparavant, mais ce n'était plus le cas. Car elle savait qu'elle exerçait le même pouvoir sur lui.

Son amant de vampire comblait chacun de ses désirs avant même qu'elle n'eût à l'exprimer. À chaque fois qu'ils faisaient l'amour, elle ressentait son désir pour elle. Mais il y avait une chose qu'il n'avait pas dite depuis la nuit où elle avait été enlevée. Il n'avait plus réitéré les mots prononcés si librement dans son bureau, juste avant de lui faire l'amour. Regrettait-il de lui avoir confessé être amoureux d'elle ? N'avait-ce été qu'un sentiment temporaire qui, après réflexion, n'était pas de l'amour, mais du simple désir ?

— Tu ne viens pas te coucher ?

Sa séduisante voix dériva jusqu'aux oreilles de Lilo, et elle s'approcha. Il souleva le drap de lit, exposant ainsi une jambe dénudée. Elle se glissa ensuite par-dessous et s'allongea à ses côtés. Il l'attira immédiatement sur ses genoux et l'obligea à le chevaucher.

— Qu'est-ce qui ne va pas ? demanda-t-il.

Des doigts, il lui effleura la joue, puis les glissa dans ses cheveux.

Elle força un sourire.

— Rien. C'est juste que je suis chez toi depuis une semaine, maintenant. Et peut-être qu'il est temps…

Elle hésita, ne sachant vraiment pas comment amener le sujet.

Blake hocha la tête.

— Ouais, je suppose qu'il est temps.

Il déposa un baiser sur ses lèvres.

— Il est temps de parler, ajouta-t-il.

Le cœur de Lilo se mit à battre de façon erratique, mais elle devait dire ce qu'elle avait en tête.

— La nuit où j'ai été capturée, tu as dit que tu m'aimais. Mais tu ne l'as plus dit depuis.

Il la chercha du regard.

— Tu voulais que je te le redise ?

Lilo baissa les yeux. Elle ne s'attendait pas à cette question.

Blake posa les doigts sous son menton afin de l'obliger à le regarder dans les yeux.

— Tu ne l'as pas dit en retour. Donc, j'ai pensé que je devais te laisser plus de temps afin que tu puisses l'assimiler. Tu es humaine. Tu as besoin de plus de temps que moi : les émotions d'un vampire sont amplifiées. Quand ils tombent amoureux, ça peut arriver si vite que, parfois, ils effraient l'humain auquel ils tiennent.

Il soupira.

— À la fête, quand tu as révélé être Maxim Holt, j'ai réalisé une chose : tu as une toute autre vie loin de tout ceci. J'ai compris que je n'avais pas le droit de t'éloigner de ton ancienne vie. Je ne voulais pas te mettre la pression, alors c'est pour ça que je ne t'ai plus déclaré mon amour. La seule chose que je pouvais espérer, c'était que tu tombes amoureuse de moi.

Le cœur de Lilo bondit.

— Est-ce que ça veut dire que—

— Que je t'aime ?

Il sourit.

— Plus que je ne pensais jamais pouvoir aimer quelqu'un. Au début, ça m'a fait peur mais, ensuite, j'ai réalisé que mon cœur serait en sécurité avec toi. Et quand ils t'ont enlevée, j'ai su que je ne pourrais survivre si je te perdais. Ce que je ressens est réel, et cela ne changera pas.

Elle soupira de soulagement.

— Oh, Blake !

Elle l'étreignit et enfouit le visage dans le creux de son cou.

— Maintenant, peut-être que ce serait le bon moment de me dire que tu m'aimes aussi, lui dit-il, dans l'oreille.

Lilo leva la tête pour le regarder.

— Je t'aime, Blake.

Il frotta le pouce sous son œil.

— Pas besoin de pleurer pour ça, bébé. Je suis sûr que tu aurais pu trouver pire que moi. Je ne suis pas une si mauvaise prise.

Elle se mit à rire malgré les larmes.

— Lilo, il y a autre chose, ajouta-t-il.

Elle tressauta et s'écarta légèrement de lui.

— N'aie pas l'air si effrayée. C'est quelque chose de bien. Ou, du moins j'espère que tu trouveras ça bien.

Il se tourna vers la table de nuit et ouvrit le tiroir. Il en sortit une petite boîte en velours noir.

Était-ce un rêve ? Elle haleta.

— Attends, l'avertit-il en gloussant. Tu dois d'abord me laisser l'ouvrir.

Il s'exécuta et révéla un solitaire orné d'une belle pierre ronde en son centre.

— J'ai appelé tous les bijoutiers de Californie pour trouver un diamant de la couleur de tes yeux. J'en ai finalement trouvé un, mais il n'est même pas aussi brillant que le bleu myosotis de tes yeux quand tu me regardes. Je veux que tu me regardes toujours comme ça.

Elle détourna le regard de la bague et rencontra le sien.

— Blake, je ne sais que dire.

— Réponds *oui, je veux devenir ta femme.*

— Oui, dit-elle en s'étouffant, tandis que les larmes coulaient le long de ses joues.

Blake ôta la bague de la boîte, la lui glissa au doigt et lança l'écrin. Il tira ensuite Lilo vers lui et lui captura les lèvres en un tendre mais bien trop bref baiser.

— Je n'ai pas encore terminé, dit-il en reposant le front contre le sien. Je dois te poser une autre question.

Lilo se remémora immédiatement la conversation qu'elle avait eue avec Nina et Delilah. Elle savait ce que Blake avait en tête.

— La réponse à cette question est oui.

Il recula la tête et la regarda.

— Comment sais-tu ce que je veux te demander ?

Elle sourit et laissa courir les doigts dans les cheveux de Blake.

— Chaque fois que tu enfonces tes canines en moi, je le ressens. De plus, tes amies m'en ont dit assez pour que je sache ce dont un vampire a terriblement besoin lorsqu'il demande une femme en mariage.

— Et ça ne t'effraie pas ?

— J'aime quand tu me mords.

— Mais le lien par le sang est plus qu'une simple morsure. Toi aussi tu boiras mon sang. Et ensuite, il y a le lien télépathique.

— Lien télépathique ? Ni Delilah ni Nina n'ont parlé de ça.

— Oui, une manière pour le couple uni de communiquer sans parler.

Elle sourit.

— Chaque couple amoureux ne communique-t-il pas sans parler ?

Il gloussa.

— Oh, je suis sûr que certains le font. Mais ceci, c'est différent. C'est comme entendre les pensées de l'autre. Tu ne pourras plus me cacher grand-chose. Pas plus que moi envers toi. Nous n'aurons aucun secret l'un pour l'autre.

Lilo se pencha vers lui.

— J'aimerais ça.

— Un lien, c'est pour l'éternité. Seule la mort le rompra.

De ses baisers, elle traça un chemin allant de la joue de Blake vers son oreille, puis vers son cou.

— Pour l'éternité, ça sonne bien.

— Je ne pourrai plus tolérer le sang en bouteille. Tu devras me laisser me nourrir de toi chaque jour.

Elle passa de l'autre côté de son cou et y déposa des baisers le long de sa veine pulsante.

— Seulement si tu me fais l'amour tous les jours.

Un gémissement roula sur les lèvres de Blake.

— Je n'ai aucun problème avec ça. Mais on devrait s'assurer que tu prennes la pilule pendant un moment.

Elle leva la tête et le regarda.

— Pourquoi ?

— Après l'union, quand ton premier cycle menstruel sera terminé, je ne serai plus stérile. Et autant j'aimerais sentir mon enfant grandir dans ton ventre, autant je te veux pour moi pendant un moment.

Ses mots firent grossir davantage le cœur de Lilo.

— Tu feras un père merveilleux.

Il se mit à rire, et elle se retrouva soudainement sur le dos, Blake sur elle.

— Je ferai encore un meilleur mari et un meilleur amant. Et si je commençais tout de suite ?

— Je suis partante.

Elle tendit la main vers l'entrejambe de Blake.

— Et apparemment, tu l'es aussi.

Il souleva la chemise de nuit de Lilo.

— Maintenant : soit je peux mettre cette fine chose en lambeaux et t'en acheter une neuve, soit tu lèves les bras et l'enlèves. Qu'est-ce que tu choisis, bébé ?

Elle frissonna en méditant sa première suggestion et rencontra son regard, les lèvres entrouvertes.

~ ~ ~

Blake regarda Lilo dans les yeux et frissonna en réalisant l'option choisie. La chaleur se répandit dans son corps et le percuta dans son sexe en pleine érection.

— Tu es une vilaine fille, mais qui suis-je pour te refuser quoi que ce soit ?

Il transforma volontairement les doigts de sa main droite en griffes.

— Alors, tu le veux façon sauvage ? lui demanda-t-il.

La poitrine de Lilo se souleva, et ses durs mamelons poussèrent contre le fin tissu. Elle se lécha les lèvres et le fit gémir en réaction.

— J'ai envie de toi, de l'homme et du vampire, dit-elle en s'arquant vers lui.

En guise de réponse, il déchira la chemise de nuit, dénudant son corps, tandis qu'il laissait le revers de ses griffes glisser contre la douceur de sa peau. Lorsqu'elle frissonna, la satisfaction emplit Blake. Lilo serait la compagne parfaite.

— Je t'aime, Lilo, murmura-t-il tout contre sa bouche en enfonçant son membre à l'intérieur de son accueillante féminité.

Il lui captura ensuite les lèvres et l'embrassa.

Tout comme les nuits et les jours précédents qu'il avait passés avec elle, il trouva le rythme et l'angle parfait afin de procurer à Lilo le plaisir auquel elle aspirait. À chaque pénétration, son os pelvien frottait contre le clitoris, provoquant dès lors des gémissements et des soupirs sur les lèvres de Lilo. Des gémissements qu'il se mit à capturer avec sa bouche.

Voir ce qu'il pouvait lui procurer l'emplissait de fierté, et ce sentiment faisait gonfler son sexe encore bien plus. Ses testicules commençaient à brûler du besoin de se libérer. Mais aujourd'hui, ce serait différent des autres fois où ils avaient fait l'amour. Aujourd'hui, ils s'uniraient vraiment et ne deviendraient qu'un.

La respiration lourde, il libéra ses lèvres et la regarda. Il ne se rassasierait jamais de ce spectacle : une femme au bord de l'extase. Lorsque le regard de Lilo rencontra le sien, il lui sourit et ralentit les coups de rein.

— Il est temps, murmura-t-il.

Elle hocha la tête.

À nouveau, il laissa ses doigts se transformer en griffes. À l'aide de l'une d'elles, il s'incisa l'épaule. Du sang s'en écoula.

— Bois, Lilo, exigea-t-il en se baissant afin d'amener l'épaule à ses lèvres.

Il frissonna lorsque la bouche de sa partenaire lui toucha la peau et que sa langue lécha le sang. Ses hanches commencèrent à pomper, conduisant son dur membre en elle.

— Encore ! cria-t-elle.

Elle posa la bouche contre l'incision et suça.

— Oh, Dieu, oui !

Tel était ce à quoi il avait tant aspiré depuis qu'il l'avait rencontrée : qu'elle bût son sang et le prît en elle ; l'acceptant dans son entièreté.

Allant et venant en un rythme à présent régulier, il baissa la tête près du cou de Lilo. Ses canines étaient déjà allongées et, lorsqu'il les frotta tout contre sa peau, il tressauta. Il la perça une seconde plus tard et enfonça ses dents affûtées dans sa chair.

Blake puisa sur la veine dodue et laissa toute la richesse de ce sang lui couler dans la gorge.

Dorénavant, tout serait différent. Elle était sienne, et il était sien.

À présent, il ressentait ce qu'elle ressentait. Percevait l'approche de son orgasme telle une vague atteignant son apogée. Il relâcha le contrôle et s'abandonna à elle, jouissant avec elle. Tandis qu'il l'inondait de sa semence et se mouvait en elle, il continua à s'abreuver.

Il lui envoya ses pensées.

Je suis à toi, Lilo, à toi pour toujours.

À présent, elle l'entendrait dans sa tête. Comme s'il s'y trouvait. Car il s'y trouvait. De même qu'il pouvait la ressentir, tout comme elle le pouvait également.

Blake !

Il entendit son propre nom faire écho dans sa tête.

Qu'est-ce qui m'arrive ?

N'aie pas peur, bébé.

Elle se cramponna à lui, les lèvres toujours collées à son épaule, en train de boire son sang.

Je n'ai plus peur. Je suis avec toi, maintenant.

Je te protègerai toujours, lui promit-il.

ÉPILOGUE

Wesley marcha longuement dans les bois jusqu'à la vieille cabane où Scanguards avait fait une descente, juste une semaine plus tôt. Lorsqu'il la vit apparaître dans l'obscurité, il put ressentir que son sortilège de verrouillage était toujours en place. Personne n'était entré dans la bicoque, pas même un animal.

Il déposa son sac à dos à terre et retira l'accélérateur d'incendie qu'il avait emmené, ainsi qu'une boîte d'allumettes. Il ne faudrait pas grand-chose pour détruire la maison et effacer ainsi toute trace de la production illégale de drogues.

Wesley ouvrit la porte et entra. Une odeur de renfermé l'accueillit. Elle devint plus forte lorsqu'il parvint à la cuisine. Il bouterait le feu à cet endroit. Il regarda tout autour et rassembla quelques vieux journaux, une vieille planche à découper en bois, et quelques livres qu'il empila sur la table de la cuisine. Lentement, il versa l'accélérateur d'incendie sur l'ensemble et lança le récipient vide à terre. Il sortit une allumette de la boîte et la craqua. Une petite flamme apparut.

— Bon débarras, murmura-t-il en lançant l'allumette sur la pile de choses qu'il avait entassées.

La flamme s'étendit immédiatement, mais il ne resta pas pour la regarder brûler. Il se retourna et quitta la cabane. À l'extérieur, il attrapa son sac à dos, rassembla les cristaux qu'il avait laissés lors de sa précédente visite et hissa le sac à dos sur son épaule.

Il attendit quelques minutes, jusqu'à ce que les flammes se fussent élevées et eussent englouti la maison, brisant les fenêtres et traversant les vieilles tuiles du toit. Ce ne fut qu'à ce moment qu'il commença à prendre le contrôle du feu. Il prononça la formule et attendit la réaction du brasier : celui-ci se limita à consumer la maison et préserva les arbres environnants. Il n'y aurait aucun feu de forêt.

Satisfait, Wesley souffla. La drogue à base d'Höllenkraut était détruite. Il ne pouvait qu'espérer que personne d'autre ne tenterait à nouveau d'en fabriquer avec cette dangereuse herbe.

De la vieille cabane, il ne restait plus que des braises en train de se consumer. Il s'en détourna et se dirigea dans la direction vers laquelle il avait suivi l'étranger, la semaine précédente. Grâce aux notes trouvées dans un des livres de Francine, il était presque certain à cent pour cent d'avoir pourchassé un Gardien de la Nuit, une créature surnaturelle pouvant, non seulement, se rendre invisible— ce qui expliquait pourquoi il n'avait pas été en mesure de le voir durant la poursuite— mais également traverser des choses solides comme les portes et les murs. À en croire les recherches de Francine, les Gardiens de la Nuit étaient une espèce bienveillante qui avait pour mission de protéger les humains. Tout comme Scanguards. Raison de plus pour établir le contact avec eux et déterminer s'ils pouvaient s'entraider.

Qui aurait pu croire, qu'un jour, il serait reconnaissant envers Francine, la sorcière qui les avait presque tués, lui, son frère et sa sœur, plus de deux décennies auparavant ? Après la mort bien méritée de Francine, il avait eu la prévoyance de s'approprier tous ses biens liés à la sorcellerie. Les livres et outils de Francine étaient devenus le fondement de sa quête dans la récupération de ses pouvoirs. Une quête qu'il avait gagnée. Bien qu'incapable de réellement pardonner à Francine, il pouvait apprécier ses recherches et son dévouement à son art à leur juste valeur.

Il ne lui fallut pas longtemps avant d'atteindre la cabane dans laquelle l'étranger avait disparu. Tout était silencieux. Malgré cela, il entra prudemment. Tout était vide à l'intérieur. Wes sortit une lampe de sa poche et la dirigea vers le mur de pierre. Au début, il ne put apercevoir la dague qui y était gravée. Mais lorsqu'il éclaira une autre partie du mur, il la reconnut. Il ne l'avait pas rêvée.

D'après le livre de Francine, le portail, lequel faisait office de téléporteur, s'ouvrait au moindre contact d'un Gardien de la Nuit. Wesley avait toutefois expérimenté bon nombres de sortilèges capables de déverrouiller toutes sortes de portes, et il savait précisément ce que celle-ci, en particulier, requérait.

Lui-même devait en devenir la clé. C'était le seul moyen d'y entrer. Mais il s'y était préparé.

Prononçant doucement la formule, Wes commença à entrer en transe tout en se concentrant sur le visage de l'inconnu qu'il avait gravé dans son esprit. Il sentit ses muscles faciaux remuer, sa peau se transformer et s'étirer, ses mains s'ouvrir et se refermer, et sa respiration changer.

— Je suis toi, dit-il en récitant son mantra. Je suis toi, je suis toi.

Il posa doucement la paume de sa main sur la gravure. Il sentit de la chaleur. Son intensité augmentait à chaque seconde, mais il n'osa pas ouvrir les yeux, n'osa pas détourner son attention. Il ne pensa qu'à l'inconnu, qu'il lui ressemblait.

Quelque chose bougea soudain sous sa main et, une seconde plus tard, il ne ressentit plus rien. Il ouvrit les yeux. Le mur avait disparu.

Sans perdre une seconde, il franchit le portail qui venait de s'ouvrir et regarda tout autour de lui, à la recherche de boutons ou de signaux, n'importe quoi pouvant lui indiquer comment le faire fonctionner et refermer l'ouverture.

Mais il n'y avait rien. Les murs internes du portail étaient lisses, dépourvus de renfoncements.

Comment, bon sang, allait-il continuer, maintenant ? C'était comme à cette époque où il voyageait avec certains de ses potes de l'université : il avait manqué d'argent et était resté en rade. Où était-ce ? Ouais, quelque part sur la côte est.

Soudain, le mur réapparut et referma l'ouverture. Il fut propulsé dans les airs, flottant et perdant son équilibre.

— Oh merde !

Mais il était trop tard. Le portail était en fonctionnement.

Le seul espoir de Wesley était de ne pas finir en enfer.

~ ~ ~

À PROPOS DE L'AUTEUR

De nationalité allemande, Tina Folsom vit depuis plus de 25 ans dans des pays anglophones. Elle a d'ailleurs épousé un Américain et s'est établie en Californie en 2002.

Tina a toujours été un peu globe-trotter et a vécu dans nombre de différentes contrées.

En 2010, elle a rédigé son premier roman d'amour.

Elle a toujours été attirée par les vampires. Depuis 2008, elle a publié plus de 38 livres en anglais et des douzaines dans d'autres langues (français, allemand et espagnol). De plus, elle fait actuellement traduire l'ensemble de ses livres en français.

Tina apprécie recevoir des commentaires de ses lecteurs. Pour cela, vous pouvez lui écrire à l'adresse électronique suivante: tina@tinawritesromance.com.

Vous pouvez également la contacter via Facebook: facebook.com/TinaFolsomFans.

Enfin, vous pouvez visiter son site Internet tinawritesromance.com afin de vous tenir au courant des nouveautés.